《珍爱》
第二部

生死相守

王志气 著

有的网络编辑说太文艺化了

有的文学编辑说写得很精彩

但与出版方向不一致

中国文联出版社

图书在版编目（CIP）数据

生死相守 / 王志气著．－北京：中国文联出版社，2012.3
ISBN 978－7－5059－7507－1

Ⅰ．①生… Ⅱ．①王… Ⅲ．①长篇小说－中国－当代
Ⅳ．① I247.5

中国版本图书馆 CIP 数据核字 (2012) 第 026042 号

书　　名	生死相守
作　　者	王志气
出　　版	中国文联出版社
发　　行	中国文联出版社 发行部 (010－65389150)
地　　址	北京农展馆南里 10 号 (100125)
经　　销	全国新华书店
责任编辑	李　民
印　　刷	北京彩蝶印刷有限公司
开　　本	880×1230　1/32
印　　张	8.25
版　　次	2012 年 3 月第 1 版第 1 次印刷
书　　号	ISBN 978－7－5059－7507－1
定　　价	21.00 元

您若想详细了解我社的出版物
请登陆我们出版社的网站 http://www.cflacp.com

　　我乐意将该部小说，真诚地推荐给社会各界的读者，特别是推荐给全国注册会计师行业的朋友们。

　　我相信凡是读过这部小说的读者，都将会得到像我一样的感受与体会。

郭晋龙

2012 年 3 月 12 日

生死相守

人间自有真情在

郭晋龙

2006 年 3 月间，我曾经第一时间拜读了王志气先生撰写的反映注册会计师生活、爱情与工作的现代小说《珍爱》，并撰写序言表达了自己的内心感受：

"《珍爱》的故事情节具有真实性、语言表达具有艺术性。尽管我不能能保证本书中的每一个人、每一件事、每一个故事情节都可以从现实生活中找到原形，但凭我近 20 年从事会计师业务工作的经历与体会，我绝对可以保证书中的每一个人、每一件事、每一个情节，在注册会计师的现实工作与生活中都有可能存在和发生。我乐意将该部小说，真诚地推荐给社会各界的读者，特别是推荐给全国注册会计师行业的朋友们。我相信，凡是读过这部小说的读者，都将会得到象我一样的感受与体会。"

六年之后的今天，当我再次拜读王志气先生撰写的长篇小说《珍爱》第二部——《生死相守》之后，我再一次为王志气先生的时空交错的小说叙述方式和艺术描写而折服，依旧有阅读《珍爱》之后的相同感受与评价！

王志气先生的这部小说，以汶川大地震期间著名作家高明与张寒梅合作撰写同名小说《生死相守》作为故事叙述方式，对黎明会计师事务所主任会计师朴雪正直不阿、公正执

业的人物形象进行了着力刻画；同时真实地描写了张寒梅与高明、朴雪与陈剑雄、以及陈剑雄与馨兰之间"牵人肚肠"的感情故事。

读后，让人发出像作家琼瑶一样的感慨：

> 红尘自有痴情者，
>
> 莫笑痴情太痴狂！
>
> 若非一番寒彻骨，
>
> 哪得梅花扑鼻香。
>
> 问世间情为何物？
>
> 直教人生死相许！

习惯于逻辑思维并撰写过《审计逻辑学》专著的我，比较喜欢阅读逻辑严密和结构完整的小说故事。当初阅读王志气先生这部小说时，确实不太习惯作者的"时空交错"叙事方式。但当我将这部小说推荐给我的三位 80 后美女同事陈艳红、赵华和李敏阅读后，她们却对这部小说的并行叙事结构和"盖里奇式"的电影描述方式相当欣赏，她们告诉我：

"这部小说多条线并行：物质世界与精神世界、现实世界与虚拟世界、现在和过去相互交叉；张寒梅与高明之间、朴雪与陈剑雄之间、陈剑雄与馨兰之间的感情故事，分别发生在不同的时间与特定的场景。三条主线形成了三个并行的时空，但却时刻存在着交际。这样的手法很少见，似乎哪里见过？想了很久，大抵是《穆斯林的葬礼》，但又不太像。独特的手法，让你在交错中恍然忘记了自己，一会变换一个角色，一会又变换一个时空。情感的纠葛加上时空的转变让人心情也跟着跌宕起伏！"

我想，这也许来自于王志气先生小说的叙述结构魅力。难怪特别能打动年轻人、特别是年轻女性读者的心。

《生死相守》与《珍爱》一样，似乎是一部延续描写关于注册会计师行业故事的小说，但却比《珍爱》增多了一些广阔的社会场景和复杂的利害关系，折射的社会意义显得更为博大。这是因为注册会计师行业本身就是市场经济制度的产物，注册会计师出具的各类业务报告都会涉及到资本市场中各种不同利益主体的利害关系。

《生死相守》似乎是一部关于爱情的小说，但它却比一般的爱情小说少了些喜剧与清纯、甜蜜与快乐，却多了些冷峻与残酷、思考与批判。

但王志气先生在小说中并没有让读者对"爱情"失去希望，依然透过高明与张寒梅、朴雪与陈剑雄之间的动人爱情故事，为读者留下了对爱情的美好期待。我的同事陈艳红、李敏与赵华三位小姐特别告诉我：

"这部小说最触动自己心灵的是：世界上依然存在真情和爱情！"

我相信凡是阅读这部小说的读者，也会得出与她们一样的感受与评价！也许正如我的同事陈艳红阅读这部小说后所言：

"有爱的世界终究会美丽的，虽然会有短暂的不快与痛苦。这些不快与痛苦，正是过程美丽的另一种形式。只要不把眼睛总是盯在片刻乌云上，你会发现生活里到处都是阳光。"

让人感到遗憾的是，这部小说对馨兰、寒梅两位美丽女性的生命结局处理并不完美，两人都先后采取极端方式结束了不应结束的生命，着实让人无限心痛和沉重。我想这不怪作者本人，因为现实世界并不是一个完美无缺的世界。但我还是希望和期待，生活在这个世界上的人们都能善待和热爱自己的生命，因为生命是无价的！

在这里，我想借用著名诗人食指的《相信未来》与读者共勉：

"当蜘蛛网无情地查封了我的炉台，当灰烬的余烟叹息着贫困的悲哀，我依然固执地铺平失望的灰烬，用美丽的雪花写下：相信未来！

当我的紫葡萄化为深秋的露水，当我的鲜花依偎在别人的情怀，我依然固执地用凝霜的枯藤，在凄凉的大地上写下：相信未来！

我要用手指那涌向天边的排浪，我要用手掌托住太阳的大海，摇曳着曙光那枝温暖漂亮的笔杆，用孩子的笔体写下：相信未来！"

"朋友，坚定地相信未来吧！相信不屈不挠的努力，相信战胜死亡的年轻，相信未来、热爱生命！"

2012 年 3 月 12 日于深圳

（作者为信永中和会计师事务所合伙人、北京国家会计学院教授、中国注册会计师协会第五届理事会理事、深圳政协第五届委员会委员。）

自 序

　　由于网络的介入．文学类图书出版物处于极度低迷。目前文坛上很难看到有震撼力的、能够干预生活的文学作品。作家们不写书（例如上海某著名作家），出版社难出书，读者们不看书（指文学作品），书店难卖书。一本小说能卖出上万册，就算是畅销了。如今搞文学的人越来越少，文学死了，社会不再重视和热爱文学了。经济已侵入到社会的各个细胞，文学被排出了体外。我不知道，如果一个社会没有文学，这个社会能不能称之为升平盛世？

　　如今网络文学倒是盛行得很。什么叫网络文学？顾名思义的解释，是通过网络发表的文学。但是有件事使我对它有了另外的认识。我曾把《生死相守》发给一家网站，结果回复是你的小说太文艺化了，不符合读者口味（原话）。这位编辑用词不当，应该说太文学化了。太文学化的作品不能进入网络文学，没有文学性的小说能称之为文学吗？于是我便对网络文学有了另外的认识。

　　有人说．网络文学是文学快餐，在当今生活节奏快的情况下，很符合年轻人的口味。我最不喜欢吃快餐了，即使小炒两个小菜也比吃快餐强。我想一般的人都会如我一样不喜欢吃快餐而喜欢吃炒菜。如果常年让青年人吃这样的快餐，而不知道还有满汉全席，还有湘菜、川菜、鲁菜等等，那么

把我们的文学引向何方？所以我逆潮流而动，即使小炒仅有两个小菜也比吃快餐要强。

大凡作家们写书，都希望自己呕心沥血写出来的作品能够面世、如果能流传于后世，那是作家们的最高追求。文学死了、作家们的书无法出版，这是作家们的最大的悲哀。因为作品不能面世或作品面世后无人欣赏而自毁的作家不是没有，小说《生死相守》的结局我想应为读者们所接受。

小说写了三个生死相守：一个是两个作家寒梅和高明在合写《生死相守》中生死相守；一个是流落在荒岛的两个年轻人陈剑雄与馨兰的生死相守；再一个是朴雪与陈剑雄的生死相守。三个生死相守相辅相成、交叉发展。因为大量篇幅是接着《珍爱》的内容写，故定名为《珍爱》第二部。

自《珍爱》出版后，尤其在《会计视野》网站上连载后，在注册会计师行业引起了不小的反响。不少读者希望我能把《珍爱》写下去，因此我才萌发了写第二部的想法。此时恰逢四川汶川地震。在地震中，发生了许多生死相守的可歌可泣的动人故事，因此我便从写地震开始，并把小说定名为《生死相守》。

从写注册会计师行业来说，小说似乎没有圆满结局。这是因为现实生活本身就是这么复杂多变，注册会计师的力量还十分微弱，不可能改变当前的现实，所以我只能适可而止。

几经波折，《生死相守》终于出版了。我将很不成熟的作品奉献给大家，是好是坏，任凭大家评说。

目 录

生死相守

第一章

　　人之痛苦，莫过于被压在那由砖块、水泥钢梁、泥沙、灰尘堆积成的废墟之下，四周漆黑一团，死一般的寂静。脑海里极度的恐惧，明显感受到那凶残的死神在一步步逼近，但又没有遽死。若是遽死，倒是一了百了，什么灾难，什么痛苦都不知道了。偏偏这时是求生不能、求死不得，只能眼睁睁看着那死神瞪着凶残的眼睛一步步走来。这比什么都残酷、这比什么都可怕。无论从肉体上、从心理上都极其痛苦，难以言表。恐惧笼罩着她，她的心在一阵阵发抖。昔日孙悟空压在那五行山下，虽然他法力无边，但也是十分难受。否则大慈大悲的观世音菩萨点化他时，一向心高气傲的齐天大圣怎肯去做那凡夫俗子唐三藏的徒弟，历尽千辛万苦保他西天取经？这对一个大闹天宫的齐天大圣是多么不可思议！要不是十分的难受，恐怕齐天大圣也不会做出这样的决定。此时寒梅的处境恐怕比齐天大圣还要难受百倍。她被压在那由钢筋、水泥、沙土和砖块组成的废墟下面，动不能动，怎么喊也无用，就连呼吸也是那浑浊的空气，她简直被打入了十八层地狱。

　　二00八年五月一十二日下午两点二十八分，这是叫全世界都难以忘怀的时刻。

　　这时寒梅正在她的书房里创作她的长篇小说《生死相守》。她写到馨兰听剑雄说："那海盗头子留下遗嘱，一定是一笔

不小的财富。虽然这对我们现在毫无用处，但我们若能回到大陆，那可就大有用处。我已按那海图找了不少岛屿，可不能前功尽弃。我还要去找，总有一天会找到的。"

馨兰说："你今天不要去好吗？不知怎的，今天一早起来，我的眼皮直跳、心里发慌，好像有什么大祸临头。"

陈剑雄笑了笑说："你别多心了。在这无人烟的荒岛上能有什么祸事，我去一下，一定早点回来。"

陈剑雄坚持驾着那独木舟一定去了海上。馨兰一个人守在那茅草房里无事可做，又拿出那件还没缝完的小袄来缝着。这是他们从那些死人身上剥下的衣服，她用陈剑雄得到的那把刀当剪刀把小袄裁好。想到不久就要出生的孩子，她不由深深犯愁。"飞红万点愁如海"，想起将要出生的宝宝，她真是愁绪万千、肝肠寸断。她想我们大人活到这个岁数，落到如此地步还情有可原，可他还没有出生，一出生就在这孤零零的荒岛上。若是我们不能回到大陆，岂不是他也要和我们一样终老荒岛了？他有何罪啊！想到这里，她的眼泪又不由自主地流了下来。想到这些年流落海岛的日子，她越想越想哭、越哭越伤心、越伤心哭得越厉害。到后来她竟对着大海嚎啕大哭起来……

写到这儿，寒梅也禁不住泪雨滂沱、声泪俱下。她拿起一块纸巾擦干泪水，默默地凝思着，构思着下面的情节。

突然，一声巨响将她惊觉，刹那间只觉得地动山摇，大地剧烈颤抖、房屋猛烈摇晃。屋内什物都在抖动，桌子上、书柜里的东西哗啦啦全倒了出来。屋外，一棵棵大树被连根拔起、一栋栋房屋在竞相倒塌，人们惊叫着、呼喊着四处逃命。狂风遽起、飞沙走石，真是"百川沸腾，山冢萃崩"，"随风满地石乱走"。尘雾弥漫着整个世界，人们一个个被垮塌的房屋砸倒、掩埋。幸存者却是惊叫着、疯狂地到处乱跑，似乎世界末日已经来临。在灾难中，她听到人们一声声惊呼："快跑呀！不得了啦！发生地震啦！"

"妈妈呀！快救我呀！"

"救命呀！我被压住了！"

"快跑呀！房子快要倒了！"

　　人们惊恐地呼喊着，奔跑着。只听得人声嘈杂、呼爹喊娘、惊恐万状。楼梯上脚步杂沓，人们像奔腾汹涌的洪水没命地往楼下奔跑，跑不及的，就直接从楼上往下跳。寒梅见发生了地震，本能地就往外跑。刚出门，她突然想起桌子上的电脑没有拿，便又折身跑回书房。电脑里有她和高明合写的《生死相守》。这可不能丢，这比她的生命还重要。《生死相守》这是她和高明心血的结晶，相当于是他们的孩子、是她们的心头肉。她返回书房，抱起电脑便往外跑。可惜晚了、来不及了，当她再跑出门时，一根横梁从她头顶砸了下来，刚好在她面门前落下，幸好还没有砸中她的头，否则她就会脑浆迸裂、一命呜呼了。她被这突如其来的变故吓傻了，还未明白怎么回事，水泥预制板、沙石、尘土便兜头落下，将她打倒在地。幸好砸下的那根横梁没有砸着她的脑袋，相反挡住了一块预制板，给她留下一块容身的空间，她才没有被砸死。紧接着轰隆一声，整栋楼房塌了下来，无数的水泥预制板、沙石、尘土把她掩埋到深深的废墟下面，她像孙悟空一样压到了五行山下。她惊魂未定，躺在地上沉重地喘息着。过了一会，她睁眼一看，眼前漆黑一团。四周是一种可怕的寂静，静得只剩下她剧烈的心跳。她伸手一摸，身边全是水泥、砖块和尘土，周围只有她容身的空间。四周是那样的寂静，静得就像世界已不复存在，她漂浮在那黑暗的寂静的宇宙空间。眼前是那样的黑暗，触手可及的，是冰冷的杂乱无章的水泥、砖块、灰尘和断裂的钢筋。完了！我已落到了万劫不复的境地了。她试图动了动身子，可是身子不能动弹，她的两条腿被什么东西死死地无情地压住了。此时她感到一阵阵刺心的疼痛，并且在渐渐加剧。她痛得直冒冷汗，四肢无力，几乎就要虚脱。她开始出现幻觉，四周仿佛有无数的魔鬼要将她吞噬。她求生无望、求死不能，只能闭着眼睛痛苦地等待死亡。这一切仅仅只有八秒钟。就在这该死的八秒中，世

界改变了模样，她被打入了深渊。她知道自己陷入了死亡的绝境，她的心猛地紧缩了："难道我的生命已到尽头？"她在心里默念着。完了！这次我死定了。谁能救我？没有人能救我啊！她惊恐万状、不知所措、心臆间一阵阵慌乱，沉浸在一种对死亡的极度恐惧之中。想到死，她突然产生对高明的无限思念。难道我的命就这般苦吗？我苦苦等了三十年，才找到这么一位知冷知热、知心知爱、有着共同语言的蓝颜知已，难道我们就要人鬼殊途了吗？"十年生死两茫茫，不思量，自难忘。千里孤坟，无处话凄凉。"她想若干年后，高明来到我的坟前，恐怕也是"千里孤坟，无处话凄凉"啊！她想给高明打个电话，告诉他自已快要死了。她在身上摸索着，手机还在。她打开翻盖，拨了高明的电话。等了一会，电话里毫无声息。她又拨了一次，还是毫无声息。如此反复拨了十多次，都是如此。她失望了，这才知道没有信号，通讯断了。她失去了与高明的联系了，她也失去了与外界的一切联系了，只落得一个人孤零零的，在这可怕的、漫无边际的黑暗中等待死亡的降临。她的心又一阵恐慌与焦虑。

那是在一天夜里，寒梅正伏案耕耘。因劳累过度，她突然感到心脏一阵剧烈的绞痛，浑身软弱无力。她只得停下笔，按着胸部稍作休息。过了好一会，心绞痛慢慢缓解。她感到很奇怪，我平常并没有心脏病呀，怎么会突然心绞痛呢？她给高明发了一条短信："明：刚才我的心脏突然一阵绞痛，只怕我们的《生死相守》要向我索命了。"短信刚刚发去，寒梅的手机便响了。她打开手机，手机里立刻传出高明急切的声音："喂！心绞痛，怎么回事，赶快去医院看看。"

寒梅回说："没事！不要紧张，我没有心脏病。"

"没心脏病怎么会心绞痛呢？赶快不要写了，去医院看医生。这是命令，你一定要去啊！"

"你别紧张好不好，我暂时还不会死。"

"你要死了，那会死两个人的。"

"你别耍贫嘴，哄我开心。"

"我是说真的，你若死了，我还有什么好活的啊！"高明说得那样情真意切，十分诚恳。当时寒梅心中油然升起一股温馨。可是现在我真的快要死了，我死后高明会不会干出那种傻事呢？他要真跟我死了，我岂不是害了他，地球上将失去一位杰出的天才作家，那我将罪孽深重啊！寒梅心中不却又平添了一份担心。记得去年她过五十一岁生日，高明送给她一首诗：

献给我亲爱的梅：
今天是你的生日，
我拿什么献给你？
采一片兰天上绚丽的云彩，
我嫌它太轻。
舀一朵大海里美丽的浪花，
我嫌它太咸。
摘一束山野里灿烂的山花，
我嫌它太野。
捧一颗璀灿的珍珠，
我嫌它太俗。
献一颗真诚的爱心，
才是我真正的心愿。
不愿同年同月同日生，
但求同年同月同日死。
两心相爱结连理，
生生死死到百年。

寒梅真怕她死后高明会和她同年同月同日死，那么她到阴曹地府也不会原谅自己。他们虽然失去了年轻人的那种激情，但他们爱得比任何人都真、爱得比任何人都深。"万里何愁南共北，两心那论生和死"。她和高明的感情，已不是生死殊途阻隔得了的。想到高明，寒梅自然想到《生死相守》。我的天啊！

我现在怎么能死啊！我们的事业还刚开头，若是死了，我做鬼也是一种遗憾啊！虽然高明最终一定会完成文稿，但小说没有在自己手上完稿，这终究是没有实现自己的夙愿。一部作品能够面世、能够流传，往往比一个作家的生命还要重要。因为创作这是一个作家的终生追求，能写出流传于世的作品，更是作家们梦寐以求的奋斗目标。为什么曹雪芹在贫病交加之际坚持写《红楼梦》？为什么司马迁受腐刑而写《史记》？为什么屈原遭流放而谱《离骚》？大概都是这种信念。一个作家所追求的，并不是物欲横流的当今社会所能理解的。从经济利益上讲，作家们的十年心血，也许还抵不上一个歌星在舞台上十分钟的收益。但他们坚持创作，不惜呕心沥血、心力耗尽。哪怕是一无所获，他们也要不倦地耕耘、不倦地奋斗。她和高明合写的《生死相守》虽然不一定能够流传于世，在当前金钱当道、文学死亡的情况下能否出版还是个问题。但这是她毕生的追求啊！不管成败、赚钱亏本，她都是要写的。她想曹雪芹在写《红楼梦》时绝没有想到要赚多少钱，也没有想到会有今天的如此成就。

寒梅是一位颇有名气的女作家，创作过多部长篇小说。她的作品曾引起过不少青少年为之流泪、为之癫狂。由于她潜心写作，心无旁骛，年逾五十尚未谈婚论嫁，至今仍是"处级干部"。这个年龄对一个女人来说已经是最危险、最危险的年龄了。为了文学，她无怨无悔。最近她结识了著名作家高明，并和他在网上合写《珍爱》第二部《生死相守》。高明前年丧偶，至今也是孤身一人。他们开始合作写《生死相守》后，从相识到相知，从相知到相爱，准备在小说完稿的那一天就结婚。若不是这场灾难，他们很快就要相守了。在网上合写小说，这是他俩利用现代化手段写作的一种尝试。高明是北京的一位作家，他们的相识纯属是一种偶然。

那一天寒梅去出版社谈一个长篇的出版合同。谈完合同后，临出门她和一个高个男人相遇。只见他颀长的身材，一头乌黑的头发略显零乱。虽然年过半百，一张生动的脸上仍然有一股俊气，两道剑眉和两只炯炯有神的眼睛，显现出他是很具洞察力的非比寻常的人物。寒梅立时感到有股磁性将她吸引。出于作家职业的本能，她马上感觉到这可是小说中典型人物的形象。但是她们素不相识，她不好意思看他，两人只是擦肩而过。但此人在她心中留下了不可磨灭的印象。后来出版社的总编李总邀她到办公室去坐坐，她去了。在总编室和李总编谈了一会，无非是李总问她今后的创作计划、鼓励她努力创作等等。她正要起身告辞，偏偏他又进来了。李总忙说："来！来！我给你介绍一位女作家。"

高明闻言，这才打量起她来。只见她中等身材，留一头整齐的短发，一张端庄的脸庞显现出她至少有五十开外的年龄，眼角上已出现细细的鱼尾纹。一双眼睛十分明亮，显示着她十分精明，但眼白部分却充满了血丝，说明她一定是经常熬夜。李总说："这位可是当今名噪一时的女作家寒梅。"

高明一听，吃了一惊，忙走过来和寒梅握手："久仰久仰！寒梅就是你呀！我非常关注你。"

寒梅轻轻说了声："谢谢"。

李总接着说："寒梅，你可知他是谁呀？他可是鼎鼎有名的大作家高明。"

寒梅一听也是一惊，心里说：哦！原来他就是高明，难怪其貌不凡。她说："高明，你可是我心中的偶像啊！"

就这样，他们两人相识了。不知高明身上的磁性还是心有灵犀，寒梅竟跟着高明到了他的家。高明家离出版社不远，两人打个的很快就到了。高明家里无人，他掏出钥匙开了门。两人进到屋内，寒梅见高明的房子装修得很不错，一个宽阔的厅屋里放着一长两短三个皮沙发，沙发下面铺着一条伊斯兰地毯。一个长条柜上放着一台54寸大彩电。彩电两旁放着两瓶塑料鲜花，上面积满了灰尘，已失去了昔日鲜艳的色彩。彩电上也落了一层灰尘，不知有多少时日没有打扫过了。短沙发上随便放了一条皱巴巴的待洗的裤子。茶几上的烟灰缸里，积满了烟

屁股。一只很漂亮的金鱼缸里干巴巴的，不知从什么时候起没有了水，没有了金鱼。屋内虽然摆设不错，但缺乏收拾，到处零乱不堪，显现出一种单身汉的气味。

进屋后高明觉得有些不好意思，笑了笑说："你看我这屋子，零乱得不像样子。"

"你没有老伴？"

"唉！她前年走了。"

"对不起！孩子们呢？"

"都成家了，有个儿子去了美国。"

"难怪你就这么孤零零的过？"寒梅微微笑着问。

高明拿起那条待洗的裤子在沙发上挥了挥，意思是挥去沙发上的灰尘，然后请寒梅入座。

两人落座后没有讲多少客套话，坐下后便谈得十分投机，滔滔不绝。天上地下、社会绯闻、人间轶事、政要新闻、国际大事，真是无所不谈，谈之不尽。

后来寒梅诚恳地说："高老师！我的《珍爱》出版后，在社会上引起了强烈反响，许多读者要求我尽快写出第二部来，最近我有了个很好的构思，但又怕驾驭不住，很想向您学习学习。"

高明敏感到她有什么好的打算，便反问："你的意思是？……"

"我想和你合作！"

"那好呀！只是我要占你的便宜了。"高明开了句玩笑。

寒梅说："高老师，别开玩笑，只怕我高攀不上呢？"

接着寒梅把自己的构思说了。高明说："你这构思很好，但是写起来会很吃力，在那么一个小天地，环境十分单一，人物也不多，在这种情况下你要想构思出复杂的情节，写出离奇的故事来，非要有十分的天才不可。当然我相信你有这种天才"。

"我哪里有这种天才！正因为如此，我才请你这位大师。"

"哪里哪里！我算什么大师。试试看吧！你要不断地给自己出难题，然后不断地想办法解决。你要找到许多吸引读者的细节，这样才能构思出复杂离奇的情节。主要还是你来写，我只能在一旁给你出出主意。"

"行，有你的参与，我相信一定会成功。"

高明沉思着，深有感触地说："写得好的话，这可是一部很出色的中国式的《鲁宾逊漂流记》，容我细细想想。你回去，我们今后在网上联系。把你的 QQ 和博客告诉我。"

寒梅取出笔在纸上写下她的 QQ 号码、博客用户名称和密码交给高明，然后两人依依惜别。

以后两人通过网上开始了《生死相守》的创作，虽然写得十分艰苦，但已经有了个好的开篇，随着两人合写《生死相守》，感情也与日俱增。到后来，已是"心中藏之，何日忘之"，感情己是如胶似漆。

想到高明，寒梅突然想起高明曾送她一个精致的保温杯，说她在写作时要喝水，肯定用得上。她深感高明为她想得周到，很乐意地接受了，一直带在身边。刚才她还续了一杯水，就放在电脑旁，不知还在不在？她用手在身体四处摸索，突然碰到了保温杯。她拿起保温杯一看，保温杯竟完好无损，心中不觉一阵欣喜。从一个资料上看到，人不吃不喝顶多能活三天，如果有水，坚持能活七天。保温杯呀保温杯，现在不是用你来保温，可是用你来保命了。她将保温杯紧紧握在手上，心中默念着：高明呀高明，可是你让我多活了几天啊！此时，她胸前仍然紧紧抱着那部手提电脑。她想这次是死定了，在死之前，她要继续创作《生死相守》。如果高明有幸寻到她，能拿到这部电脑，一定会把小说写完，但她要为小说作出最后的努力。这么一想，她便将电脑放到胸前。幸好老天给她留下了打开电脑的空间。她打开翻盖，发现电脑没关，黑暗中顿时闪现出兰色的亮光。屏幕上出现了小说文稿。她很快排开了死亡的威胁和恐惧，潜思默想，构思着小说往下发展的情节。

第二章

　　馨兰一边缝制小袄，一边望着大海哭泣。她哭了许久许久，眼中的泪水几乎都哭干了，可是剑雄还没回来。她焦急地等待着，等待着，真想陈剑雄突然出现在眼前。可是已过中午，剑雄还是没有回来。馨兰心中一阵阵发慌，他说过早点回来，为什么讲话不算数啊？她没想到自己思念剑雄心切，竟把下午当成了傍晚。馨兰焦急忧郁地望着大海，海上烟波荡荡，巨浪滔滔，海浪撞击岩石，拍出惊心动魄的涛声，溅起冲天的白色水花。水花在下午强烈的阳光照射下泛着白色的光芒，甚是吓人。听着那吓人的涛声，馨兰更为剑雄担心，她又想起了那个可怕的夜晚。

　　那是一个阴沉的夜晚，乌云在天空堆积，闪电一次接着一次，像一条条浑身带火的赤练蛇飞过天空，照亮那浑沌汹涌的浪涛。一声声闷雷在天空追逐着，好像在酝酿着一场什么祸事，使人心惊胆战。馨兰随中国国际旅行社组织的旅游团到美国去旅游。人们从美国归来，都把美国吹得天花乱坠，似乎那里就是天堂，我们生活在地狱。果真是美国的月亮比中国圆吗？她想去看看，也想去散散心，彻底忘掉那场恶梦。

　　馨兰是一位超凡脱俗的姑娘，今年二十五岁。她窈窕的身材，一米六五的个子，一头乌黑的长发，像瀑布似的直悬腰间。两只眼睛如秋水，似寒星，闪烁着一种含情脉脉的深不可测的神韵。她那俊俏的脸庞，那恰到好处的鼻子和薄薄的嘴唇，仿佛件件都是艺术家精雕细刻的艺术品。再加上她那风姿绰约的身段，超凡脱俗的举止，真使人觉得她就是一位美丽绝伦的人间仙女。她毕业于华东师范大学中文系，在校是一位高材生，现在是一名中学教师，在威名市一所重点中学教语文。受父亲的熏陶，她从小就做着"作家梦"，也曾在刊物上发表过几篇小文章，所以文学成了她的第一爱好，但教书仍是她谋生的根本。过去教师是臭老九，要接受工人阶级的再教育，最受人瞧不起。如今不同了，国家重视教育，老师们的地位提高了，工资也颇丰厚，所以她才有经济实力到美国去旅游。她没有选择坐飞机，而是取道海上。在海上漂泊一个多星期，那才韵味啊！。

那天她随着旅行团一千人登上一艘大游轮，心里高兴极了。那游轮真够大的，足有两个足球场大。白色的船体，十多层舱位，有十多层楼房那么高，一排排舱窗，整齐美观，煞是好看。上船有迎宾小姐接待，按票上的号码把她引进她的房间。那房间真够阔绰，恐怕是五星级宾馆的水平。她放好行李，首先泡了一杯茶，坐在沙发上享受一番。然后又在那舒适的床上躺下，顺手拿起一本杂志翻看。杂志上尽是看不完的大腿，看不完的丰乳。她感到有些乏味，便闭目养了一会神。

"呜……"，一声汽笛长鸣。她想大概是游轮要启航了吧！她想看看游轮离岸时的情景，便起身出门往甲板上走。甲板上已经有许多人，大概都如她的心情，想看看游轮是怎么离岸的。也有许多人是和亲友道别的。大家都伏在游轮的护栏上看着游轮缓缓离开码头。站在第二层、第三层的则伸着头，瞪着眼，看得聚精会神；有的则在和码头上送行的亲友拉着话，互道珍重。好些个水手在收起缆绳，收上铁锚。

"呜……"又一声汽笛长鸣，似乎在告诉大家游轮已经启航，驶向那遥远的未知的水世界。人们的心顿时激动起来，许多送行的亲人站在码头上向游轮上的亲人挥手，游轮上也有许多人向岸上挥着手，有的还用手做着飞吻。没有人来送馨兰，馨兰如今还是孤身一人，父母兄弟远在他乡，当然不能赶过来与她送行。她曾经倾心爱过的那个人此时更不会来了，她心中

不免有几分凄然。转过身，她准备回到客舱里去，不想一个人和她撞了个满怀。抬头一看，竟是一位十分标致的帅哥，他高挑的身材，一头乌黑的头发和一张英俊的脸，两道剑眉非常显眼。馨兰不由心中一颤，心里说道："世界上竟有如此帅气的男子！"那帅哥觉得不好意思，连忙说："对不起！"看来他心情似乎十分沉重。馨兰痴痴地望着他，连"没什么！"这样的客套话都忘记说了，看着帅哥走到船舷尾部去了。

游轮开到公海，加快了速度，机器发出平稳的轰鸣声。馨兰回到客舱，在这平稳的轰鸣声中美美地睡了一觉。

第二天起床后，梳洗完毕，馨兰来到甲板上活动身子。这时天还没有完全亮，东方天边出现了一片鱼肚白，灰色的天空透出些许红色，几缕红色的云彩像飘带似地飘在海面上。灰色与红色渐渐地融合起来，海也变得清晰起来了。馨兰来到甲板上，站在船头锚柱旁做着广播体操。须臾，天边渐显明亮，云彩越来越多，有白色的、淡兰的、黄色的、还有紫色的，但更多是红色的，而且红色越来越多，渐渐地云彩由红变金，发出耀眼的光芒。金色的云彩映在海面上把海都染成了金色。不一会儿，金色越来越多，霎时间变成金光万道。一轮朝阳露出一点点儿红彤彤的美丽的色彩，真像是大海孕育出一个伟大的儿子。馨兰被这难得一见的海上日出惊呆了。她停下做操，全神贯注地注视着这个伟大的儿子的诞生。

突然，她的眼睛怔住了。她发现那位帅哥也在全神贯注地看日出。他穿着一件白色运动衫，在朝阳的照射下，浑身上下一片金色，显得是那样高大，那样伟岸，四角方棱的脸上凝聚着一种肃穆。她不免产生一种想和他打招呼的冲动。可是姑娘的矜持使她话到嘴边不敢开口。看了一会日出，太阳已经升到了正前方，洒下灿烂的阳光。游轮在这柔和光亮的阳光下快速前进。她踱步回到了卧舱，在船舱里躺了一会儿，然后上餐厅吃了早餐。因为无事可做，又到歌厅唱了几首歌。她很喜欢唱歌，并有一个清亮的嗓子。同伴们常说她有专业演员的水平。她暗自想有没有只有天知道。但是她对那些在舞台上唱不像唱，叫不像叫的演员来说，自认为还要正点一点。但今天她感到索然无味。歌厅里有几个人在唱歌，但都五音不全，跑调跑到九州外国去了，听着令人想吐。她没遇上知音，唱了两首便退出来了。由于没事，她又踱到甲板上来了。

太阳柔和地照着大海，暖暖的，十分惬意。大海像一个温驯听话的孩子，虽然不停地涌动着一米多高的波浪，但像一只调皮的小狗，仍然十分可爱。游船乘风破浪，在大海中勇往直前，令人十分畅快。

游船在海上航行了两天两晚，除了赌钱外，凡是船上可玩的东西馨兰都玩过了。刚开始馨兰还有点新鲜感，兴味盎然。可是时间一久就有些烦了，甚至有些后悔不该坐游轮，还是坐飞机好，若是坐飞机，此时早已到美国了。

这天晚上，她睡得正香，突然被一声炸雷惊醒。她一翻身坐了起来，发现船外正在涮涮地下着大雨，一个个巨浪轰隆轰隆地击打着游船，游船摇晃得特别厉害，简直叫人无法坐稳。这时广播声响起，船上的广播正在用中英文在反复播送一句话："各位乘客！各位乘客！前方五百海里处发生海啸，很快将波及我船，请大家不要惊慌，迅速起床，穿好救生衣。我们将竭尽全力设法自救，现已与海岸联系，请求救援。"

发生了海啸！馨兰这一惊非同小可，刹那间像掉进了冰窟窿，惊愕得说不出话来。她迅速起床，寻到救生衣穿在身上，走出船舱。

此时船舱外已经人声鼎沸，闹哄哄乱成一团。

"怎么回事呀？船会翻吗？"

"赶快发 sos 呀！向邻船求救啊！"

"哎哟！怎么这么倒霉！会遇上这种事情啊！"

"我们是花钱买了票的，你们可要对我们的安全负责！"

"妈妈呀！我要死了，我回不去看你了！"

"他妈的！你们搞什么鬼啊！要把老子害死了！"

一时间，说什么话的都有，有的还绝望地喊叫。好些个小孩子吓得哇哇大哭。大人们有的哄，有的骂，叫小孩子不要哭。好些个妇女和老太太都惊恐地焦急地哭了。一时间叫喊声、咒骂声、哭声响成一片，好不凄楚，好不惨然。

此时，那位絮絮叨叨的导游大概被吓傻了，不知哪里去了。

甲板上好些个船员水手在安抚大家："大家不要吵！不要闹！都回到卧舱里去，我们会想尽一切办法保证大家的安全。"船员劝说无效，乘客们都不愿散去。继续留在甲板上吵闹。

这时船上的广播又响了：

"各位乘客！各位乘客！我是船长万德金，我是船长万德金。我不得不遗憾地告诉大家，在五百海里的海面上发生了海啸，巨浪正以每小时六百海里的速度向我船袭来，现在已无任何求救办法，任何船只都不可能自葬坟墓向我们靠拢。我们唯有自救，请大家不要惊慌，不要吵。都穿好救生衣安静地呆在卧舱里。我船将加速前进，尽量避开巨浪的打击。"

船长用中英文在广播里一遍又一遍地反复呼叫，叫大家回到卧舱去。经过船长和船员的再三劝说，乘客们陆续回到卧舱，等待上苍的裁决。

船长的话音还没有落，风更大了，变成了十二级以上的暴风。风暴达到了它的最高点，非常可怕、可怖、可憎。大海狂怒了，掀起了巨浪。巨浪翻腾着一直达到天穹。天空漆黑漆黑，倾盆大雨从黑暗中倾泻下来，这不是雨，而是乱响的、叫人站不住脚的倾泻下来的水，是狂暴的充满了旋转的黑暗的水旋风。狂风夹着暴雨猛烈地鞭打着游轮，巨浪也更凶猛地击打着游轮。甲板上根本无法站人，几个忠于职守的水手已被卷进了大海。所有的人都躲进了船舱，任凭游轮在海上漂流。不一会儿，便见一道黑黑的"水墙"像一座大山似的从船头不远处气势汹汹地涌了过来，它带着恐怖，带着狂暴，带着死亡，似乎要把整个游轮压个粉碎。在大山之下，巨大的游轮显得是那么微弱，那么渺小，像一片随波逐流的树叶。眼看着巨浪压了过来，谁也没有办法，只有屏息待死。顷刻间，海浪从船顶兜头压下，把整个船全船吞没。游轮不堪重负，几乎沉没，海水直灌到船的各个部位。游轮卧舱里灌满了水，馨兰的行李浮了起来，她的身子半截浸在水里。为了活命，她死死地抓住床铺不放。人们发出一阵阵惊叫，一阵阵哭喊。有人冒险跑上甲板，顷刻间就被卷入了大海，连喊叫都来不及便被大海吞没了，真是令人毛骨悚然，望而生畏，肝胆俱裂。游轮毫无办法，像一片飘落在海上的树叶，任凭风浪驱赶着在海上飘零。突然，一声巨响，船身一阵猛烈地颤抖，紧接着咔嚓嚓一声响亮，游轮触礁了。令人十分奇怪的是，在这从来没有暗礁的深海处为什么突然出现了暗礁？事后人们才知道，这是海底发生了十级地震，各种地形都发生了变化，海岛发生位移，海底隆起，在这本来没有暗礁的地方出现了暗礁。暗礁把游船拦腰斩断，船身迅速下沉，发出各种各样的惊心动魄的爆炸声，破裂声。只见一个个人影从十几层楼的高处直坠海中，恐怖极了。在游轮还没有完全沉下去的时候，船上放下救生艇，乘客们冒着暴风雨不顾生死纷纷涌到甲板上，争先恐后地往救生艇上爬。尽管船员们大声喊叫着，指挥游客们有次序的下到救生艇上，但都无济于事。大家拚命往救生艇上挤，有的被挤下了大海，有的见挤不上干脆跳海。游船沉下去了，来不及转移到救生艇上的乘客全部落入海中，被海浪卷入了大海。海面上浮满了救生艇和在海水中挣扎着的乘客。

馨兰随着大家下到救生艇上，过不久，那些正在海上做垂死挣扎的人影都渐渐消失了。那场景，真是触目惊心。馨兰下到救生艇后救生艇毫无目的地向前划着，划到哪儿去？会不会被风浪掀翻？有没有生还的希望？大家都觉前途渺茫，生死未卜，艇上笼罩着一种死亡的恐惧。可喜的是风浪似乎平息了许多，失去了要将救生艇吞没的势头。可是过了十多分钟，又开始起风了，狂风一下子又变成了暴风，似乎非要把救生艇掀翻不可。有好几艘救生艇被掀翻了。"救命呀！快救救我！"海上又出现了许多扑腾着做垂死挣扎的人，他们在拼力呼喊着救命。可是都是自身难保，又有谁能救他们呢？一阵风浪袭来，

这一切又都被风浪吞没了。海上除了幸存的几艘救生艇外，已不再见那些在海水中做垂死挣扎的人，大概都已沉到海底去了。馨兰所坐的救生艇暂时没有翻，他们还在海上与风浪搏斗着，与死神抗争着。不一会，又见一道黑黑的"水墙"像山一样气势汹汹朝救生艇压过来。馨兰吓得面无人色，心跳到了嗓子眼上。她绝望地想：完了！这下可全完了！只有葬身鱼腹了，再也见不到可爱的校园，再也见不到可爱的学生了。不容她多想，那水山便向救生艇压了下来，将救生艇一直压到海水深处。馨兰被海浪打入海中，也像其他人一样本能地在海水中作着垂死挣扎。幸好她有较好的水性，海浪把她埋没后，她闭住呼吸，拚命往上游。当闭气闭得肺部快要爆炸时，她终于游出了水面，把头和手露了出来，虽然只有两三秒钟，又一个浪头把她打入了水下，但这两三秒钟使她赢得了生命。海浪把她打入水中后，她又拚命往上游。当再次露出水面时，她张目四下一望，那救生艇已不知去向？不但她的救生艇不见了，而且所有的救生艇都不见了，海面上已不再有做垂死挣扎的落水者，大概都沉到海底去了。黑茫茫的海面上只剩下她孤零零一个幸存者。这不禁使她大吃一惊。虽然刚才海水没有把她吞掉，但她已落入孤立无援的大海之中，没有水喝，没有食物，更不知陆地在何方？随时都有被海浪吞噬的危险，这岂不比死还要可怕，还要难受。她想倒不如刚才被浪涛打入水中后永远不再起来。她让身子浮在海面上，本能地划着水，作着无谓的挣扎。无意中，她的手碰到一块木板，定睛一看，原来是被打烂的救生艇残留的船底。她心中稍许一阵欣喜，拚命爬上木板，心想现在不用泡在水里了，总算暂时捡了一条命。她躺到船板上任水漂流，心中十分恐惧和焦急。我为什么来搞什么劳什子旅游啊？在家里看看书，看看电视，听听音乐不是很好么？如果有兴趣，邀上几个同伴在附近找个农家乐玩玩不是也很好么？偏偏要去什么美国，美国真正是天堂吗？这下可好，把命都搭上了。这时她又想到了他，该死的他，如果不是他我会出游吗！想到他，她恨得咬牙切齿。

　　他是她在网上认识的网友，他的网名叫天外来客。她在搜狐网上看到了他的博客。在博客中他写了一篇《天缘》的文章，看后令她十分惊讶，倾倒。她没想到网上竟有如此美妙的文章，不但行文流畅，文笔优美，而且文章的立论也很合她的口味。尤其那文笔，真是世间少有，不是常人所能写得出来，仿佛是出自另类之手。同样是几千个字，为什么他组合起来就那么优美呢？优美得像喝一杯美酒，一杯甘泉。每次看他的文章，都感到是种莫大的享受。她是一个文学爱好者，对于一些有文采的人，总是由衷佩服。他在《天缘》中说：人与人的相识，人与人的结合，很大程度上是取决于一种天缘。为什么有的人近在咫尺，甚至同住一个屋檐下却常年相逢不相识，碰不出火花。而有的人远在千里之外，一次偶然的邂逅，却让两人终生难忘，成为知己。这就是缘分。这一点很合她的口味。其所以她现在还是单身，就是她还没有遇上能与她碰出火花的白马王子。她很快被他迷住了，把他视为自己的蓝颜知己。通过留言和评论，她暗暗表达了对他的仰慕之情。他也十分胆大，很快就对她表现出了火一般的热情。他们通过网上的交流，相互传递着情感。据他在网上介绍，他是北京人，出版过一本什么书（这本书市面上一直没有看到），还是这个协会、那个协会一摞子协会的理事。这些条件都够吸引人的。她对他倾心了。但是对于一个女孩子，怎么能主动向他表白呢。经过一段时间的网上交流，他们的感情日深，终于有一天他对她表示出了爱意。她委婉地乐意地接受了他的爱。他们很快坠入了爱河。"在天愿作比翼鸟，在地愿为连理枝"，"曾经沧海难为水，除却巫山不是云"，"不求银河同船渡，但求此生相伴君"，"人生难得一知己，你我相逢是天缘"。两人在网上你来我往，传递着感情，达到炽热的境界。两人虽未见面，但已互有你我，心心相印，恩爱至深。他们相约国庆长假在承德避暑山庄会面。她好不容易掐着指头盼来了国庆长假，满怀激情与喜悦到了承德避暑山庄。相见后她们爱得更深了，原来他不但文采很好，人材也十分不

错。三十左右的年纪，一米七八的个子，四角方棱的脸上一股俊气，温文尔雅而又不失阳刚之气，叫人一见就不得不倾心。馨兰一见他，就认定了他就是自己的白马王子。馨兰本人也长得十分美丽，也是人见人爱的主。两人见面都互致爱意，很快便如胶似漆，难舍难分。她完全失去了对他的警惕和防备，就在避暑山庄，她把自已的初夜献给了他。那天晚上，他们是何等的销魂，何等的快乐。她第一次尝到了男人与女人之间的快活。她这才知道人间竟有如此的快意。当两人情投意合，互相倾心的时候，都恨不能把两人融为一体，忘却了世界的存在，心中只有你我。那天晚上，他们紧紧地搂在一起一直到天亮。她像一头温驯的小绵羊依偎在他怀里，温暖极了，舒服极了。那晚他们进行了三次，每次她都达到了高潮。当他进入她体内的时候，感到无限兴奋，无限畅快，那种快感真是妙不可言，无法形容。每次他都给了她充分的满足，好像他有取之不尽的精力和力气，也有永不衰竭的爱意。现在想起来都一阵阵心动。想到他，她暂时忘掉了死亡的威胁，心中不由一阵骚动。可是她又立即想到了那个可怕的电话。那天晚上他们没睡多少觉，第二天起得很晚。就在他们起床时，他的手机响了。他掏出手机打开翻盖看了一眼便迅速磕上了，神色表现出几分慌乱。她关切地问："怎么不接电话？谁的呀？"

"一个朋友，别理他！"他表面上表现得很随便，但她看出他内心十分慌乱。她心中顿生几分疑窦。当他上洗手间的时候，她打开他的手机，记下了刚才打进的号码。

他们在避暑山庄盘桓了三天，这三天是她终生难忘的灿烂温馨的三天。三天后他们依依挥泪惜别。她回到了学校。他们仍然在网上互诉衷情，倾吐爱意。在教书的百忙中，有一天她无意中翻到了那个电话号码。出于好奇，她拨通了这个电话。这一拨不要紧，却让她心如刀绞，全都碎了。原来接电话的是个女性。通过盘问，她竟然是他的妻子。他一直都在骗她，说自己未婚。像这种人有什么诚信可言，原来是个彻头彻尾的骗子。他骗取了她的爱，他骗取了她的心。她感到非常伤心，也感到非常愤怒。她彻底绝望了，接过电话就病倒了，一直病了一个多月才得以康复，慢慢忘掉了心中的伤痛。从此她对他恨之入骨，关博不再上网。这次出游，也就是因为他才想出来散散心，把这档子事彻底忘掉。想不到要把自己的命都忘掉了，真是时乖命蹇，喝凉水都塞牙啊！

此时大海似乎又平静了许多，黑色的海面上泛着三四米高的浪花，但不似"水墙"来时那么可怕。她躺在木板上随波逐流，任凭风浪的漂打，任凭风浪把她漂向那未知的世界。从昨晚起，她就没有喝过一滴水，没有吃过一点东西，肚子早已饿得咕咕叫了。而更难受的是口渴难熬。刚被打入海中时，她呛过几口海水，那水又苦又涩又咸，喝下去叫人恶心，而且越喝越渴，再也不敢喝那水了。她在水上漂流，却不能喝水，口渴难熬，这怎不叫人万分难受。经过海水的长时间浸泡，她头发蓬松，身子开始发肿，想像不出现在变成什么丑八怪了，别人看了，一定会大吃一惊。她想到了死，她想孤零零一个人在海上漂流，没吃没喝，即使不被淹死，也会被渴死饿死。想到死，她万念俱灰，什么职称、什么"作家梦"，一切都化为了乌有。想到这些，她哭了，她哭得非常伤心。我怎么能死啊！我还只有二十三岁，正是美好年华，我还有许多理想，我还有许多计划，我怎么能这么死去啊？她越想越伤心，越哭越厉害。

她对着苍天大声呼喊："老天爷！我不能死！我不想死啊！我不想这么早就死去啊！"可是有谁会回答呢？回答她的只有新一轮的风暴。这时又开始刮风，而且下雨了。狂风夹着暴雨猛烈地抽打着她的头，她的脸，把她的脸抽打得发麻发木。但不管怎样抽打，她还是张开口接水，让雨水落进她干渴的口中。喝到了水，她舒服极了。那雨水落进口中，是甘露，是醇浆，比人世间任何饮料都甘美。口渴难熬的问题暂时解决了。她想找点什么东西接一点雨水备用。刚刚起身，又一道"水墙"以不可阻挡的排山倒海之势向她扑了过来。似乎这道"水墙"比前两次更大更凶猛。她想完了，这次真是厄运难逃了。她只有

闭目待死。说时迟，那时快，那"水墙"说到就到了。只见一个几十米高的浪头从天而落，把她从木板上打落海中。她想这下死定了，只得闭住呼吸，尽量让水不进鼻子，尽管肺就要爆炸，她也不敢换气，她知道只要一换气，海水就会无情地灌入她的肺部。海水灌进肺部，接着就会灌进她的腹部，她就会下沉，就会彻底完蛋。好在这难受只有三四秒钟，她突然感到有股力量把她浮了上来。她露出了头和手，赶紧换了一口气。突然她觉得有股力量把她往前送，她的头撞在一块石头上，痛彻肺腑，脑子发晕。在一阵昏眩过后，她突然感到一阵欣喜。她明显感到自已触到了陆地，心中不由产生一种强烈的求生欲望。我得救了！我得救了！她赶紧用力抱住那块石头。不一会，海水猛烈回退，一股强大的力量要把她拉回大海。她死死抱住那块石头，与死神拼命抗争。海水有力地缩回去，拉走了她身上所有的衣服。她的脚落到了地上，她终于从死亡线上挣扎回来了。不管地上是什么，是岩石还是沙地？她都不顾了，赤条条光裸着身子本能地拼命往前奔跑。刚跑去十多步，只觉得头一晕，一头倒在地上，人事不知了。

第三章

　　四川汶川五·一二大地震震动了全中国，也震动了全世界。当中国总理在行车途中听到这个消息时，立即叫司机掉转车头，直赴地震中心。

　　这次地震是印度板块向亚洲板块俯冲，造成青藏高原快速隆升，高原物质东流时遇到四川盆地之下的刚性地块的顽强阻挡，长期积累的能量突然释放造成了大地震，地震的震中在汶川县映秀镇。这次地震的震源离地面较浅，所以它的强度、震动时间、震动面和造成的损失都超过了一九七六年的唐山大地震。震区已断水断电断交通断通讯，完全与外界隔绝，成为孤立无援的孤岛。那里情况如何？伤亡了多少人，有多少人急需抢救？灾民们现在住什么？吃什么？大家都一无所知。灾民们的困难，牵动着党中央和国务院领导们的心，也牵动着全国人民的心。总理心急如焚，下令想尽一切办法赶往震中，提早一分钟，就能挽救无数生命。大灾大爱，在党中央和国务院的召唤下，全国沸腾了，各种救援物资，各类救援人员、志愿者，从全国各地赶赴灾区。世界沸腾了，各种最先进的技术设备，各种高超技术的专家、救援队伍从世界各地奔赴灾区。灾区沸腾了，各式各样的救援物资从空中、从水上、从打通的公路源源不断运进灾区。救灾物资堆积如山，到处都有待分配的帐篷、饮用水、干粮药品。山区搭起了帐篷学校、帐篷银行、帐篷医院、帐篷商店，当然最多的是灾民们居住的临时板房。在公路不通，火车不通，就连直升飞机也无法飞行的情况下，解放军徒步爬

山越岭，赶往灾区。国家主席第一个带头向灾区人民捐款，带动了全国人民向灾区人民捐赠。不论男女老少，也不论富有贫穷，都向灾区人民伸出了援助之手。一个八旬的拾荒老太婆捐出了自己仅有的 500 元；一个德国的市长在街头为灾区募捐；一个外国的钢琴王子把演出后的三部钢琴拍卖 10 万元捐给灾区；体育明星姚明在大洋彼岸向灾区捐款 200 万元。大爱无疆，众志成城，抗震救灾，将全国人民空前地团结起来，放下了人间恩怨，抛开了个人得失，一切为了灾区人民，谱下了一曲众志成城，抗震救灾的颂歌。党中央政治局的领导们不管工作多忙，都轮流到灾区亲临指挥救灾，对灾民表示深切关怀和慰问。灾区人民团结一致，向震魔进行了不屈不挠的抗争，壮怀激烈，悲壮如歌。其可歌可泣；其悲壮豪情；其舍身成仁；时刻都在发生，处处都有英雄涌现。他们所表现的英雄气慨惊天地、泣鬼神。一个正在上课的老师，看到大难来临，他首先想到的不是个人安危，自顾自个人逃命，而是组织学生快速撤离。最后来不及的时候，让四个学生趴在桌子底下，自己用身子挡住死神。学生们得救了，他却永远离开了我们。一个仅有 12 岁的小孩看到房屋即将倒下，他自己完全可以逃生，当他看到一个女同学即将被压的时侯，他不顾个人安危，返身将女同学推开，自己却被落下的砖块砸伤；一个学校的校长救出了一百多名学生，自己却痛失妻儿；一个伟大的母亲在大难来临之际，用自己身体挡住死神，给襁褓中的婴儿留下一块生命的空间，她在手机上留言："孩子，你记住，我爱你！"孩子得救了，她献出了伟大的生命……大难兴邦，在大难面前，中国人民表现了英勇的大无畏精神。世界上，不论大国小国，也不论亲疏远近，都伸出援助之手、捐款捐物、派出救援队伍。一时间，各界的捐款达到 594.6 亿元，这个数字恐怕在中国历史上，乃至世界史上都是空前的。

当总理在都江堰一所倒塌了的学校的废墟上捡到一个书包、一只运动鞋时，他心疼地泪流满面。总理的眼泪感动了全中国，也感动了全世界。

汶川5.12大地震，这是一次毁灭性的大灾难，也是对中国人民的一次巨大考验。

高明听到汶川地震的消息是在五月十二日的晚上。当他从电视里看到四川汶川地区发生强烈地震时，顿时惊得目瞪口呆。他立即想到了寒梅。寒梅不正是住在汶川映秀镇么？他十分担心寒梅的安危，立即拿出手机与寒梅联系，可是手机里毫无声息。一连拨了几次，都是如此。他傻了，放下手机半天说不出话来。他想寒梅肯定是出事了。接着他听电视里说，汶川现在断电断水断通讯断交通，那里情况如何？一点消息都传不出来。他想完了，现在汶川是一团云、一团雾，什么都不清楚啊！他想应该迅速赶到寒梅的身边，死也要和她死在一块。他马上打电话订了去成都的机票。

高明到达成都的时候，是地震发生的第二天，各路救援队伍，各种救灾物资还在途中，有的还在组织启动。只见成都马路上人来人往，各种车辆往来穿梭，鸣叫不已，果真是车水马龙，一片繁忙景象。还有那些从各地赶来的记者们，四处抓拍镜头，闪光灯时不时地闪烁。高明看到一辆辆挖掘机，推土机正在开往灾区，一队队解放军战士在迈着整齐步伐跑步前进，弥彩服在闪动。"一、二、三"的口令声在响亮。高明看到这种情形，心中也是热血沸腾，激动不已。他站在路边，正想打听往映秀镇怎么走？这时一部吉普车从他面前呼啸而过。接着"吱……"地一声，吉普车来了个急刹车。车子在离他不远的地方停下。车门打开，从车上走下两名《人民日报》的记者，他们向高明打招呼："高老师！你也来了！"高明认出这是《人民日报》的张记者和王记者，他们曾给他作过一次专访，所以认得。高明扬手招呼："啊！是张记者和王记者，你们真是哪儿热闹往哪儿奔啊！"

"这么大的事我们还能不来！你这是往哪儿去？"

"往映秀呀！那儿是震中。"

"去映秀？那儿可危险啊！好吧！去映秀要经过都江堰，我们正好要去都江堰，带你一段吧！"

高明见说心里一喜，忙说："那可好！"他随着张记者和王记者钻进了吉普车。

车子在高速公路上飞驰。张记者告诉高明："这条高速公路地处成都平原，所以没有被堵，现在是往灾区运送救援人员和救援物资的生命线。过了都江堰就不行了，那儿是大山区，山体垮塌厉害，从都江堰去映秀的213国道不通了。你要去映秀，可能很困难。"

高明一听，心中变得十分沉重，看来去映秀还很不容易啊！车子速度很快，不到一个小时，都江堰便到了。张记者他们另有采访任务，不能陪高明去映秀，便和高明分手。高明下车后站在马路边，一时不知所措，不知如何才能去映秀？他找人打听去映秀的路，人家都惊奇地望着他："你要去映秀？那里是震中，危险得很呢！"高明没法，只得在马路上徘徊。

地震给都江堰带来的损失也非常惨重。街道两旁到处都有被震垮震裂的房子，人人都是灰头灰脸，一身的尘土。一堆堆废墟触目惊心，一个个窗口张着憔悴的黑黑的大口，似乎在向人们诉说着刚刚过去的灾难。失去住房的人们一群群悲哀地坐在树荫下。马路边放着一具具尸体，几个妇女在声嘶力竭地抚尸痛哭，闻之令人伤心丧胆。在另一个地方，躺着一个个缺胳膊少腿的生命垂危的伤员，医生护士们举着滴瓶在挽救他们生命。一群群人在废墟中寻找着幸存者，一部部挖掘机伸着长臂在抢救被困在危房楼上的人们。另一些解放军和白衣战士都在跑步前进，在与死神赛跑。高明看到这些情形，痛心不已。心想寒梅还不知是死是活？也许她已经命丧黄泉，也许她也像那些躺在地上的伤员一样嗷嗷待救，这更使他增加了赶快赶往映秀的决心。后来他看到一队解放军战士坐在一个广场上休息，他们一个个带着个大包袱，里面大概都是干粮和药品。显然他们是赶往灾区救人的。高明灵机一动，心想找解放军也许会有办法。

他走到解放军休息的地方，见一位小战士正在绑脚上的鞋带。他走过去打招呼："喂！小同志你好！"

那位小战士抬头看了他一眼，礼貌地回答："大爷您好！有什么事吗？"

"请问你们部队开往哪里？"

"还能去哪里，到灾区抗震救灾。"

"具体是上哪儿？"

"去映秀。"

高明一听，心里可乐了，同解放军战士一块步行去映秀准行。他对小战士说："小同志，我也想去映秀，我能同你们一块儿走吗？"

小战士瞪着奇怪的眼睛望着他："你也要去映秀？你这么大年纪，快别去了！那儿是震中，现在余震不断，很危险！"

"我身体很好，保证不会成为你们的累赘。"

"你硬要去我可做不了主，你找我们连长说去。"

高明问："你们连长在哪儿？我正想找他。"

小战士指着前面一位解放军战士说："喏！那就是。"

接着他喊道："连长！这里有位老同志要和我们一块去映秀。"

连长闻言过来，问什么事？小战士说了一遍。连长斜着眼睛看了高明一眼说："老同志！我们这是去执行特殊任务，可不是闹着玩的。"

高明见连长说话态度很坚决，看来是不行了，便拿出他的王牌。他从口袋里掏出中国作家协会的会员证，撒了个谎说："我是位作家，我应该尽快赶到那儿，把那儿的情况写文章如实报告党中央和全国人民。"

连长一听他是位作家，马上肃然起敬，觉得这可是件大事。他接过会员证瞟了一眼，略带惊讶地说："哦！您就是高明！著名作家呀！可是您这么大年纪……"连长略微犹豫一下，然后果断地说："行！你跟队伍走吧！秦丰！你负责保护这位作家同志。"

就是刚才那位小战士，原来他叫秦丰，他马上立正应道："是！"说完他悄悄对高明说："你怎不早说你是高明，我很喜欢你的书。走！我们一块吃饭去，吃过饭我们就出发了。等会你一定要给我签个名。"

高明说不出的高兴，说："行！可惜我没有带书来。"

秦丰微笑着说："没问题，你就签在我的帽子上吧。"

秦丰说着，从头上取下帽子："就签在这儿吧！"

高明微微笑了笑，拿出笔在他帽子上签了个名。秦丰高兴地接过帽子戴在头上，拉着高明说："走！我们吃饭去！"

高明用手搭在秦丰肩上，两人高高兴兴一块儿去吃饭。

吃罢饭，稍作休息队伍就出发了，队伍直上紫坪铺镇。一路上经过二王庙，见二王庙已大部震倒，听说当时庙内有一百多名游客，死了三十多个。高明嗟叹不已，心想人的生命太脆弱了，一个鲜活的人，转眼间就死了。走过二王庙，不一会便来到紫坪铺水库。水库的水位很底，大坝显得十分高大雄伟，但地震也在上面留下了细微裂缝，恐怕以后得花大力气修复。此时大坝附近已经集聚了许多解放军战士，有的在跑步过大坝；有的在213国道上跑步进赵公山，准备翻山越岭去映秀；还有的抬着冲锋舟，准备从水上去映秀。一时间，只见人喊车鸣，马达隆隆，甚为壮观。高明一直走在秦丰身边，跑步过大坝。真难为了这位老先生，何时经历过这种阵势，大坝没跑一半，他就气喘吁吁，上气不接下气了。秦丰死命地拽着他，几乎是拖着他前跑。过了大坝之后，高明实在跑不动了，他喘着气对秦丰说："你们走吧！我实在走不动了，让我喘喘气再走。"这时连长过来，见高明这副模样，非常同情，叹了口气，摇了摇头，命令部队放慢点走。

队伍进入213国道，国道已变得破烂不堪，十分难走。有些地方本来是柏油路面，但成块的柏油被掀开，横在路基中间，走不过去，只有绕道从荆棘丛生的地方趟过去。有的地方则路基塌陷，只能冒险从塌陷的地方爬过去。队伍的速度不得不慢了下来，走走停停、停停走走，走了一个上午还只走过三十来里地。连长和战士们都非常着急，照这样的走法，何时能到映秀啊！但最难走也得走，中午时分，队伍稍作休息，吃了一些干粮和水，接着又继续前进。刚走过不远，见前面半个山峰垮了下来，把公路结结实实给埋了。在泥石中，一部大货车被埋了半节车身，一块大石头从山上滚下来将驾驶室砸扁了，货车司机被砸死在驾驶室里。真是触目惊心。连长见状，知道山上可能还有滚石下来，连忙大喊大家散开，注意躲避飞石。连长的话音刚落，便有一块磨盘大的石头从山上滚了下来，砸在高明面前。吓得高明魂飞魄散，赶紧跳开。紧接着又有一阵石雨从天落下，好几个战士被砸伤。连长赶紧命令卫生员抢救伤员。高明走到那块大石头跟前，见这块石头足有两三吨重。他心有余悸，心想刚才要是砸在身上，恐怕早己是烂肉一堆了。连长见高明险些被砸，赶紧过来关切地问："作家同志！没事吗？"

高明连忙回答："谢谢关心！我没事。"

连长对身边的秦丰说："一定要保护好作家同志，他可是我们国家的无价之宝啊！"

"是！"秦丰立正严肃地说。

经过这阵石雨，大家都小心了。巨石挡住了去路，连长拿出军用地图，在地图上找到一条翻山的小路，于是命令队伍沿着一条小溪进入一条小山沟。不久，部队来到了一个小山村。只见山村里满目疮痍，整个村庄几乎夷为平地，到处都是残墙断壁，尸陈遍地。有几个男人在那儿翻那废墟，寻找尚有一息之人。有个地方，废墟中一只手臂露在外头，伸向天空，仿佛在痛诉着老天的无情。乡亲们满身尘土，一个个脸上挂着泪痕，凝聚着悲痛。另有一处地方，杂乱无章的废物上，横躺着一具女尸，女尸头上粘满血糊，一头零乱蓬松的头发，遮着大半个脑袋。女尸旁边坐着一个五六岁的小女孩，正在伤心地痛哭："妈妈！妈妈呀！你醒来！你醒来啊！我好怕呀！呜……"小孩的哭声，真是闻之令人丧胆。灾民们见解放军来了，一齐放下手中的活，齐刷刷跪到解放军面前，像劫后余生遇见亲人一样放声大哭。看到这悲惨情景，全连解放军战士都哭了。秦丰

年纪最小，悲痛更切，跟着灾民哇哇大哭。连长忙扶起受灾群众，拿出干粮和水给他们吃喝。一边安慰，一边叫卫生员给受伤的群众施救。高明也是老泪纵横，抱起那个小女孩，替他擦干净脸上的泪水，给了他一包饼干和一瓶矿泉水。高明问："你爸爸呢？"小孩见问又放声大哭。旁边一位中年妇女抽泣着说："他家的人全……全都埋在下面。"高明听了，心中十分惨然，好久说不出话来。

部队因为重任在肩，对他们进行一些处理后又要上路。临行前他们救出伤者，掩埋好死者，又分给难民们一些粮食和水。连长安排一名老兵带他们去都江堰安置点。

行走一天，一路上所遇村庄都是如此惨景，战士们哭都哭不出来了。晚上，队伍来到龙溪，溪边有一块小小的平地。连长指挥队伍支上帐篷宿营。连长从地图上看出，龙溪离映秀镇不远了，只要翻过眼前这座大山，山那边就是岷江，过岷江就是映秀镇了。从图上看是不远了，但真要翻过眼前这座大山，最快也得大半天时间。这一天战士们翻山越岭实在太疲劳了，稍许休整一下，以便明天投入紧张的抗震救灾战斗。

高明和秦丰住一个帐篷，不久秦丰便睡着了，发出轻微的鼾声。山沟里的夜晚静悄悄，仿佛一切都已入眠，就连那最喜欢凑热闹的小虫子们，此时仿佛也被地震吓怕了，静悄悄屏息潜声。高明却长久不能入睡，白天看到的那一幅幅悲惨情景，很容易使他想到了寒梅，难道寒梅真的也这么走了？

那一天，四川省作协邀请他到四川参加一个笔会，他欣然去了。笔会后寒梅陪他去游峨嵋山。传说峨嵋山的金顶上可以看到佛光，他俩兴致勃勃地来到金顶。时值初夏，正是看佛光的好时光。两人来到金顶，找了个小餐馆随便吃了点东西便来到舍身崖。不一会，果见对面远处的云层中出现一圈赤橙黄绿青兰紫的七彩光环，光环中，出现了寒梅的身影。寒梅提了提手，那身影跟着提了提手，她抬抬脚，那身影也跟着抬抬脚。奇怪的是高明就在她身旁，却不见高明的影子。寒梅惊叫道："高老师，你在哪儿？"。

高明应道："我也不见你了，我在你身边呀！"

高明伸手一摸，抓住了寒梅的手。传说谁看见佛光，舍身跳入佛光中，谁就可以成佛。寒梅开玩笑问高明："高老师，我从这儿跳下去便可成佛，你会跟我来吗？"

高明思想一时还没有反应过来，以为她真要跳下去，关怀之切，真是难于言表，他立即抓紧寒梅的手：

"你别傻，你以为真能成佛吗？"

"嘿嘿！看来你的胆子比我还小。"

高明胆颤心惊地指着下面说："那可是万丈深渊啊！"

寒梅那次没跳进万丈深渊，可是这次地震，映秀是震中，可是真正意义上的夷为平地啊！只怕她不死也压在那万劫不复的废墟下面了。他真恨不得插上双翅立即飞到寒梅身边。

正在他辗转难眠，万分思念之际，突然一声巨响将全连战士惊醒。紧接着山崩地裂，地动山摇，一阵阵巨大的轰鸣声叫人肝胆俱裂。紧接着泥石流从山上倾泻下来。

连长大喝一声："发生余震了！大家找地方隐蔽！"秦丰听到喝声，翻身起来，只见一块大石头从山上朝高明砸了过来。眼见得高明就要被大石头砸成肉酱，说时迟，那时快，秦丰一个箭步冲上去将高明推开。高明得救了，可是秦丰却倒在血泊之中。高明急忙扑向秦丰，抱起秦丰急呼卫生员。此时秦丰已经极度昏迷，头上血肉模糊，脑浆外溢，一个血洞正在涓涓往外淌血。高明惊呆了。除了喊卫生员外再也说不出话来。连长和战士们闻声赶紧跑过来。卫生员急忙设法堵住秦丰头上那个洞，可是没有一点办法，在这荒山野岭之中，他只有给他绑上绷带，服止血的药物。但没有用，血还在一个劲地往外流。卫生员急得满头大汗，浑身发抖，手忙脚乱，焦急地对连长说："连长，止不住血，只有赶快送医院。"

连长也焦急万分，他说："送医院？这儿哪有医院啊！送

都江堰至少要一天，他等得了一天吗？"

卫生员说："不行！一刻也不行。秦丰的血会流完的。"

高明卷起袖子说："我是 O 型血，抽我的血救他。"

卫生员为难地："这......并不是 O 型血就能输，还有 RH 的正负值等一些指标都要相符。再说没有消毒设备，两人都很危险。搞不好两人都完。"

高明坚持说："完就完吧！总不能眼看着他死啊！大不了命一条。"

连长听卫生员说高明也会有生命危险，忙说："不行！怎么样都不能要你的命，我和秦丰的血型指标相同，抽我的。"

"不行！全连还靠你指挥，不能抽你的。"

两人正在争论，秦丰醒过来了，他只剩下微微一口气，用微弱得几乎听不见的声音说："别！......不要......连长！我......完......成......任......"话没说完，头一歪便走了。

连长和众战士急呼："秦丰！秦丰！"可是任大家怎么呼唤都无济于事了，秦丰再也不能回来了。一个年轻的生命，已经完成了他人生的使命，实现了他人生的价值，坦然地走了。虽然他走得有点匆忙，甚至只有几分钟，可是这几分钟，他的生命放出了灿烂的光辉，像一道耀眼的流星，划过星空，留下一道悠长的亮光。连长热泪盈腔，哽咽着说："秦丰！你还只有二十岁啊！你这么年轻就走了，我怎么对得起你的父母啊！"

众战士个个悲痛万分，热泪盈眶，取下头上的军帽，向秦丰默哀。山河呜咽，流水似乎也停止了流动，一棵棵高大的松柏静静地肃立着，也在为舍己救人的烈士默哀。刚才这些松树目睹了这一片人间深情，它们也感动得流泪。

高明扑地跪在秦丰身边，高声呼喊："秦丰！秦丰！是我害了你！是我害了你啊！我要是不跟着你们，你哪会失去年轻的生命！你要不是为了救我，你怎么会被那石头砸正啊！......"高明万分悲痛和自责。他放声大哭，长跪不起。

好些个战士见高明哭得如此伤心，也都放声大哭。一时间山间凄凄惨惨，阴云密布，全连一百多号人都陷入极度悲痛之中。过了一会，连长扶起高明说：

"你不要太悲痛，太自责了。秦丰是个好战士，好党员。他保护你是我交给他的任务，他用生命完成了任务，保卫了你这位大作家，死得其所，重于泰山，值！"

高明已泣不成声，讲不出话来，他嗫嗫嚅嚅地说："我……我……哪值啊！"

接着连长说："秦丰！你走好！你是我们的好榜样，我会为你请功！"连长泪雨滂沱，泣不成声。

高明也受了点伤，但伤得不重。连长和卫生员劝他在此休息两天再去映秀。可他们哪知高明的心啊！再苦再累他也要找到寒梅。高明坚持不肯留下，一定要跟部队继续前进。卫生员只得把他的伤口作了一些处理，准备继续上路。经这么一闹，战士们都没有睡意了，连长指挥大家连夜行军。

天亮的时候，队伍遇见从山上走下的一队灾民，大约有四五十人，为首一位中年汉子见到解放军，一时间也像劫后余生遇亲人一样，激动得热泪盈眶。他紧紧握住连长的手，哽咽着说"你……你们终于……来……了，我们可是苦……苦到了……苦到极处啊！"

连长说："别难过，政府正在想尽一切办法，尽最大努力援救你们。总理就在这儿呢！"

中年汉子稍许平静了一些，但仍激动地说：

"好！有党中央的关怀、政府的援救，我们会挺过来的。你们这是上哪儿去啊？"

连长说："我们要去映秀，没走错吧？"

"没错！可前面去渔子溪的路全断了，我们是绕道翻了两座山才到这里。"

听说去渔子溪路断了，连长不觉一惊。原想只要翻过这座山，便可到渔子溪，不想路又断了！他正犯愁之间，那中年男子说："你们可以沿这条溪上去，翻过前面那座山，就到了二台山，下山便是映秀。"

连长见说，高兴地说："行！我们就从二台山走。估计要多长时间？"

"一天多吧！走得快一天也到了。"

连长嗯了一声，心想这又要走一天冤枉路了。他问中年汉子："你们这么多人，准备上哪儿去？"

中年汉子说：

"我们是汶川三个村的幸存者，我们村的人大部分死了，我们的房子全倒了，没吃没住没法活，我们逃出来找政府。"

"政府不会不管你们，总理就在都江堰指挥抗震救灾，都江堰设置了安置点，你们快去。"

中年汉子接着说："我们已经走了两天两晚，这两天我们全靠挖草根剥树皮过日子啊！有的人已饿得快不行了。"

连长见说，在心里掂量，这么多人难得救济啊！部队带的救灾物资沿途吃的吃、送的送，所剩不多了。前面还有许多灾民更需去救，但看他们着实可怜，便和指导员商量怎么办？经过商量，宁愿自己挨饿，也要救济老百姓。

指导员对战士们进行动员：

"同志们，我们不吃不喝也要拿出粮食来救济乡亲们，要不我们怎么对得起养我们、供我们的乡亲们啊！大家再省一点，拿出粮食来救济他们。他们能吃草根树皮，我们为什么不能吃？"经指导员如此一动员，战士们纷纷把自已背的干粮献了出来。这个一点，那个一点，凑起来也还有不少。

在即将到达二台山的时候，团部通过卫星电话传来指示，告诉他们，已有先头部队通过水路到达映秀。现在有一个新的任务，就在他们附近，地震形成了一个堰塞湖，严重威胁着下游两百多万人民生命财产安全。团部命令他们迅速赶往堰塞湖实施爆破，消除隐患。团部将空投粮食和器械给他们，要他们在堰塞湖燃起大火，准备接受空投。接完电话，连长迅速吩咐：立即组织动员。他在军事地图上找到了堰塞湖的位置，准备朝堰塞湖进发。

　　这下可难坏了高明。部队要去堰塞湖搞爆破，路线与他完全不一致了，自己只有只身去映秀了。可一路上危机四伏，真叫他胆战心惊，叫他只身走完最后这段路，他的确有点害怕担心。可是没见着寒梅，又实在不能叫他放心。他想一定要见着寒梅，生要见人，死要见尸，纵然是刀山火海，也要往下跳。他向连长告别，连长反复叫他一路小心，注意安全，接着说：

　　"我派两个战士护送你。"

　　高明听连长说要派战士护送他，立即想到了秦丰。他生怕再发生秦丰那样的悲剧，连忙对连长说：

　　"别别！你千万别再派战士保护我了！有一个秦丰已使我寝食难安了。你让我自个儿去吧！我再不能连累大家。"

　　连长见说，也不好再坚持，便说："你没有军事地图，不能走小路了。你就顺213国道进去吧！我派两个战士送你上国道，等国道修通后你坐车去。"

　　高明非常感激地说："行！这一路真感谢连长和战士们的关心照顾，为了救我，你们牺牲了一名战士，我真是过意不去。回去我一定把你们的事迹宣传出去。"

　　连长忙说这是我们应该做的，保护你这位大作家，这是我们的荣幸，千万不要宣传出去。最后连长叫过来两名战士，叫他们送高明上国道，一定要让高明坐上了汽车才回来。两战士回答一定完成任务。自此高明告别解放军战士，和两个解放军战士一块朝213国道走去。

　　下了二台山，高明和两个解放军战士很快上了213国道。国道被一段一段地堵死了，一路上看不到一辆汽车行驶。高明和两个解放军战士上路后，沿着213国道走了一段，便看见不远处有一处塌方，山上滚下的泥石像座小山似地把路堵死了。泥石边停着一部货车，它幸运得很，没有被泥石埋掉，只是陷在这儿不能前进，也不能后退，在等待道路修通。路不通了，怎么办呢？高明只得停下来休息。他和解放军战士一块在路边坐了下来，等待公路通了再去。高明心急如焚，坐了一刻就坐

不住了。他走到前面去问货车司机："喂！你好！"

司机冲他笑了笑，算是作个回应。

高明问道："你在这儿多久啦？"

"从地震到现在，三天了！"

"这公路什么时候能打通啊？"

"鬼知道！碰上这种事就耐心地等吧！只是这肚皮不争气啊！再过两三天我就要饿死了。"

"这儿到映秀还有多远？"

"其实这儿离映秀不远了，但那儿是震中，堵得更厉害。"

高明闻言，转身回到放包的地方，打开包拿出一块面包和一瓶水，然后回到货车旁对司机说：

"我也不多了，你将就着压压饥火。"

司机一见面包和水，眼睛顿时亮了。他接过面包，也不讲什么客气，张口就咬。高明看他那贪馋的样子，不觉暗暗笑了。他走回来对解放军战士说："现在已上公路，只要公路一通很快就能到映秀，已无什么危险了，你们可以追赶部队归队去了。"

可是解放军战士不同意，他们说："连长交待一定要送您上汽车后才能回去，我们没有完成任务怎么能走啊？"

高明深为他们忠于职守的精神所感动，他对战士说："前面不是有部货车吗？我跟司机讲好了，只要路一通，我就坐他的车去映秀。"解放军战士见高明如此说，也就不好再坚持。他们祝高明一路顺风，就和高明分别追赶队伍去了。临走他们把自己身上的干粮和水留给了高明。

解放军战士走后，高明丧气地坐在路边，等待公路打通。不一会，从二台山上走下三个人来。只见他们风尘仆仆，疲惫不堪，走上公路就倒在地上不想动了。高明见状，急忙走过去将他们扶起来，又拿出水给他们喝了，拿出干粮给他们吃。

这三个人喝了吃了之后才开口说："谢谢你！我们两天没吃东西了，不是你，我们快饿死了。"

高明问："你们这是从哪儿来？"

三人中的一个瘦高个说："我们从映秀出来，好惨啊！都死了！都……死了啊！"瘦高个说着，声音哽咽，到最后不禁哭了起来，其他两个见瘦高个哭，他们也跟着抹眼泪。

高明心里也酸酸的，听他们说是从映秀来，心中不由一阵激动："你们是……"

高明话没说完，那瘦高个破涕说："你是……高老师！"

"你认识我？"

"我听过你的讲座。"接着他兴奋地向旁边两个说："他就是大作家高明！"

其他两个听说，也顿时肃然起敬，忙起身握住高明的手说："高老师！您好！我们很喜欢您的书。"

高明紧紧和他们握手。那瘦高个说："我们三个都是文学爱好者，对作家很崇拜，很敬仰。"

高明见他们是文学爱好者，心里一阵高兴，忙问："映秀有位作家叫寒梅，你们知道不？"

"你是问张老师？知道！她真名叫张泌香，是省作家协会的，很有名哩！"

"她现在在哪里？"听说他们认识寒梅，高明激动不已，急切地问。

瘦高个难过地说："听说她失踪了！"

"什么？失踪了！"高明一听，不禁大吃一惊。虽然这是早预料中的事，但真正变成现实，仍然叫他犹如晴天一声霹雳，凉了半截。他知道失踪意味着什么，难道她真的就这么走了？他千里万里寻来，难道就寻到一句失踪的话？他急切地问："你快说，快把具体情况说说！"

瘦高个说："我知道得也不具体，只知道她住的那栋楼彻底垮了。因为她不属哪个单位，无人清点，不知她是压在废墟下？还是跑到成都去了？她的家人一个也没有跑出来。"

高明焦急万分，立即拿出手机要和成都作协联系。瘦高个说："你不要打，地震后，什么手机都没信号了。"

高明收起手机，心中有种不祥的预感。那天他接到寒梅一封信，他很吃惊。往常他们都是在博客上留言进行交流，今天

生死相守

怎么来信了呢？他打开一看，不由惊呆了：

"亲爱的明，我现在痛苦极了，我的《天堂无路》第五次被出版社退回来了。不是因为质量问题，来信说'此稿确能打动人心，但本社考虑经济效益问题不能出，希望另投它社。'五个出版社都是这么说。我的天！经济效益！如今当作家真难啊！《天堂无路》你是看过的，你说这是一颗炸弹，定能将世人炸醒，可是它连出版社的门都炸不开，怎么去把世人炸醒啊？这可是我三年的心血啊！难道现在的作家就如此无能，全靠那些出版商们的施舍，它给你出就能出，它说不给出你就毫无办法。在一本书未上市之前，谁能断定哪本书能赚钱，哪本书会亏本呢？像《三世情缘》开始销不动，后来不是成为走红的畅销书了吗？到底是精神第一，还是物质第一啊？我伤心极了，我真不想活了，我想上峨嵋山舍身崖去，跳进佛光里去问问佛祖，到底我们中国还要不要文学？我为文学而执着，我为文学而献身，文学是不是真的死亡了？……"

看到这儿，高明惊得说不出话来。寒梅会不会像某些作家一样，由于作品不能问世愤而结束自己的生命呢？这个傻姑娘，她还有我，她还有我们的《生死相守》啊！他立即拿起手机和寒梅通话，可是手机关机了。高明马上与四川省作协联系，四川作协告诉她，寒梅已失踪四天了。高明如坠冰窟，一下子凉了半截。他立即飞抵四川，费了很大的劲才把寒梅找到。可是她的精神受到了很大的打击，常常自言自主地说："文学死了！文学死了！"高明不住地开导她："一部优秀作品暂时不能面世这是常有的事，远的像《福尔摩斯探案集》，开始好几个出版社都不出，后来在他朋友办的一家小报上发了，立即轰动社会。近的像《血色黄昏》、《亮剑》这样优秀的作品，不是都在好几家出版社旅行了许久才得以出版吗？"寒梅固执地说："现在不同了，自电视和网络出现后，人们不看书了，媒体不宣传文学了。他们宣传的都是那些歌星影星，不宣传读书了，文学死了！"一年后寒梅的情绪才慢慢恢复过来，尽管她认为文学已经死了，可是她爱上了文学，她着魔了，永远不会放弃。

无怨无悔、不论成败、不管名利，她都会锲而不舍、至死不渝。在情绪恢复后，她又执着地，顽强地继续《生死相守》的创作。想不到现在她又失踪了，高明知道这次失踪可不同于上次失踪，这次失踪百分之九十意味着死亡。

听完瘦高个的话，高明不禁痛断肝肠，失声痛哭。有人说男人的眼泪格外叫人伤心，旁边的三位见高明痛哭，也跟着落泪。哭了一会，高明发觉自己有点失态，忙擦干眼泪，止住哭。他问瘦高个："你们准备去哪儿？"

"我们不知道往哪儿去才好？我们的家人都死了，想着那死人堆，心就发怵，我们害怕余震和瘟疫，镇上活着的人大多都逃出去了。"

高明说："这儿到映秀还有多远？"

"其实并不远了，过了这个塌方就到了。"

"翻塌方能过去吗？"

"那太危险了。一来无路可走。二来山体已经松动，若是再来余震，山体可能再塌下来，那时滚石飞沙，跑都没处跑。"

"绕过去要多长时间？"

"半天吧！"

"我建议你们不要跑了，跟我一块去映秀。现在解放军先遣部队已经从水路进了映秀，直升飞机也开始向灾区空投，粮食不会有问题。你们去都江堰只怕还没到，就饿死在路上了。"

三人交换了一下意见，然后说："行！我们跟你一块回去。"

高明转身去叫上那位货车司机，于是一行五人按着三个文学青年走来的路线，徒步向映秀走去。

第四章

　　不知过了多久，馨兰苏醒过来。她发现自己躺在一块岩石上，头上枕着一个救生圈，身上的衣服被剥得精光，裸露着一身洁白丰满的肌肤。真是梨花带雨，雪地绵羊，浑身洁白无瑕。她正当青春年少，身子发育得像一朵盛开的花朵。皮下脂肪把她的肌肤胀得鼓鼓的，包括她的两只乳房，也是圆鼓鼓向上挺起，而不是像一些女人的乳房像两个布袋一样下垂。这样的乳房往往能迷倒许多男人。在大陆时，走在大街上不知有多少男人回头看她，其回头率总在百分之九十以上。除了她那俊俏可人的面容外，大抵都是被她那高耸的胸部吸引。一个如花似玉的女子这样躺在露天下叫人好不尴尬。好在不知是哪位好心人给她盖了几件不伦不类的衣服，才使她满园春色不致泄露。她霍地坐起来，双手护着胸部四处张望。她发现不远处的海面上，有一个男人低着头在寻找什么？大概是在找贝壳吧。她想现在应该马上把衣服穿好，若是他走过来，看她这赤身露体的模样，那怎么得了。于是不管脏与不脏，合不合身，她赶紧把衣服穿了起来。她首先抓到一条红色内裤，不管三七二十一把脚一伸就穿上了，遮住了她的最隐秘处，这才放了点心。然后她看到身边有个浅兰色内衣，她赶紧拿起穿上，一边想这个人是谁呢？他还想得挺周到，把内衣都给我准备好了。穿好内衣后，她看到原来自已拿着护身的那件上衣是件花格衬衫，她又赶紧把花格衬衫穿上，这才把身体的山山水水遮盖住了。接着她看到身边有条藏青色长裤，又把那条藏青色长裤穿上，这才觉得可以见人了。其实她的担心是多余的，岛上除了那个在海边拾贝壳的男人外，再无他人。这些衣服看来是那人给她准备的，要看他早已看到了。想到此，她不由得羞红了脸。穿好衣服，她举目朝那人望去，那人还在聚精会神地寻找贝壳，对她的苏醒浑然不觉。突然，她看到在不远处躺着一具女尸，身上一丝不挂，两只被海水浸泡后的乳峰高高耸起，显得肿胀苍白，特别显眼。她不自觉地拉开衣服看了看自已的胸部，发觉自已的两只乳房也被海水浸泡得苍白。她用手反复搓揉着乳房。不一会乳峰慢慢转红。她突然想起，这身衣服一定是从女尸身上剥下来的，陡然感到一种钻心的恶心，伸手欲将衣服脱掉。可是立即又停住了。我脱了又穿什么呢？她想起了昨晚上那惊险的死里逃生的一幕幕，似乎又看到了那一群群在海水中做垂死挣扎的乘客。她想这女尸一定是游轮上的乘客，淹死后尸体被风浪刮到这岛上。她庆幸自已死里逃生，捡了一条命，若是昨晚被淹死了，那尸首不是也会到处漂流。说不定也会漂到这个岛上。这么一想，她心里便好受多了，不再那么钻心的恶心了。接着她极目四望，发觉这是一座孤岛：三面是波浪滔滔的大海，一面是山，山那面也是兰色的大海。岛上不见一座房子，也不见一艘船，除了那捡贝壳的外，再看不到其他人。馨兰不由心寒到了极点。哎呀！我漂到这么一个鸟不拉屎的地方怎么活啊？倒不如在海上被淹死了干净。这一来，她一下心灰意冷，几乎失去了活下去的勇气。过了一会，她横过来想，到哪一个山上唱哪一个歌吧！既然到了这儿，又捡了一条命，还得想办法活下去。她想和那人打个招呼，问问这是什么地方？自己还得为今后的生活作打算哦。可是转念一想，这是个什么人呢？若是个坏蛋怎么办？这种时候他若乘人之危，对她来点暴力她可毫无办法？所以话到嘴边她又止住。可是后来一想，看来此人还不算坏，他若要干什么，在她赤身露体的时候早就做了，还为她准备了那些衣服，心眼还算不坏。她又想喊他，还没出声便觉口腔干涩涩地，连舌头转动都很困难。这才想起，自己两天两晚没吃没喝了。此时不但口渴难熬，腹中也饥饿难忍。她想还是先找点

水解决饥渴吧。她站起身，迈着麻木了的双腿想在岛上寻找淡水。忽然，她发现一块巨大岩石中央有一个小小的凹坑，在凹坑中竟积了一小坑淡水。这大概是老天爷下雨时留下的吧？她喜出望外，所谓饥不择食，来不及多想，她就迫不及待地俯身喝那水。那水稍带一点咸味，而且还带一股骚臭味，但比海水好喝多了。渴极之人哪管这些，反而觉得这水十分甘甜可口。她一口气把小坑里的水喝了个干干净净，这才觉得好过多了，口不渴了，肚子也不那么饿了。她抬头见那人还在捡贝壳，便想知道他到底是什么人？这是什么地方？这可是她生死攸关的问题，她急於想打听清楚。

她朝那人喊道："喂！你在干什么？能不能过来聊聊！"

可是那人好像没有听见，没有理睬她。馨兰发觉自己这么喊没有礼貌，便想走过去和他说话。

她刚站起来，突然觉得天旋地转，一阵恶心。紧接着"哇"地一声把胃里的东西全倒出来了。她胃里本来已空空如也，没什么东西可倒，这一倒把她刚刚喝下去的水和胃酸胃液全倒出来了。她只觉得浑身瘫软，全身没有一丁点儿力气，支撑不住，便一头栽倒在地。开始她还清醒，知道自己来病了，心想在海上没有被海水淹死，却要病死在这荒岛上了。她不由心中一阵恐惧，一时间想到了乡下的老娘和兄弟，他们若知道自己死在这儿，一定会伤心得死去活来，说不定还会要了老娘的命。想到老娘，她不由伤心地呜呜哭了。哭着哭着便迷迷糊糊地昏过去了。

馨兰不知昏睡多久才慢慢苏醒过来。这时她感到有股热热的东西正顺着她的口腔喉咙慢慢流进体内，舒服极了。她不由睁眼一看，只见一个人将手臂放在她的嘴上，一道热血从他手臂上流出，流进她的口里，她本能地含着他的手臂吸他的血。她猛然心中一惊，这人是谁？肯拿自己的生命来救我。他猜想一定是那位捡贝壳的，不由朝那人望去，只见那人耷拉着脑袋，上半身伏在她的身上，已经昏死过去。她拿开嘴上的手臂，霍地坐了起来，双手迅速握紧那人手臂。可是一时间还止不住血，血还在往下滴落。馨兰迅速腾出一只手，从身上撕下一块布条将他手臂紧紧绑上，这时血才慢慢地少了。她怀着万分感激的心情站起来，将他摆正躺在地上。这时她仔细打量他的面孔。

只见他清瘦的脸，两道剑眉，一条鼻梁挺而又直，眉宇间有一股英灵之气。馨兰顿时不觉一阵昏眩。我的天！怎么是他啊！这是老天有意捉弄我？还是遂了我的心愿？原来此人不是别人，正是她在游轮上碰到的那位帅哥。她的心发抖了，是他用生命拯救了我！他是我的救命恩人啊！望着他那苍白英俊的脸庞真想扑上去亲他几口。可是女孩子的矜持使她没有做出那种轻薄举动。

她在海上挣扎了两天两晚，体力消耗殆尽。上岸休息后稍有恢复，刚刚苏醒过来，却又喝下了那不干不净的水，以至第二次昏倒。幸好昏倒前她把胃里的东西全部吐了，要不就一命呜呼了。她感觉身体已极度虚弱，要不是这位帅哥把自己的血给她喝了，那一定是永远醒不来了。她想当务之急是赶快把他弄醒，只有把他弄醒了，才可知道当前的处境，也才有一个相依为命的同伴。但如何将他弄醒呢？她毫无办法。她拍着他的脸庞反复地叫唤："喂！你醒醒！你醒醒啊！"她叫得几乎要哭了，可是毫无作用，他仍然像死人一样躺着。她知道他主要是失血过多才昏死，如果我把血还给他，也许他就活了。

想到这儿，她捡起身边一块贝壳准备割脉。可是转念一想，如果我把血给了他，自己肯定也会昏死，把他救活后，他又会拿血来救我，如此循环，哪是尽头？最后只有两个人都死。再说自己是饿昏了，所以他能用血救我。现在他是失血过多，照此办法能救得了他吗？这种情况在医院里是输血，把血直接输进血管补充血液，才能救他的命。自己把血给他喝了，是不是就能救得了他呢？那是一个很大的疑问号。如此一想她倒觉得自己太傻了。怎么办呢？她坐在他身旁一筹莫展。看着他那可爱的脸庞，想着他拿生命来救自己的情分，而自己看着他死却没有一点办法。她心急如焚，他若是死了，留下我一个人往后

的日子怎么过啊？想到这里，她的眼泪一下子涌了上来，放声大哭起来。哭了一会，便感到头昏目眩，支撑不住。因为她的身体本来就没有复原，还十分虚弱，这一哭消耗了大量体能。她几乎虚脱。她只得止住眼泪，稍稍休息一会后，身体才觉好过一些。她想还是弄点水才好，一则自己口渴难熬，二则如果有水给他喝，说不定他就醒了。她四处张望，四周是波涛汹涌的海水，在骄阳的照射下泛着白光。此时的海是深黑色的，下面似乎蕴藏着许许多多深不可测的危机，潜伏着不知多少妖魔鬼怪。昨天她就是在那儿做垂死挣扎。现在她看到海水就害怕，这辈子她都不想看海了。她想也许远一点的地方可以找到淡水，于是又一次站了起来。不想一时没有站稳，往前一个趔趄，几乎摔倒。她试着向前迈了一步，可那脚像弹棉花一样发抖，一点也不听使唤。她只觉两腿酸软，浑身无力，迈不出半步。后来，她只好趴在地上，像蜗牛一样一步一步慢慢向前爬去。

她费了好大的劲还没爬到十米，已经累得冷汗淋漓、四肢麻木，再也没有力气往前爬了。可是根本没有看到水的影子。她停下来喘息着，伏在地上休息一会，又抬头往前方望去，准备咬着牙继续往前爬。这时她突然看到前面有个庞然大物一动不动趴在那儿。她好生奇怪，仔细一看，原来是一只海龟。海龟她可见过，不但在电视中见过，那次去海南旅游，她在酒店里看到过。她看着那海龟，想爬过去摸摸它，和它交个朋友。可是费了好大劲都爬不动。这时她看见海龟翘起尾巴射出一道尿液，那尿液就落在石头上的一个小坑里。她忽然想起，刚才喝的那水原来是海龟尿，而且还不知是什么时候留下的？她不觉一阵恶心，又要呕吐，可是胃里已没有东西可吐了。她干呕了几下后突然想起，在电视中看到，唐山地震时，有一个人在地下埋了八天竟然不死，他就是靠喝自己的尿活下来的。想到此，她突然想到用尿也许能把他救活。有前车之鉴，海龟尿是不能喝了，到哪儿去找尿呢？只有用自己的尿。她伏在地上休息了好一会，又爬回到帅哥身边，顺便在路上捡了一个贝壳。这时她也顾不了那么多羞耻，拉下裤子就准备屙尿。实际并无人看见，她身边的这位还像活死人一样挺着。她脱下裤子，将那贝壳放在胯下。可是屙了许久，那尿竟一点也不下来。昨天晚上，她在海水里挣扎时，已尿过几次裤子了，可能体内的尿已经屙尽了。她非常着急，心想平常要屙点尿那不是"小菜一碟"，可如今它硬不下来。她哪知道此时体内已十分缺水，哪还有尿液排泄出。屙了一阵屙不出来，她没有半点办法。她想难道他真的无救了，他要死了我可怎么办？现在可不是举目无亲，而是举目无人啊！看来我也会死在这荒岛上了。想到死，她不禁又哭了起来，一粒豆粒大的眼泪滴落手上。突然她灵机一动，这尿能喝，这眼泪不也能喝么？但眼泪何其少啊！她不敢用贝壳来盛，那样耗废太大，只有对着他的嘴哭，才能让眼泪落进他的嘴里。于是她不顾羞耻，伏到他身上将眼睛对着他的嘴哭了起来。她很能哭，在学校一次文艺晚会上，她登台演戏，演的是朝鲜剧《卖花姑娘》。她扮演卖花姑娘，在台上唱着唱着，竟真的大哭起来。她的真情，她的哭声，打动了台下的所有观众，惹得台上台下一片哭声。自此大家都知道她很富有感情，很爱哭，也很能哭。这时她想起自己身处荒山野岛，若是他不能活过来，自己连个做伴的都没有，孤苦伶仃一个人在这荒岛上怎么过啊？看来也只有死路一条了。自己死后，家里的老娘一定会痛不欲生，说不定还会要了老娘的命。老娘辛辛苦苦把自已拉扯大，可还没有享过多少福啊！想到老娘，她伤心欲碎，越想越想哭，越哭越伤心，不禁一时间泪雨滂沱。点点滴滴的眼泪滴在帅哥那干渴的嘴上，流进他的心田。过了一会，果然奇迹发生了。不知是帅哥的身体恢复了，还是馨兰的眼泪真起了作用。帅哥睁开了眼睛，他用低得几乎听不到的声音说："你哭什么？哭有什么用啊？"

馨兰听到他说话，立即转悲为喜，忙止住眼泪说："你醒了！你终于醒了！我怕你醒不过来了哩！"

"阎王爷说这岛上还有一位姑娘，她等着我去救她，阎王爷不收我，所以我就回来了。"

"你……这个时候还要贫嘴！"

"我是说真话,你想想,我要死了,你一个孤女,在一个孤岛上怎么活啊?"

"可是你有什么办法救我啊?"这时馨兰还伏在帅哥的胸脯上,几乎是嘴对着嘴说话。

帅哥用手指了指胸部,意思是说:你还伏在我身上哩!

馨兰马上意识到什么,立即飞红了脸说:"对不起!我没一点力气了。"

"你若愿意伏就伏吧!"帅哥说。

馨兰没有作声,凭心而论,她实在太想伏了。可是一个女子的矜持使她慢慢离开了帅哥的胸脯。

帅哥说:"你不要着急,我身体很强壮,刚才流了一点血,所以才昏过去了。我的造血功能很好,休息一个晚上就没事了。倒是现在马上要解决饥渴问题,你把衣服脱下来。"

馨兰一惊,他要我脱衣服干什么?难道他要……。她没有动弹。帅哥似乎看透了她的心思,说:"你不要想邪了!我是叫你把衣服脱下来引火。你去找两块石头来,看能不能碰出火花来。"

"哎哟!我可是一点力气都没有了,哪有力气碰石头啊!"

"好吧!如此我们只有生吞活剥了。我这里捡了一些贝壳,没办法,你先把它吃了!"

馨兰这才知道他果真是在捡贝壳,看来此人还很有心计。可是要她吃生贝壳,她有些怕了。平常熟贝壳她倒喜欢,这生贝壳怎么能吃?她迟疑着不敢动手。帅哥见她不动手,便自已拿了一个掰开,挖出里面的肉放进嘴里。那贝壳滴溜溜一下就溜进去了。馨兰见他吃了,便胆怯地也拿起一个掰开,掰下肉放进嘴里。她不敢嚼,让那贝壳肉直溜溜溜进胃里去了。人说"粒米渡三关",一个贝壳下去,身子感觉就大不一样了。接着两人又吃了几个,这才稍许压住了饥火。馨兰觉得越吃越有味,还想多吃。帅哥压住她的手说:"不能吃了!再吃你会撑死的。"馨兰见说,便不敢再吃。她问帅哥:"你叫什么名字?

我怎么称呼你？"

"陈剑雄，一个普通不过的名字。"

"剑雄！才不普通呢！我喜欢。"馨兰一下说漏了嘴。

她喜欢！陈剑雄用奇异的目光望着她。接着问："你叫什么名字"

"好俗，叫馨兰。"

"才不俗哩！你是干什么的？家住哪里？"

"石家庄，教师。你呢？"

"长沙，干注册会计师。"

馨兰略带惊讶地："注册会计师！那很赚钱的呀？"

"在这岛上钱有什么用啊？"

馨兰不好再说什么。

这天晚上，一轮圆月挂在中天，洒下一片银辉，白晃晃一片晶莹，把小岛照成了一片银白色。岛上的岩石呈现着各种各样的奇形怪状，张牙舞爪，甚是可怕。月光下的大海显得飘渺深邃，神秘莫测。此时它一刻也不停息，它用那骇人的、摄人心魄的海浪拍打着海岸，发出惊心动魄的"嘭！嘭！"的声响。海风吹拂着，带着几分寒意，几分腥味。小岛在大海中，像一叶随时都会沉没的扁舟，令人无不担惊受怕。这两个死里逃生的青年男女各自选了一块背风的地方睡了。

馨兰长久不能入睡，她自吃了那几个贝壳后，肚子不再饿了，身子也不再发软，手和脚都有了些力气。躺在地上，头枕着陈剑雄给她的救生圈，脑子一刻也没停息。她又想起了海上那骇人的一幕一幕，那一道道"水墙"、那冲天的巨浪、那被拦腰折断的游轮、那被打翻的救生艇，那些在海水中作垂死挣扎的乘客。真是惊心动魄啊！幸而老天爷恩赐，自己没有让海水吞噬，捡了这条命。可捡了这条命又有什么用呢？在这荒岛上吃没吃、穿没穿、住没住、更没有船回大陆，今后可怎么过啊？还不是死路一条。好在陈剑雄也到了这个岛上，总算是有个伴，不至使她孤苦伶仃。若是自己一个人在岛上，那真是立马就死都迟了。想到陈剑雄，她又想到了他那可爱的面容。难

道这是老天爷的又一次恩赐？在游轮上初见他时，就使他心中一阵颤动，把他的面容深深印进了脑海，想不到他也来到了岛上，而且他用自己的鲜血救了她的命。她心中不由得对他产生深深的爱恋。想到白天嘴对嘴跟他说话的情景，感到幸福极了。此时她多么希望他能走过来，那她一定会把自己的一切都给他。可是转念一想，哪有那么便宜的事呢？相见还只一天，我就把一切给他，那岂不是太掉价了，他一定会瞧不起我。这么一想，她又有些害怕他过来。在这孤岛上就我们两个人，他要是过来强暴我怎么办？她不由得眼朝陈剑雄那边望了一眼。在岩影中，陈剑雄一动没动，可能已经睡着了。于是她放心地睡了。一会儿，她心中又躁动起来，不觉又有些想他过来，甚至还想主动走过去。但她心中担心琢磨不透他的心思，若是被他拒绝，那多难为情，今后我怎么见人？女孩子的矜持终究让她不敢起身，只在心中默默地想着，想着。就这样，想来想去，她迷迷糊糊地睡过去了。睡到半夜，她被肚子痛醒了。醒过来，她只觉肚子一阵阵巨痛，咕咕地叫着像有什么东西在游动。一会儿要大便，她起身躬着腰找了个偏僻一点的地方蹲下来。她想喊陈剑雄，但又怕他醒来看见自己这副狼狈相。屙了一点，肚子的痛感稍许减弱了许多。她又爬到原来的地方睡了。可睡了不到一刻，肚子又痛了。她不得不又起身去大便。如此反复，一个晚上闹了四五次，把她白天吃的那几个贝壳全屙了。直屙得她浑身发虚发软，没有了一点儿力气。一会儿，不知是睡过去了，还是昏过去了，她人事不知。

陈剑雄醒来时，已经日上二杆了。他身体强壮，经过昨晚的休息，基本上复原了。他坐了起来，看着东边一轮朝阳正在冉冉升起，金色的阳光照着大海，大海波光粼粼，泛着白光，非常耀眼。海水此刻呈现着深蓝色，深得有些发紫。在海水和天际交汇之处，出现了几片乌云，正在翻滚着，似乎又在酝酿着一场什么祸事。这情景，使他想起了世界著名作家、大文豪海明威对苍茫而神秘的大海的描述：她"是仁慈的，十分美丽的。但是她有时竟会这样的残忍，又是来得这样的突然。那些在海面上飞翔的鸟儿不得不一面点水搜寻，一面发出微细而凄惨的叫喊……"

"唉！海呀海！你真是仁慈的母亲，你又是凶狠的恶魔！"陈剑雄不由深有感触地叹息一声，又想起了前天那一道道动人心魄的骇人的"水墙"。海啸来的那天，他听到广播里说前方发生海啸，有巨浪来袭，他就知道大祸临头。他见游客们纷纷争先恐后往救生艇上爬，他知道这时候任何救生艇都救不了命，巨浪一来，什么救生艇都会颠覆。这时候最主要的是使自己不要沉到水下去，只要不沉到水底，就有一线漂到岸上的希望。于是他赶紧找了一件救生衣穿上，又寻了两个救生圈绑在身上。他知道在海上不知会漂多长时间，吃是个关键问题。他找了一个大塑料袋装了几瓶矿泉水，又寻了不少食物装上。然后他找几个橡皮圈把口子紧紧扎上，让它进不了水，能和他一起在海上漂流。当时船上一片混乱，什么东西都可以随便拿。当游轮断裂下沉时，他没上救生艇，而是任海水把自己浮在海面上，像一个浮萍一样随波逐流，任凭风浪吹打。波涛没能把他压到水底，但饥渴难熬。本来他可以少挨饥渴的，没料想风浪太大，把他预备好的塑料袋给吹走了。他在海上漂流了两天两晚，也饿了渴了两天两晚。当风浪把他送上这个孤岛时，已经是精疲力尽了，上岸就倒在地上。他休息一会儿，解下救生圈，脱下救生衣，头枕着救生圈躺在地上休息了许久。待身体稍微恢复后，他感到难耐的饥渴，站起来想在岛上寻找食物。突然他发现沙滩上躺着一具女尸。他想这一定是游轮上的乘客淹死后被风浪刮到了这儿。接着他又发现一具赤身露体的女尸。他一探鼻息，竟还活着。一时他觉得这位女同胞这么赤身露体多不雅观，便赶紧把旁边那个女尸身上的衣服脱下来给这位女同胞盖上。他不敢动手给她穿，一则她不想接触她的身子，怕接触到她的身子自己会控制不住；二则他怕她醒来后发现穿了别人的衣服，会很难为情。所以他只把衣服草草丢在她的身上，待她醒来后自己穿上。他又把一个救生圈枕在她头下，自己便去捡贝壳去了。岛上四处都是岩石和沙子，连根野草都不见影子，

生死相守

这里最好充饥的东西只有贝壳了。所以他聚精会神地捡贝壳。当他捡了贝壳回来，见那女子仍然昏迷不醒，但见她身上穿戴整齐，不是原来赤身露体了。并且身边多了一滩呕吐物。他知道她一定是醒来过了，乱喝了岛上的水以致中毒病倒了。他以手探了探她的额头，发现并不发烧，知道中毒不深，八成还是饿晕了。他想只要给她喝点水，吃点东西，也许她会醒过来。在这孤零零的荒岛上，多一个人做伴那是极好的事。再说从人道主义上讲他也不能见死不救啊！他若不把她救活，这一辈子都不得安心。凭心而论，他当时没有半点非分之想，只想把她救活。怎么救呢？此处一无水又无食物，有的只是刚才捡来的贝壳，她现在处于昏迷中，是绝不可能吃下去的。万般无奈，他想到了自己的血，他想只要把自己的血给她喝了，她一定会醒过来。于是他找了一块锋利的贝壳把自己的动脉切开，让血源源不断地流进她的嘴里。没想到她在昏迷中竟会本能地吸着他的血。使他不一会就因失血过多而昏倒在她身上。后来他醒过来了，看到她在伤心地哭泣，知道她活过来了，这才放下心来。

昨天晚上，陈剑雄也是长久不能入睡。凭心而论，从容貌上讲，馨兰不比朴雪差。朴雪是那种端庄稳重型，馨兰是那种俊俏活泼型。从漂亮上讲，馨兰对朴雪是有过之无不及。尤其昨天他看到了馨兰的胴体，那洁白的肌肤，那高耸的乳峰，确实叫他砰然心动。他是一个血气正旺的青年。干柴遇烈火，哪有不燃烧之理。两人同睡在一个渺无人烟的孤岛上，近在咫尺，哪能不心猿意马呢？可是他却按捺着心头欲火。他想我俩同是天涯沦落人，此时我若乘人之危，对她有什么非分之想，那岂不是猪狗不如。他可没有想到馨兰此时正盼着他过去哩！他之所以没有过去，还有一个更重要的原因，此时他眼前出现了朴雪的眼睛。朴雪瞪着一双顾盼有神的眼睛直直地看着他，眼睛里饱含着泪水，是那样哀怨，那样期盼。记得他登船的前夕，他和朴雪在湖心公园约会，朴雪伏在他胸脯上反复叮咛说：“办完事就赶快回来啊！别让美国那花花世界把你缠住了！

你要时时记住，这里有一个人在等着你。"

　　陈剑雄两眼含泪，不住地点着头，深情地抚摸着朴雪的头："你放心！什么事我都可忘记，也不能忘记你的一片深情啊！"

　　他双手捧起朴雪的脸，用滚烫的嘴唇吻着她的泪，吻着她的眼，最后长吻着她薄薄的嘴唇。朴雪迎着他，依偎在他怀中任凭陈剑雄的亲吻。那天晚上，他们相拥相抱，直到深夜。

　　第二天，朴雪同他一道坐飞机到上海，然后打的送他到码头。登船时，朴雪一双深情的眼睛瞪着他，眼里含满了泪水，似乎有无限离愁别情。他反复给她说："你放心，只有两个星期，我保证将一个完完整整、健健康康的陈剑雄交到你手上。"

　　朴雪无声地点着头，好像她有什么预感似的，仿佛这一次分别就是他们的生离死别，总是放心不下。直到船开远了，她还站在码头上挥泪。陈剑雄隐隐约约看到她那悲痛的身影，一捧眼泪涌上心头，忍不住躲在船尾放声痛哭。没想到这一别果真就是永别，能不能活下来？能不能回到朴雪身边？这还是一个很大的未知数啊！朴雪可是眼巴巴盼着他回去啊！想到这儿，他禁不住眼泪又涌了上来。任凭泪水肆流，侧身躺在地上无声地哭泣。哭着哭着，慢慢就进入了梦乡。一觉醒来，不觉天已大亮。他想怎么不见昨天那女子醒来呢？他寻到馨兰睡觉的地方，看见馨兰还在睡觉，便叫道："喂！天亮了，快起来！"

　　可是连叫三声，仍不见馨兰醒过来。他心知有事，探了探她的鼻息，才知她又昏过去了。

　　这时他闻到一股臭味，顺着气味一望，望见了几处污物，才知昨晚她吃了那几个生贝壳，肚子受不了，又生病了。他想只要让她休息一会就会醒过来，现在最关键是弄到火和淡水，否则没吃没喝，过不了两天，两人都会倒在这孤岛上。

　　陈剑雄开始在岛上搜寻，一是想找到能够喝的水，二是想找两块火石，用古人火石取火的办法打出火来。他找了两个多小时，结果无功而返。他们所处位置，是这个岛的一个海角，上面除了岩石还是岩石，并且被海浪冲刷得光溜溜的，没有一根草，也没有什么盛水的地方。岛上多的是石头，但都不是他

所指望的那种火石。远处有一座石头山，山上好像有草有树。但不明情况，他不敢前去。若是遇到《鲁宾逊漂流记》中所描写的那种野人，岂不会把他吃了。要去那是以后的事。他想有石头总能碰出火来，便捡起两块石头来碰。他碰呀碰，可就是碰不出火来。他为此花了一个多小时，最后丧气地将石头一丢，一屁股坐到地上。这时馨兰还没醒来，一张俊俏美丽的脸蛋显得有些苍白，婀娜的身子卷缩着，可以想像到她若站起来，一定是风姿绰约，如春风摆柳。可惜他一直没有看到她站起来的模样。他不由心生爱怜，像如此美丽的女子要丧身此地，真有几分可惜。找不到水和火怎么办呢？他感到前所未有的没有主张。往常最困难的时候他都想得出办法来，可现在面临生死关头，却一点办法也想不出来。黎明会计师事务所的人都叫他智多星，他是一个智商很高的人。当前国家最难考的一个是注册会计师，一个是律师。注册会计师考五门，在五年内考试通过都算有效。他可是一年过五门，那可真是凤毛麟角，全国一次全科合格的合格率只有百分之几，他就在这百分之几之内。不但如此，他还顺便考过了律师。真不容易，实属难得的人才。可是在这种恶劣环境下，他竟想不出一点求生办法来。当然求生办法并不是没有，他只要跑到山那边去，说不定能在那儿找到生机。可是那得冒比死还大的风险啊！再说身边这位女士怎么办？我能自顾自逃命、于她不顾，让她躺在这儿自生自灭吗？如果一个人只为自己活着，那与动物有什么区别？人其所以为人，是因为人有思想、有感情、有同情心和责任心。如果我对她弃之不顾，我有什么同情心？有什么责任心？"救人一命，胜造七级浮屠"，我倒不希望造什么七级浮屠，可救人一命这是人的本分啊！古人云："人之为善，百善而不足"，我为什么不救她呢？我还希望她活过来同我共同面对艰险、面对死亡啊！两个人总比一个人强。

正在他无计可施的时候，他突然感觉到风变大了。他朝天上望去，发现天突然变了，挂在天上的太阳不见了，在远处天和大海之间，堆满了密密层层的乌云，正不慌不忙的以排山倒海之势推了过来。顷刻间，大海一片阴沉、接着一片黑暗，白天突然变成了黑夜。只有在那闪电闪亮的顷刻，黑幕才被撕裂，露出那咆哮的汹涌波涛的大海。狂风掀动着大海，掀起滔天的巨浪。汹涌的波涛冲击着海岸，发出骇人的撞击声，仿佛要把这小岛吞噬，甚是吓人。紧接着"咔嚓！"一声巨响，一道惊雷从头顶劈了下来，把他吓了一跳。但他马上意识到大雨就要来了！我们有救了！正在这当儿，一粒豆大的雨点砸在他脸上，他赶快仰脸向天，接那雨点。点点滴滴的雨水刹时落进他口中，简直就是琼浆玉液，受用极了，他感到一种从未有过的畅快。但不管雨下得多大，他都仰着脸接着。顷刻间，雨点变成倾盆大雨，只见那雨夹着滚滚雷声从黑暗的天空中直落下来。陈剑雄仰着头，竭力站稳身子，任凭暴雨像无数条鞭子无情地狂扫着，抽打着，把他从头到脚淋了个透，浑身没有一根干纱。他像一个刚从水中捞上来的人，浑身水淋淋往下滴着水。他一点也不在乎，相反痛快极了。这雨不但解了他的渴，还把他身上从海中带来的盐渍洗了个干干净净，给他洗了个彻彻底底的淡水浴，他感到从未有过的畅快。

"陈哥！赶快接水！"风雨中，突然传出馨兰低微的声音。原来这场大雨把馨兰也淋醒了。她也解了渴洗了澡，并且想到了以后的日子，这水可是他们的命啊！所以才叫陈剑雄赶快接水保存起来。一语提醒陈剑雄，陈剑雄赶紧把岛上的贝壳都翻过来接水。岛上多的是空贝壳，有的扑着、有的朝天。他把扑着的都翻过来，很快都装满了水。

馨兰喝水洗澡后，寻到了一块突出的岩石下避雨。那岩石像一个天然的雨蓬，遮住她免受那暴雨的鞭打。她理了理那长长的头发，把它挽了个结盘在脑后。这是她多年蓄的发，她很喜欢，情愿自己受伤，也不愿让头发受损。接着她又整了整被淋湿了的衣服。她像陈剑雄一样全身衣服淋透，紧贴身上，显山露水，各种线条都暴露无遗，很不雅观。虽然这里无人看见，但还有个陈剑雄啊！可不得不注意。她理好衣服靠在岩石上。这时她感到浑身疼痛，身上没有一丝力气，靠在岩石上喘息着，

看着陈剑雄将贝壳里接的水倒进一个放了气的救生圈里。待两个救生圈都灌满水后，陈剑雄也在馨兰不远处的一块突出的岩石下躲雨。馨兰有气无力地对他说：

"陈哥！我要死了，大海没有把我吞噬，只怕病魔要把我带走了。以后你就一个人在这岛上了"馨兰说得非常凄楚。

陈剑雄安慰她道："你别急，其实你也没病。昨晚你吃了那几个生贝壳，不适应才闹肚子的。过两天就会好的。"

"这两天我们上哪儿找吃的啊？没有吃的，还不是被饿死。鲁宾逊的运气真好，他有那么多可吃的东西，我们在这破岛上，可是一无所吃啊！难道天天吃那生贝壳不成。"

馨兰说着又要哭了。

"天无绝人之路。海明威说得好，人可以被毁灭，却不可以被打败。我不相信我们就这样完了。我去找找，说不定会有好运气。你在这儿好好休息。"

海上的天气像一个没满周岁的孩子，说哭就哭，说笑就笑。这场雨只下了一个多小时就停了，顿时大海又恢复了它往日的仁慈和美丽。陈剑雄把那件救生衣铺在地上叫馨兰睡上去，馨兰依言躺好。然后陈剑雄起身到海边寻找食物去了。

馨兰眼巴巴望着陈剑雄走了，想着自己没有希望的未来，心中好不凄苦。

第五章

　　高明一行五人赶到映秀镇时，已是傍晚时分。这时天下
着倾盆大雨，高明五人都没带雨具，到映秀镇时已是浑身湿透。
瘦高个把他们带进一个临时窝棚躲雨，窝棚里果然是人去棚
空，只有少数的留守人员在履行自己的责任。瘦高个给他们
寻了两个空窝棚住了。另一个文学青年不知从哪儿弄来两个
玉米棒子给他们充饥。高明放心不下寒梅，待雨小一点就寻
到了临时成立的抗震指挥部。映秀镇不过一公里见方大小，
现在抗震指挥部是最高权力机关，很好找。他找到了指挥部
的指挥长。指挥长姓郭，是刚坐冲锋舟进来的一位解放军营
长。高明把中国作家协会的会员证给他看了。郭营长是个长
得十分结实精悍的三十开外的大小伙子，他对高明十分热情，
问他有什么需要帮助？高明说，想借他的"北极星一号"卫
星电话打个电话。这卫星电话本来不可随便借的，他见高明
是个著名作家，又与救人有关，很快就同意了。高明用卫星
电话与四川省作协取得了联系，证实寒梅并没有回成都。高
明这才着实急了。看来寒梅是被埋无疑了，现在是死是活还
很难说。他不由一捧泪水又涌了上来，但他强忍着，向郭指
挥长反映了寒梅的情况，希望尽快搜救。郭指挥长生性爽快，
他安慰高明说：

　　"你不用着急，明天江西的救援队就到，首先搜救寒梅
同志。"

　　听了郭指挥长的话，高明的心稍许放宽了一点。他期望

着寒梅还活着，他期望救援队能把她救出来。

这一个晚上也许是高明这辈子最长也是最难熬的一个夜晚。他基本上没有睡什么，脑海中总是浮现着寒梅被压在废墟中待救的身影。天还未亮，他干脆不睡了，把瘦高个叫起来，要他陪他走走。瘦高个揉着惺忪的眼睛，带着高明走出窝棚。

映秀镇是两座大山夹着一块方圆一公里见方的平地，湍急的岷江在平地中穿过，留下一块肥沃的土地。自古羌汉两族人民在这块土地上繁衍生息，逐渐建设起一座繁华热闹的山村小镇。这里是成都通往汶川、阿坝、九寨沟等地的必经之地。过去这里商铺林立，游客盈门，煞是热闹。地震后，这里已是一片狼藉，到处是残砖断瓦，废墟瓦砾，没有一间完整的房屋，没有一块平整的土地。这里已经变成一座人间地狱，真正意义上的死镇。高明走在两边尽是瓦砾废墟的路上，只见暗影中尽是黑糊糊的垮塌了的建筑物，有的还有半节身子，斜倒在一片瓦砾之上；有的干脆就是一堆瓦砾，即使有的还没有全倒，但也是东倒西歪、千疮百孔。高明望着这情景，感慨万千、嗟吁不已。地震给人民带来了深重的灾难，摧毁了一切美好，带来的是死亡，毁灭。但是尽管地震无情，它却摧毁不了人们坚强的意志。那一排排绿色整齐的营房，就是解放军的驻地，他们正在尽最大的努力，拯救那些埋在废墟下的同胞。这些同胞有的也许早已魂归天国；有的也许尚存一线气息。他们不抛弃、不放弃，尽最大的努力拯救他们。只要有百分之一的希望，他们就会作出百分之百的努力。寒梅是死是活？现在不得而知。高明心中十分凄苦，他想寒梅若是死了，自己这后半辈子真不知该怎么过？他真想随她而去。他和寒梅的相识，完全是出于有共同的理想、共同的爱好、共同的追求，是共同的事业把他们两颗心连在了一起。寒梅是个执着于文学、痴迷于文学的文学猛士。尽管现在"文学死了"，作家们跌入了低谷，但她对文学的追求仍然锲而不舍、至死不逾。她一不为名，二不为利，只求实现人生价值、为人类的文学宝库增砖添瓦。为此她牺牲了宝贵的青春年华，到五十岁还没有结婚。正是这一点，使高明对她无限倾心、无限爱慕，与她一起共创长篇小说《生死相守》。谁知老天如此不遂人愿，棒打鸳鸯两分离，把她打入了人间地狱、生死不知。这怎不叫高明焦急万分？这怎不叫高明心痛欲碎？

想着寒梅的诸般好处，一颗豆粒大的眼泪从眼眶里滚落下来。接着眼泪像断了线的珠子，不停地滚落。他满脸泪痕，也不想去擦一下，任凭眼泪在脸上肆流。他对着那茫茫暗夜真是无限惆怅、无限心伤。他不由对着黑夜大声呼喊：

"寒梅！寒梅！你在哪里？你在哪里啊？"

可是回答他的，只有那飒飒夜风和静静黑夜。他的叫喊声在那空空的山谷间、在那寂静的夜空中，显得是那样响亮、那样悲怆、那样凄楚。

夜，静得是那么可怕！四处传来轻微的蟋蟀的凄楚叫声，把夜烘托得更加寂静。夜空下，似乎暗藏着无穷无尽的危机，也包括着掩埋寒梅的地方。高明这样大声呼喊，得到的只是群山的空洞的回应。不久他发现不远处有一点微弱的火光，接着传来一声声凄凄惨惨的、呜呜咽咽的哭声。那哭声在那旷夜中，闻之令人毛骨悚然、伤心丧胆。只听那声音哭道：

"建娃！你要回来！你要回来啊！妈在这儿等你！等你啊！我只有你一个娃，以后我怎么过啊？呜……"

听到哭声，瘦高个悲戚地说：

"这个女人的儿子、媳妇和孙子都压在下面。这女人急疯了，每天天不亮就到这儿烧香，哭喊。"

高明一听，心不禁为之一震，感到太悲惨了。他循着声音走过去，见一妇人披头散发、十分可怖。她蹲在地上烧着纸钱，一边烧一边哭。高明见她形态着实可怜，想说几句安慰的话，可说什么好呢？他想了许久，终究没有想出一句得体的话来。这时瘦高个说："高老师！寒梅老师的家在那边，我们去那边看看。"

高明首肯，脚步随着瘦高个向映秀镇的北边走去。他们经过一片废墟，瘦高个指着废墟说："这就是损失最惨重的映秀小学，你看没有一栋像样的建筑了。四百七十三个学生埋了二百六十个；四十七个老师，埋了二十二个。"

高明一边听着，一边隐隐闻到了一股尸臭。他想寒梅埋在下面，如果活着，这暴雨、这尸臭都够她受的。

"寒梅！寒梅！你在哪儿？你在哪儿啊？"高明不自觉地又叫喊起来，并且不厌其烦地反复叫着。那悲戚的叫声在山谷中经久不息，形成一种回音，显得非常宏大、非常凄凉。

突然，瘦高个说："高老师！你听，下面好像有什么声音。"

高明闻言，心中一惊，忙止住叫喊，屏声细听。果然，在那寂静的夜空下，隐约听到一个十分微弱的声音：

"高老师！快救我！我在这儿！高老师！快救我！我在这儿。"那声音反复在呼唤。

高明听到这声音，顿时浑身热血沸腾起来，心几乎跳到嗓子眼上，他急忙喊："寒梅！寒梅！你在哪里？你在哪里？"

接着高明清楚地听到："高老师！我在这里！我在这里！"

高明循声望去，声音来自一座垮塌了的半节楼房下面。他更加激动，急忙说："你别动！你别动！我马上叫人来救你！"

天渐渐明朗，太阳还没有出来，山间还是一片幽暗。一会儿，东边山峰顶上出现了好些灰白色的云彩，它们渐渐亮了起来。各种形态的废墟渐渐清晰起来，有的像张开吃人的血盆大口；有的像摇摇欲坠、随时都有可能倒地的病夫；还有的像缺胳膊少腿的残废。看上去真是触目惊心！高明无心察看这些情景，他一口气跑到解放军营房把郭指挥长叫醒，上气不接下气地说："寒梅找到了！寒梅找到了！你们快去救她。"

郭指挥长从床上起来，擦着惺忪的眼睛问："寒梅？寒梅找到了！怎么回事？你慢慢说！"

好一会高明才缓过气来，这才慢慢把如何发现寒梅的情况详细说了。郭指挥长听完，立即吹响哨子集合队伍。战士们听到哨声，纷纷迅速从床上起来到营房前面集合。不到五分钟，队伍便集合完毕。郭指挥长对大家说：

"据高作家反映，寒梅作家还活着，压在废墟下面。救人如救火，我们脸也不要洗了，饭也不要吃了，立即投入战斗。第一连第一排先上，看情况需要，再增加力量。"

"是！"一排长立正回答。然后发出一声口令："一排的注意啦！立正！向右转！跑步走！"随着口令，一排战士带着工具跑步前进。高明在前面引路，直把解放军带到那垮塌的半节楼房下面。只见那垮塌的半节房子像僵尸一样斜卧在一堆瓦砾之上。一排长一看，心中犯了愁：我的天！这么大栋房子谁挪得开？他站在废墟面前直发呆。过了一会儿，他把三个班长叫过来商量，叫大家集思广益、多想办法，如何才能把人救出来？

一班长说："这种情况按常规得把上面的东西搬开，然后救人。但如今这办法行不通。一来我们没有大型的起重设备，就是有也起不了作用。二来……"

往常开排务会议，总是三个班长轮流发言，今天也不例外。一班长话没说完，二班长打断他的话说："你这不是废话，谁不知道，没有设备不能把那半节房子挪开。"

三班长说："你们别抬扛，现在人还压着，一分钟都十分宝贵，现在是如何把人救出来。"

一班长一拍大腿说：

"我有一个办法，就是有点费时间。我当兵前挖煤打过坑道，我们可以从侧面打个坑道进去把人救出来"。

一班长话音刚落，二班长马上反驳：

"你个什么馊主意！现在被压的人已过了一百多个小时，等你打坑道进去，只怕救出来的人早死了。"

这的确是个问题，解放军战士手上只有铲子、锄头之类的简单工具，没有打坑道的专用工具，不知何时能把坑道打成。大家陷入一筹莫展的境地。

正在大家无计可施时，江西省的救援队来了。他们刚刚从

冲锋舟上下来，接着便投入了紧张的战斗。只见身穿红色消防服的消防官兵"嗖嗖嗖"跑步过来。队长听了情况后，立即果断地说："打坑道！还等什么，救人要紧。"接着他几句话把队员分了工，大家便叮叮当当干了起来。

高明一直坐在寒梅的上方和寒梅说话："你现在不要说话，要保留体力，千万不能睡觉，你听我说话。"

寒梅在地下细微地说："我听你说话，你来了，我什么都不怕了。我好感动！"

"你也别激动，激动会消耗你的体能。你一定要活着出来，出来后我们就结婚。"

"我的腿被压住了，不能动弹！"

"别说话了！你放心，我们一定会想法把你救出来。出来后不管情况怎样我们都结婚。"

为了不让寒梅睡着，高明不让寒梅说话，自己却絮絮叨叨地说个不停。他自己也不知道，为什么会变得这般啰嗦？他说："你出来后我就带你到北京去治病。我要给你找最好的医院、最好的医生给你治伤。结婚时，我要在北京最高档的酒店举行婚礼。我要给你买最好的礼服，使你成为世界上最漂亮的新娘。我要通知所有的著名作家、著名歌星、还有我的领导、同学、朋友、同事，把婚礼办得既热闹风光、又隆重阔气。"

"只怕我没那福气啊！我等了三十年才等到你……"寒梅忍不住苦笑了。

"别说话！现在消防官兵正在打坑道救你，不久我们就可以在一起了。你一定要勇敢地坚持住，与死神作斗争。"说到这儿，高明想起只顾说话，忘记了设法给寒梅送点吃的。不知道这坑道要打多久？万一坑道未打通寒梅支持不了……他不敢往下想。他想还是先准备一点吃的东西，只要能看见她就设法给她送吃的，省得到时候手忙脚乱把这事忘了。他跟寒梅说："你坚持住，我去给你准备点吃的。"说完，他迅速离开寒梅去寻找食物。

这时天已是上午，太阳挂在中天。映秀镇上出现了各种各样忙碌的人影：有的是穿着弥彩服的解放军战士，他们到处在寻找生命迹象；有的是穿着红色消防服的消防官兵，他们在挖坑打洞、救援伤者、把一个个生命从死亡线上拯救回来；有的是白衣战士，他们提着滴瓶到处奔跑，挽救那些濒危的生命；有的是记者，他们提着摄像机、照相机到处采集新闻；有的则是一种新鲜群体，他们是四乡八岭逃难出来的灾民。他们的家园被毁坏了，可怜兮兮地逃出来找政府、要求救援队尽快到他们那里救援；还有的则是外出投亲访友、途经此地的逃难群众；但是更多的是本地群众，他们含着泪，哭喊着寻找自己的亲人。

一辆公安汽车从那头驶来，车上站着一个人在向群众喊话："……地震来时，我们领导班子正在开会，其他同志都遇难了，我也是刚从地下挖出来的。现在党中央和国务院非常关心我们，胡锦涛总书记和温家宝总理就在汶川，全国各地都派来了救援队救援我们，全世界都在支援我们！大家要抗震自救！不要惊慌……"

公安车开过去后，接着几个消防队员抬着一副担架跑步过来，一边跑一边喊："让开！快让开！"显然是抬着一个生命垂危的伤员。

这伙人刚刚过去，接着高明听到一声惊喜悲怆的叫喊："莲妹！你跑出来了！你还活着啊！呜……"

紧接着他看到两个姑娘相向而跑，紧紧地抱在一起。其中一个哭着说："呜……我以为再也见不到你了啊！妈妈呢？妈妈在哪儿？呜……"另一位姑娘也是热泪盈眶，泣不成声。

她回答说："妈妈还压在下面！不知是死是活？"

姐姐闻言，放开妹妹问：

"呜……你怎么不把她救出来啊？"

"她来不及跑出来，房子就垮了！把她……呜……"

姐姐哭着说："快！快去救她啊！"

生死相守

"姐，妈妈八成是死了。呜……"妹妹哭得更加伤心。

两姊妹又抱头痛哭。一会，姐姐哭着说："快！快去找救援队！死了也要把尸体挖出来啊！呜……，不能让妈妈抛尸废墟。"

两姊妹一路相扶着急匆匆去找救援队。人们对于姐妹俩这种凄楚的相见已经司空见惯了，表情都十分木然。人们见到了太多的眼泪，听到了太多的撕心裂肺地哭喊，见到了太多的劫后重逢。已经是欲哭无泪、神情麻木了。

高明来到广东医疗卫生队，他向一位医生说明来意后，医生说："你不要担心，只要能施救，我们就会给她打点滴。"

"若是无法打点滴呢？你还是给我一瓶加葡萄糖的盐水吧！以备急用。"

医生本不想给，但看到他那急切的眼神，不忍拒绝，便说："这药是不能随便给的，看你救人心切，你就拿一瓶去吧！"

"谢谢！万分感谢！"高明拿到葡萄糖水高兴地回到寒梅身边。他叫了声寒梅，却不见寒梅回答，他急了。他反复地不厌其烦地叫着寒梅，嗓子都喊哑了。隔了好一会，才终于听到寒梅极微弱的声音："高……我……不……行了。"

高明闻言，心急如焚，忙说："你要坚持，你一定要坚持住！千万不要睡啊！"高明急忙去看坑道，坑道已经堀进十多米了，可以看见寒梅被压在一块钢筋预制板下面。高明对消防队员说："你们暂停一下。现在她的身体极度虚弱，随时都可能出问题，让我进去喂点东西行吗？"消防队员不知他怎么喂东西，将信将疑地望着他，但挪开了身子。

高明冒着生命危险走进坑道，接近寒梅。他叫道：

"寒梅！寒梅！别睡着，我就在你身边。"

寒梅没有反应，高明叫了三遍，还是没有反应。高明急了，他放大声音叫第四遍，寒梅才微微答应：

"高……老……师！"

高明喜了，他说："你的手能动吗？我伸根管子给你，你把它含到嘴里，我喂你东西。"说着他掏出一根细细的硅胶管，这是他刚才多了一个心眼，趁医生不注意，从她那儿拿的。他把管子伸向寒梅，寒梅依言将管子含到嘴里。高明喝一口葡萄糖水，然后送进硅胶管，通过硅胶管把葡萄糖水送进寒梅口中，流入她的体内。就是这样，高明一口一口地喂寒梅葡萄糖水。他们靠着这种最原始的办法，传递着生命的信息。寒梅喝进这些水后，精神大有起色。高明怕她饿久了，一时受不了，不敢给她多喝。他问寒梅："寒梅！好过些了吗？"

这次寒梅立即回答："高老师！谢谢你！我好多了。"高明离开寒梅，让消防队员们继续掘坑。

黄昏时分，坑道打成了，但寒梅的两条腿被钢筋预制板压着拔不出来。为了拯救她的生命，医生过来给她挂上了点滴，算是暂时生命无忧。

由于天黑，为了保障寒梅和消防队员们的安全，消防队决定暂时停止工作，明天天亮后再设法将寒梅两腿拔出。

这又是一个多么难熬的夜晚啊！高明坐在寒梅的身边，紧紧握着寒梅的手。他那份深深的爱，通过这只手传递到寒梅心上，寒梅感到幸福极了！两人相对无言，一份爱的激情在两人心中激荡。劫后余生，两人都觉得既幸运又幸福。寒梅想，就在两个小时前，如果不是高明喂了她葡萄糖水，也许她就熬不住了。如果不是高明赶到映秀来救她，她便只能永远埋在这废墟之下，不知要到何年何月人们在清理废墟、重建美好家园时，才会把她的尸骨挖出来。想到这些，寒梅对高明无限感激、无限爱恋，如果不是双腿被压着，她真想扑过去抱住高明亲吻。高明此时感到寒梅活生生躺在身边，已经生命无忧，他感到一种踏实、一种慰藉、一种放心。这几日的劳累没有白费，只要明天消防队员把横梁抬高一点，寒梅的腿就能出来了，他们就坐直升飞机去成都、去北京。

良久，高明说："现在你可以睡了，好好睡一觉吧！"

寒梅说："有你在，我怎么能睡得着啊？我好幸福！好兴奋！"过了一会，寒梅又说："现在余震不断，坐在这里十分

危险，你两个晚上没睡啦，赶紧回去睡吧！明天还要早起。"

"没事！要是废墟再塌下来，把我俩埋在一块，岂不实现了我们同年同月同日死的愿望。"

寒梅听着，心里受用极了。但她嘴上说："你呀！真是个傻冒！我就是死，也舍不得你死啊！"

高明没有走，两人又默默地坐了许久。后来高明对寒梅说："上次你问我，剑雄和馨兰怎么能活下来，现在我有了一个很好的构思。"

寒梅说："你快跟我说说！"

陈剑雄离开馨兰后，想到海边去碰碰运气。没想到一场风雨改变了海滩的模样。这时海滩上摆满了被风吹来的各式各样漂浮物，把整个海滩都盖满了。有被打烂的救生艇的残骸、有被打烂的椅子和椅子上的海棉坐垫、还有救生衣和救生圈等等。其中一种最显目的东西，那就是死尸。游客们淹死后死尸漂到这儿来了。大概是海水泡的，这些死尸都还没有发臭。陈剑雄心中好不高兴，他想果真是天无绝人之路！老天爷给我送财富来了。他迅速跑下海滩，首先找到一个满脸胡须的男尸搜寻，从他身上掏出了一个手机，还有美元、金币、金卡等，可就是没有他所需要的东西。他又找一个瘦小老头搜寻，也没有找到所需的。突然，他发现在一个肥胖的女尸旁有一个塑料袋。他不觉眼睛一亮，这不是我装食物的塑料袋吗？他一个箭步跨过去，提起塑料袋一看，不错！正是它。他大喜过望，忙打开来看。里面的纯净水和食物原封未动，而且没有进一点海水。馨兰有救了！他提着塑料袋跑到馨兰身边叫道：

"馨兰！有救了！我们有救了！"

馨兰闻声坐起来，看到剑雄跑过来递给她一个蛋糕。她接过蛋糕，不管三七二十一，张口就咬。在这种时候能吃到蛋糕，真是天大的恩惠！比人参燕窝、海参鱼翅、什么东西都要可贵。一下子半个蛋糕就下肚了，这时候她才问陈剑雄：

"这是从哪儿来的？天上掉下来的吗？"

"这是我在船上时准备的，在海啸中被风浪吹跑了，没想到老天又给我送过来了。"陈剑雄正在啃一块面包。十分得意地说。

"美你的！一塑料袋食物能吃几天啊？吃完了还不是照样挨饿。"馨兰忧郁地说。

"不！那边还有许多东西。你不能多吃，吃完这个蛋糕，你跟我去看看。"

一个蛋糕下肚，馨兰身子又有了力气。本来她的体质很好，这两天是饿极了，没有正儿八经吃什么东西，所以身子虚了。现在吃了一个蛋糕，身体恢复了许多。她站起身，对陈剑雄说：

"走！去看看。"

"你行吗？"

"可以了。"

馨兰跟在陈剑雄后面来到沙滩，看到沙滩上摆满了被风浪打来的漂浮物，心中也非常高兴。陈剑雄来到沙滩后，他又在尸体上翻寻东西。他一边翻一边对馨兰说：

"我们把这些东西都搬到岛上去，别让风浪一来又都冲跑了。这些东西对我们都有用。"

"那尸体好臭的！你在翻什么？"

"暂时还不臭，我在找一个宝贝。"

"什么宝贝啊？值得这么费力？"

"等会你就知道了。"陈剑雄又翻了几具男尸，什么手机、钥匙圈、钱包等翻了不少，就是没有他要找的东西。他急得满头是汗，他不相信就不能找到一个吸烟的人。他没有丧气，想那胖女尸给了我运气，说不定在她身上可以找到。他跳过几具尸体，来到胖女人身旁，开始翻寻她的口袋。不想他刚接触那裤口袋，心就"嘭嘭嘭"直跳。因为他的手触到了一盒纸烟。他赶紧拿出来，再摸口袋，果然有个打火机。他高兴喊道：

"找到了！馨兰，你不用吃生贝壳了！"

馨兰见他举着一个打火机，忙跑过来接过打火机，"啪"地一声打出火苗，心中好不高兴。

　　这时陈剑雄说："我们休息一会，再吃点东西就来搬东西。"馨兰依言，回到原来地方。馨兰又吃了一块蛋糕，身子觉得更有劲了。

　　两人休息一会之后，又来到沙滩上。陈剑雄说：

　　"我们先把这些死尸处理掉，然后再搬东西。这些家伙暂时还未腐烂，等他们腐烂后，尸毒传给我们就没命了。"

　　馨兰没有言语，她听从剑雄的吩咐，动手搬那死尸。可是那死尸太重，无力搬动，忙喊："这家伙太沉，你过来帮忙！"

　　陈剑雄说："先不忙搬，我们把他们的衣服扒下来，你拿到海边去洗干净晒干。"

　　"你要这些衣服做什么？"

　　"姑娘，这些衣服可大有用途，你要做好长期打算。我们不知道能不能回大陆，我们总得备一些遮体御寒的东西呀！你不想当那赤身露体的野人吧？"

　　馨兰觉得他讲得在理，便动手脱那死尸身上的衣服。但一想到脱光人家衣服，人家赤身露体多不好看！尤其是那些男尸，她一个未出阁的姑娘，感到十分难堪，脱到里面便不想动手。

　　陈剑雄见状说："我们分一下工。你负责脱女尸，我负责脱男尸，免得那不雅观的东西羞了你。"

　　馨兰一听，心里好生感动。心想这家伙好细心！蛮有人情味，自己正发愁看见那家伙怎么办呢？他倒先考虑到了。于是她动手脱那胖女人的衣服。一共是九具尸体，五男四女。花了一两个小时，两个人才把死尸衣服脱完。脱光衣服，陈剑雄对着死尸们说："先生们！女士们！在这岛上我无法让你们入土为安，我只能学海员们的礼数，将你们海葬了。馨兰，我在那边观察了好久，海角那边有一股海流，我们把他们拖到那里去，丢进海流，让他们回归深海去吧！留在这里是我们的灾星。你拖女的，我拖男的。"说着他便把那大胡子的尸体往那边拖。

　　馨兰觉得这小子真有心计，什么都想得到。于是她听从他的吩咐，拣了一个小个子女尸往那边拖。她拖完三具女尸，当她拖到最后那个胖女人时，实在拖不动了。她叫陈剑雄：

"陈哥！我实在拖不动了，你帮帮忙吧！"

陈剑雄回说："你休息一会再拖吧！我实在不想看你们女同胞那个丑相。"

馨兰随口说："要看的你不早看过了？还装什么假圣人！"话一出口，便意识到说漏了嘴。这么说，不等于是说我身上的你都看见了？她立时羞红了脸，低下头不敢看陈剑雄。陈剑雄也知道她说的是什么，他的确不好再装假圣人了。忙说："好，我拖我拖。"说着，他帮馨兰一块把那胖女尸拖到海边，抛入海流。

拖完女尸，陈剑雄又吩咐馨兰："你把这些衣服拿去洗干净晒干，我把这些救生艇的残骸拖上去晒干。别忘了把口袋里的东西掏干净哦！"

馨兰累得不行，她叫陈剑雄："我不行了！你给我休息会儿。"于是两人又回到原来地方休息。已是中午时分，两人又吃了一点东西，喝了点水，就躺在岩石上休息。

送走这些死尸，陈剑雄总算放下了心。他见馨兰的确很累，一个女同胞，又是新病刚愈，自然顶不住这番折腾。他没再坚持要她去洗衣服了，好在今后的时间多的是，慢慢来吧！

他自己选了两块干一点的木板放在石头上晒着，又去寻了几块海绵、泡沫塑料和救生衣之类的东西，给馨兰铺了张床。虽然比正规的床天差地别，但总比睡在石头上强。他叫馨兰躺到上面。

馨兰心里好感动，说："陈哥，你对我这么好，我拿什么感谢你？"

陈剑雄说："快别说屁话，好好休息。"陈剑雄自己也寻了一些东西，给自己铺了个床。傍晚，陈剑雄寻了一些晒干了的木板，他用那胖女尸身上搜寻到的打火机烧起了一堆火。然后他在火上烤了几点贝壳肉，又用一只大贝壳的壳作锅烧干一点海水，取得了盐。他将那烤熟的贝壳肉粘着盐吃，味道非常鲜美。他给馨兰吃，馨兰也连声说好吃。这下他们不担心被饿死了。

两人忙碌了一整天，晚上各自睡到那所谓的床上。馨兰长久不能入睡。她想自己旅什么劳什子游？到如今身陷孤岛，能不能回大陆，还是一个很大的未知数，前途十分渺茫。虽然天老爷送来了这些吃的，但又能维持几天？即使不饿死荒岛，也要终老荒岛啊！虽然陈剑雄很能干、很聪明，是个可以依靠信赖的人，但是这儿连船的影子都看不到，显然这儿不在航道上，不能指望哪个会来救我们。回不了大陆，我该怎么办啊？在这里无法向外界通讯，不知道学校领导和老师们听到她遇难，会如何伤心？他们哪知道她会流落在这荒岛上啊！尤其是母亲和兄弟，一定会伤心得死去活来。想到母亲，她不禁又呜呜咽咽哭了起来。她的哭声，把陈剑雄吵醒了。陈剑雄听她又在暗暗哭泣，便走过来问道："好好的，怎么又哭了？"

馨兰见他走过来更加伤心，她突然坐起来情不自禁地抱住陈剑雄双腿哭着说："陈哥！我们怎么办？我们怎么办啊！"

陈剑雄说："你别急！我还是那句话，天无绝人之路，只要我们不饿死，就会有办法的。"

馨兰死死抱着陈剑雄的腿不放。陈剑雄只好拿开馨兰的手，说："快睡吧！明天还有繁重的体力活要干。"说完，他走回到自己的床上睡了。

高明说到这儿嘎然而止。寒梅听得入了神，这时恍过神来连声说："好！好！就这么写。在废墟下我坚持把第四章写完了，你拿去看看行不行？"寒梅把电脑交给高明，高明接过电脑无限感慨地说："你呀！埋在地下还搞创作，你真是个拼命三郎！"

不知不觉天已发亮，拂晓时分，消防队员走进坑道继续工作。高明让出工作面，钻出坑道。

一个小时后，一个不幸的消息几乎将高明击倒。

第六章

　　经过消防队员的再三努力，压在寒梅腿上的预制板无法升高半毫。如果强力升高，可能引起废墟垮塌，寒梅和消防队员都有生命危险。并且经过医生诊断，寒梅的两条腿已经坏死，即使救出来，也要截肢，否则同样有生命危险。经研究，寒梅只能在坑道内截肢了。高明听到这个消息，全身都麻木了，几乎难以自持。截肢！这是个多么可怕的字眼，这等于寒梅从此站不起来了，她这一辈子都将在病床和轮椅上渡过了，这对她将是多么巨大的打击啊！这相当于是一种死亡的宣判。对她这么一位杰出的作家，这是多么不公平啊！他不敢想像寒梅知道后会多么痛苦。但是转念一想，这也是没有办法的办法了，现在捡得一条命已是万幸了。他想应该马上回到寒梅身边安慰她，叫她从实际出发，一定要忍住悲痛。不管遭到多大灾难，他都将生死相守永远和她在一起。他强忍着将要涌出的眼泪，再次钻进坑道，来到寒梅的身边。看来寒梅已经知道了这个情况，正泪流不止，失声痛哭。高明见她已经知道，无声地坐在她身边，一时不知怎么安慰她。

　　良久，高明问道："都知道了？"寒梅含泪点了点头。

　　"唉！这也是没办法的办法了，能捡条命就很不错了。今生今世我都陪护着你。"

　　"不！你是干大事业的，我怎能拖累你。还是我死了好。"

　　"你别说傻话了！这么多人费力把你救出来，怎么能让你死了呢？只要青山在，还怕没柴烧？还有我们的《生死相守》，

以后还会有更多的创作等着你去完成、去奋斗。你是中国的奥斯特洛夫斯基！"

"话是这么说，这样残酷的现实，你叫我怎么接受得了啊！"说到这儿，寒梅又哭了。

"既来之，则安之，现在只能到哪个山上唱哪个歌了。能保住性命就是胜利。心态放平和点，接受手术吧！"

寒梅听高明这么一说，立即想到了《生死相守》。是的，还有《生死相守》等着我去完成啊！她忍住了眼泪，去掉了轻生的念头。这时医务人员进来给寒梅下了麻药。很快，寒梅便失去了知觉。

手术进行得倒还顺利，三个小时后，被锯掉双腿的寒梅被抬出坑道。早有担架在坑道口等候，高明等人将寒梅抬上担架，迅速跑向早已安排好的直升飞机。寒梅被送上直升飞机后，到成都转民航班机直飞北京。高明一直陪在寒梅的身边，看到寒梅只剩下半节身子，伤心欲碎。

四个小时后寒梅清醒过来。一直守在寒梅身边的高明见她醒来，赶紧擦干泪水，忙凑上去问："怎么样？还痛不痛？"

寒梅感到腿部很痛，但怕高明担心，轻声说："还好。你说后来陈剑雄和馨兰的命运怎样？"

高明说："暂时别想了！现在首要任务是把伤治好。"

寒梅微微笑了："我难以忘记那段情节。我们这是在哪儿？"

高明说："我们到北京啦！这是协和医院，这里有最好的医生、最好的设备，一定会把你的伤治好。"

寒梅重又闭上眼睛。她知道她的伤有多重，这次能捡到一条命的确是万幸的了。她不祈求任何奇迹的发生，只希望在她活着的日子尽快把小说写完。她又陷入了小说的情节之中。

第二天一早起来，陈剑雄和馨兰就去清理海滩上的东西。整整忙了一天，才算把那些漂浮物清理完毕

他们一共捡到了以下东西：

人民币五万；（主要是那些死尸身上钱包里搜到的。）

美元六万；

金币两万；（这些主要是那胖子外商的。陈剑雄想，日后若能回到大陆，这可是笔不小的财富。）

衣服二十件；

裤子十五条；

木桨碎片十块；

救生艇的残骸若干；

海棉坐垫八个；

救生衣十件；

救生圈九个；

打火机四个；

食品若干；

手表六只；

手机十只；（都被水泡坏了）

钱包八只；

钥匙圈七个，上面挂着一串串钥匙；

针线包一只。

可喜的是陈剑雄还捡到了一只防水性能很好的精致的保密箱。箱子锁了，不知道密码不能打开，不知道里面装了些什么东西？他想以后有时间一定把它弄开。

望着这些收获，陈剑雄和馨兰都很高兴。这可是一笔不小的财富！尤其是那水、食品、打火机、木柴，那可是当前救命急需的东西。有了这些东西，至少十天半个月能坚持下来。有这点时间，便可找到活下去的办法了。

接着陈剑雄想，下一步得找个安身之所住下来。一来这样日晒夜露不是办法，铁打的汉子也经不住这样的折磨。二来这些东西也得找个地方保管起来，否则不要多久，这些东西便会变成废物。

第二天陈剑雄拿着那保密箱左看右看，可就是没法打开。后来他不得不拿石头砸，可奇怪的是任你怎么砸，这箱子都秋毫无损。陈剑雄望着箱子长长兴叹，不知这家伙是什么材料制成？望着它，只有叹气的份，实在没有办法，他只好丢在地上不管它。他想下一步要去山那边看看，从碎木中选了一块合手的木棍防身，又拿了一点食物和水，一个人冒险朝岛的深处走去。

馨兰叫住他：

"喂！还有我呢！你怎么能丢下我一个人不管了呢？"

"这里有喝的、吃的，饿不了你，你好好在这里呆着。我去找一个安身之所。"

"带我一块去嘛！"

"带你去是个累赘，你好生呆着，看住这些东西。"

"这里没有小偷，看什么？除非海里冒出一个妖怪来。"馨兰说，陈剑雄也觉得要他留下有些多余，但又不能让她跟着自己冒险。他没法，只得骗她说："那边有海盗，海盗们都是一些色中饿鬼，见了女孩子那可是他们的盘中餐、碗中肉了。"

"你骗人！尽说瞎话。这里有海盗那才好哩！我们可以回大陆了。"

陈剑雄知道骗不了这个聪明姑娘，感到理屈词穷。他还想说什么？倒是馨兰很爽快："你别骗我了！不去就不去。你可要早点回来，不要把本姑娘给甩了。"

陈剑雄笑了，原来她是担心这个。他说："你放心，不会的。我们已经是一根绳上的两只蚂蚱，离不开了。"

"既是两个蚂蚱，可你……"

馨兰羞红了脸，下面的话不好说了。

其实陈剑雄完全知道她下面的意思。离开馨兰之后，他还在回味着这句话。昨天晚上，两人分别找了一块背风的地方，铺上那捡来的海绵坐垫，倒像是铺开了两张床。为了互不干扰，陈剑雄把床铺得离馨兰远远的。馨兰说："陈哥，晚上我好害怕，能不能睡近一点。"

陈剑雄说："别怕！这岛上除了我们两个之外，再没人了，没什么好怕的。"

听他这么一说，馨兰不好再说什么，晚上便各自在自己的床上睡了。

开始陈剑雄还是有些心猿意马，可他脑海中老是拂不掉朴雪的影子，他想这时候若是出轨，那是对朴雪的最大的伤害了。他竭力克制着自己想念朴雪，不想那种事。

他和朴雪的相识，其实纯属有些荒唐。当时他刚刚出道，投在神州大酒店莫学剑手下当了个小伙计。那天二老板郝志道把他叫去，对他说："小陈，你来公司工作有一年了吧？"

陈剑雄老实说："没有，还只有五个月哩。"

郝志道说："五个月离一年已差不远了嘛！老实跟你说，老一对你的看法挺不错的，好好干！前途无量。"

"谢谢老板的栽培，我一定为公司尽心尽力。"陈剑雄刚刚出道，什么都不懂，只求尽快干出一点成绩来，让老板知道我不是个脓包，为加薪晋升铺平道路。所以对老板们总是必恭必敬，唯命是从。这时二老板说：

"小陈，这里有一个特殊的任务你做不做？"

陈剑雄说："老板瞧得起我，我无不赴汤蹈火。"

"这事很简单，叫你去谈场恋爱，去不去？"

陈剑雄一听，丈二和尚摸不着头，谈恋爱也是工作任务？

郝志道看出了他的心思，说：

"你小子交好运了！老一看上了你，认为你英俊潇洒，聪明伶俐，挺合适。只要你谈上了，公司会重重奖你。"

陈剑雄心里犯了嘀咕，谈恋爱也算是任务？这是为了什么？再说对方是谁我一点都不知道，这不是拉郎配吗？陈剑雄寻思着，但又不敢反驳。他试探着问："和谁呀？她漂不漂亮？"

"漂亮！金阳城里有名的美人。"

"她是谁？"陈剑雄显得有些急不可耐。

郝志道却不着急，他慢条斯理说："她是金阳黎明会计师事务所的所长。"

陈剑雄知道了，是朴雪，的确是金阳城里有名的大美人。可听说她是个刺头，人长得漂亮，但是谁都不放在眼里，所以年过三十，还没解决好个人问题。传说老一还被她戏弄过。（注1）自欧阳明死后，她接手当了所长，更加不可一世，无法接近。于是他面有难色，对二老板说：

"你是说朴雪？这任务只怕有点难。"

"怕什么？凭你这份帅气，哪个女人不会动心！你去干吧！要钱有钱，要物有物。"

陈剑雄见他说得挺坚决，心想不答应是不行了，便说："既然老板如此信任，我去试试看吧。但我不知这是什么目的？"

"暂时你不用知道。一定要搞到手。现在火候不到，到时候我会面授机宜。"就这样，陈剑雄接受了这项特殊任务。

陈剑雄来到金阳黎明会计所门前，看到事务所门庭冷落萧条，门可罗雀。陈剑雄刚从国企下岗，第一次踏进市场经济，真是小孩子看万花筒，感到什么都新鲜。会计师事务所他可是第一次看到。过去只有财政局、审计局什么的，哪见过什么会计师事务所，对会计师事务所是干什么的他都不知道。虽然二老板跟他讲过诸如验资呀、审计呀之类的情况，但他还是不甚了解。他总认为干事务所的都是律师吧？那是打官司的事。虽然他对会计师事务所不甚了解，可他对黎明会计师事务所早有耳闻。黎明会计师事务所是金阳知名的会计师事务所，在社会上知名度很大，而且出过一件大事，社会上传得沸沸扬扬。加上黎明会计师事务所有一个大美女，所以他早就听说过。不过听说所长欧阳明死后，就不怎么景气了，今日所见，果然如此。

他走进黎明会计师事务所。事务所装修倒是十分阔绰，一色的现代化办公桌椅，每张办公桌上都有一台台式电脑，电脑之间电线如同蛛网。办公室内明窗净几，打扫得非常干净。一排排书柜放满了各种资料，都摆放整齐，错落有致，说明这主人很会理事。但办公室内没有几个人办公，只有几个年纪大的老太太在伏案做事。

陈剑雄走进所长办公室，办公室里布置也很整齐，还带有几分艺术品味。一张三米长的大办公桌占了办公室的四分之一，办公桌对面，放着两个短沙发，中间隔着一个茶几，大概是招待客人用的。办公桌的后面，是一个大柜窗，柜窗里有许多隔断，每个隔断上都放着一件精美别致的艺术品。中间一个大隔断放着一只鹰的雕塑品，那鹰展翅欲飞，气势非常凶猛。余者有金猪、金狗、金牛、鲜花等艺术品。在柜窗的侧面墙边，还放着一个硕大的书柜，里面摆满了琳琅满目的各种书籍。门的一边放了一盆君子兰，书柜边放着一盆万年青。办公桌上，除了一部电话机外，还醒目地放着一尊毛主席塑像，高一尺有余。毛主席身着长呢绒大衣，昂首挺胸，挥着右手，是文化大革命中毛主席挥手我前进那种形象。此时办公室里有两个人，一个女的坐在办公桌后，大概便是朴雪。她三十左右的年纪，端庄秀丽的脸蛋、一双明亮锐利的眼睛、留一头短发，果然人才出众、百里挑一，看样子她很精明能干，遇事不惊。在她的对面，坐着一位男士，也是三十左右的年纪，其神情恳切，正在和朴雪谈一笔什么交易。只见朴雪拿着一份合同神情严肃地说："阳所长有遗嘱，将他在黎明会计师事务所的股份全部无偿转让给我，我已有百分之五十一的股份。你花最多的钱我也不会卖。小谭！你不要存这份心思了，免得枉费心机。"

"如果我把其他股东的股份买过来，我们共同来管理黎明会计师事务所怎么样？"

朴雪笑了笑："这办不到。起码老孟就不会把股份转给你。再说你也知道这不符合《中国注册会计师法》。我有客人来了，没其他事我要接待客人了。"朴雪下了逐客令。小谭，就是《珍爱》第一部中的谭建业，他只好悻悻地走了。

谭建业走后，朴雪转向坐在沙发上的陈剑雄："您有什么事吗？"

陈剑雄小心地说：

"我想咨询一下，办一个公司的话，要怎么弄。"

"您想开公司吗？做哪方面的生意？"

陈剑雄一时还没想好，经她一问，一时倒不知如何回答。他支吾着："是……还不太成熟，是贸易方面的吧。"陈剑雄只是来初试牛刀，见个面而已，所以究竟办什么公司并没想好。

朴雪说："办公司很容易，只要有资金，你到工商局去核个名，到银行开个临时账号，然后把钱打到账号上，再到我们这里验个资就可到工商局去办登记了。"

"哦！这么简单，有人说办公司多么难，原来这么容易。"

"具体准备什么资料，到办正式手续时我们的注册会计师会告诉你。"

"行！办的时候一定来找你。谢谢你啦！"陈剑雄微弯着腰退出朴雪办公室。

这是陈剑雄第一次会见朴雪。朴雪的美丽、朴雪处事不惊的稳重和对业务的熟练，在他心中留下了深刻印象。他觉得这是一位难对付的角色，她太美丽了！太高贵了！她不是那种涉世不深容易上钩的小女孩。我一个酒店的小伙计要和她谈恋爱，真是太不可思议、太异想天开了！他感到这个任务难以完成，想知难而退。可是这是老板第一次交办的任务啊！我能对老板说，老板我办不了，你另请高明吧！老板会怎么说？你连恋爱都谈不了，真是个大脓包，以后老板还会要我办事吗？什么加薪晋升都没有份了。想到这里，他为难了。人说谈恋爱是一哄二磨脸皮厚，像朴雪这种聪明绝顶的人你哄得了吗？他十分为难，无计可施，一筹莫展。

陈剑雄正回忆着这段往事，馨兰轻轻地慢慢走过来，默默站在他身边。他知道她是什么意思？心想和朴雪谈恋爱那么难，她倒主动走过来了，此时我只要稍有表示，馨兰就会投怀送抱。可是我要是做了，怎么对得起朴雪啊！他闭上眼装着睡了。馨兰迟疑了一会，然后弯下身子轻轻地、甜甜地叫了声："陈哥！"

　　陈剑雄装着熟睡的模样，梦艺般地喃喃叫了声："朴雪！"然后翻了个身，用背对着馨兰。馨兰见他如此，气得一跺脚走开，仍回到自己的床上睡了。想到此，陈剑雄独自笑了笑，朝石山那边走去。

　　一路上，陈剑雄看到许多海洋生物。这些海洋生物大概从未见过人类，并不知道人类是世界上最凶狠的动物，可能给它们构成巨大威胁。看着他走过来，都若无其事地各干各的。其中有一只海豹，拖着个纺锤形身体从海中爬上来，胖乎乎的，其憨态十分好笑。它在沙滩上爬着，走得很慢，似乎很费力气。陈剑雄觉得好笑，又觉得十分有趣。陈剑雄又走一段，前面出现一大块沙滩，比他们捡漂浮物的那块沙滩大多了。此时潮水刚退，一大群来不及跟着海水退走的小鱼搁浅在沙滩上，活蹦乱跳地在沙地上挣扎。还有许多虾子、贝壳、螃蟹也都是同样命运，都想拼命逃到海水里去。一大群白鹭趁火打劫，露着微带红色的腿站在沙滩上专拣那些活蹦乱跳的小鱼吃。于是乎这一大群被搁浅的小鱼就成了它们口中食了。还有十多只海鸥，他们像轰炸机一样轮番反复地在海面上盘旋，不时一个猛子扎下去，起来便叼着一条小鱼。这些被搁浅的小鱼侥幸逃到水里，也难逃被飞禽吃掉的命运。这些鸟也不怕陈剑雄，见他走来，照样觅它们的食，陈剑雄几乎伸手便可抓住一只。陈剑雄想，看来此地食物不缺，活下去没有问题，问题是怎么弄到船回大陆去？

　　又走过一段，来到一条草深没膝的小径。陈剑雄忽然发现这条小路是人工修筑的。他仔细察看，小路的两旁还用石子嵌过，虽然现在小路不太明显，但那一线石头还在。陈剑雄猛然想到这儿并不是荒岛，好像有人居住过。他沿着这条石子小路走去，沿途看那土地，虽然草深过膝，但尚能隐约看出好像是被人开垦过。那山边，能够看出有锄头挖过的痕迹。他再向前走，发现一些聚在一起的土堆，凭他经验判断，好像是几座坟墓。他走近一看，不觉心咚咚直跳，这的确是坟墓，这儿还有块墓碑哩！虽然时间让它们残缺不全，几乎快变成

泥土，但还是能看出墓碑的形状。他舒了口气，心想尽管这些坟墓年代久远，但至少能说明这岛上住过人，也许这些人的后人还在，只要有人在就有希望。但是这是些什么人呢？他们能不能接纳我们呢？如果是野人，他们会不会把我们吃掉呢？他不免又产生一种害怕和担心。但是他马上又否定了自己的想法。不是的，野人没有进入文明社会，是没有文字的。从这几座坟墓来看，这些人进入了文明社会。这么一想，他又不太担心了。但这是些什么人呢？是敌是友？"不入虎穴，焉得虎子"，不管什么人都得去会一会，凭我能说会道的"三寸不烂"之舌，不怕说不动他们。于是他壮了壮胆子，继续前进。又走了一段，看见前面有一座倒塌了的房子。与其说是房子，不如说是一堆废墟更确切一些。但废墟还保留着房子的形状，还矗立着几段残墙断壁。陈剑雄确信这儿是有人住过了。他走近那堆废墟仔细观察，突然看到在废墟中有一个白色的骷髅，看样子生前被压在垮塌了的房子下面。继续看，他又发现了几具骷髅，还发现了一些被压着的家具，已经腐朽不堪。陈剑雄再往前走，他发现了一个村落，全部都已倒塌成废墟，其情形与前面所看到的情形相似。陈剑雄心想，这里不知发生了一场什么劫难，把全村人都压死了。看其情形可能是发生了一场强烈的地震，而且是在晚间，人们还在睡梦中就被这突如其来的地震给震死了。可是总会有幸存者呀！应该还有活着的人。他环岛寻了一天，可是没有发现一个活人，也没有看见一艘船，倒是在山边上，他又发现了几十具骷髅，想是这些人集体死在这儿。在山边，他还看到了好几处被地震震垮的山体，证实这儿确是发生了强烈地震无疑。在海边，他发现了一艘船，当时好一阵高兴。但走近一看，却大失所望。船已腐烂得不成样子，仅仅剩下一个船的影子，用手一捏便碎了。在山口，他发现了一口水塘，仔细观察，发现这是一个小小的堰塞湖，地震时震垮了半座山，把那从山上流下的一道小溪给堰塞了，形成一口小塘。大概这条小溪是条间歇泉，此时水位不高，只有半塘水，如果下雨，溪水一定会变大，那水一定会从坝顶上漫过去。不管怎样，这可是件大好事，天不灭我，给我们留下这口水塘救我们的命。陈剑雄在心中默默庆幸，心中充满了活下去的信心。只要有吃有喝，这日子便能过下去。但是这岛还是个谜，还有许多未知数，他想今后反正有的是时间，待以后慢慢解读它。这时天色已晚，他想应该赶快回去，把情况告诉馨兰。

　　海上的夕阳非常美丽，只见一片火烧云烧红了半边天，在海上留下一片血红。一个红彤彤的圆球挂在天边，在海上落下一个长长的倒影。陈剑雄回到原来住的地方时，太阳刚刚沉入大海，夕阳的余辉把海岛照亮。馨兰坐在崖壁下发呆，她蹙着眉凝思着，似乎在想着什么重大问题。陈剑雄归来，见馨兰在静思，便没有打扰她。在馨兰左边的岩壁上，依稀可以看见有一首诗，陈剑雄走过去，见是元代马致远的《天净沙·秋思》。显然这是馨兰用那风化了的石子写的，字迹有点模糊，但也还工整，表现了这位语文教师的功底，只见诗中写道：

　　枯藤老树昏鸦，
　　小桥流水人家，
　　古道西风瘦马。
　　夕阳西下，
　　断肠人在天涯。
（注2）

　　陈剑雄对诗很感兴趣，也懂一些。他见馨兰神态呆呆地，便问道："你也喜欢诗？断肠人在天涯，很适合我们当前这种处境啊！"

　　"所以我想仿其格式，也写一首。我正在构思，寻找佳句。"馨兰说。

　　"你会填词？"陈剑雄惊讶地问。

　　"略知一二。我基本已经想好，念给你听，你莫笑话！"说着，馨兰站起身来，背着手朗朗念道：

孤岛乱石断崖，
败絮破椅为家，
西风贝壳果腹，
月沉海底，
断肠人在天涯。

"不错，真实地表现了我们当前的处境和艰难，不想你还很有文学天赋。若能回大陆，说不定你会成为一名大诗人。"

"我说过不准笑话人，你又笑话我。我最喜欢马致远这句'断肠人在天涯'，它极妙地反映了诗人的那种心态，也极符合我现在的心情。我觉得再没有什么妙句能取代它，所以就沿袭用了它，犯了诗家的大忌。"馨兰凛然而说。

"我绝对不是笑话你。我是说心里话。我看你的诗比那些所谓朦胧派的难懂的朦胧诗要好多了。比那些无病呻吟的现代派也不逊色。再说用别人的佳句也不为错，只要用得巧、用得妙、用得恰当就好。不是说自古文章一大抄吗？我看就是这个道理。"

"你不要滥夸我。朦胧诗和现代派的那些诗都有它的特色，否则它怎么自成一派呢？'自古文人一大抄'，你不是挖苦我吧？"

"不不！绝对没有这个意思！"

接着馨兰问陈剑雄："看来你还很懂得诗。你喜欢哪个诗人的诗呢？"

"我喜欢李清照的诗，她虽是个女流，但红妆不让须眉。她的'生当做人杰，死亦为鬼雄'写得多有气魄！真不相信是一个女人写的。"

"女人怎么样？难道女人天生就是柔弱的？可惜她生没有作人杰，死亦没做鬼雄。她一辈子命运坎坷，活得有些窝囊。"发表这一通感慨后，馨兰接着对陈剑雄说："你这么懂诗，也写一首让我见识见识、欣赏欣赏好嘛？"

"不不！我从来不写诗，我只是个'谈匠'。"

"你这个'谈匠'也是很不错的。"馨兰十分伤感地说："唉！这场该死的海啸，把我们俩都埋没了。"

接着两人又天南地北地谈了许多。他们谈诗谈文学，也谈生活谈时事政治、社会新闻。通过交谈，才知道在许多方面他们的见识竟是一致。通过交谈，两人互相了解，馨兰这才知道他心中有个朴雪，现在正望眼欲穿地望他回去。这时天渐渐暗淡下来，沉到海底的鹅毛月迟迟地升上了天空。夜已深了，两人各自回到自己的铺上睡了。这一晚两人都睡得很安稳、很香。这些天欠的睡实在太多了。

第二天一早起来，陈剑雄带馨兰去看他昨天的发现。一路上，他非常高兴地向馨兰介绍了一路所见。他安慰馨兰说：

"这儿并不是不毛之地，活下去是不成问题的。"

不一会，他们来到一个崖岸边，只见岩石上栖着一大群黑黑的东西，它们亲热地互相挨在一块。陈剑雄介绍说：

"这东西叫海狗，雄海狗性功能很强，一天能给 30 只母海狗交配，每次交配能延续 15 分钟。人们把海狗制成海狗丸，海狗丸是一种很好的壮阳药。"

陈剑雄只顾说着，没看见馨兰早已低下了头，羞红了脸。陈剑雄这才意识到自己说漏了嘴，没注意馨兰还是个没结婚的闺女，忙打住不说了，轻轻说了声对不起。馨兰嫣然一笑，说了声：

"这不是新闻了。走吧！"

他们来到地震留下的废墟前，陈剑雄说："种种迹象表明，这儿曾经住过人，是地震把他们毁了。他们能生活，为什么我们不能活呢？只要我们勤劳，我们一定能活下去的。"

"唉！没有船回大陆，活下去又有什么意思啊！"

"蝼蚁尚且贪生，能活下去总比葬身鱼腹强。明天我们就开始挖掘这些废墟，也许会有什么发现。"陈剑雄说得很有信心。

馨兰却有些不以为然："还不知这是何朝何代留下的废墟，有东西恐怕都变成泥巴了。"

"人总是要奋斗的。不管怎样总得一试。"

两人意见不合，说话就没有那么一致了。但馨兰生性随和，尤其是她对陈剑雄早已情有独钟。加上这两天陈剑雄表现得那样有主张，把她从死亡线上拉回来，所以她虽有不同看法，但并不和陈剑雄争执，而是随着他的意思说："你认为有必要，我听你的。"

他们回到住地的时候，又是黄昏。陈剑雄生火烤了几个贝壳一块吃了，又吃了一个蛋糕，算是吃了晚餐。两人走了一天，肚子都有些饿了，所以吃得有滋有味。馨兰开玩笑说："有这么好的招待，我乐不思蜀了。"

晚上，两人又各自到自己铺上睡了。这个晚上，馨兰睡得可不安稳。她脑海里总是出现陈剑雄的身影。这家伙真不赖，不但长得帅，还懂诗，办事有主见、干练，而且心和我一致。这种人一定可以依靠，真是理想中的白马王子。可惜他心中已经有人，那个叫什么朴雪的真令人羡慕。整个晚上她都想着陈剑雄辗转难眠。其实陈剑雄近在咫尺，在这空旷的海疆上，就他们两个人，做什么事也无人干涉、无人知晓。她几次想爬过去找他，人说干柴遇烈火，没有不烧之理，我就不相信他不是个男人。可是，她转念一想，我这算什么呢？夺人所爱，这是一种什么行径啊？况且哪有女子主动送上门的呢？假如被他拒绝，那多难堪。一种少女的矜持与自尊终究没让她起来。一个晚上她就在这种复杂的矛盾中度过去了。

连续几天，陈剑雄在实现着他的宏伟规划，他带馨兰一块挖掘那些废墟。他们没有工具，就在树上扯了两根树枝当锄，挖得十分吃力。一连挖了几天，毫无成果，挖出的东西，全都腐烂成泥了。馨兰有些泄气了，这天早上起来，她对陈剑雄说："陈哥！今天我请假行不行啊？"

陈剑雄知道馨兰这几天很累，但又不想她一人留在这儿，便说："别请假！到那儿坐在一旁看我挖吧！"

馨兰不满意了，她嘟噜着嘴说："人家来了特殊情况，你还不准假么？”

陈剑雄长这么大了，自然知道女孩子的特殊情况是什么？便微笑着说："好好！特殊情况，准假。你坐这儿可要注意安全，小心一点。"其实陈剑雄的嘱咐实在多余。这儿一没野兽，二无强人，小心什么呢？

陈剑雄还是坚持去挖他的废墟。他在那儿辛辛苦苦挖了一天，仍然一无所获。他心中十分不快，悻悻地回到住地。回到住地一看，他不由大吃一惊。原来馨兰已不见人影，捡回来的那些东西和两个床铺倒是原封不动，可人不见了。这家伙能上哪儿去呢？他四处张望，发现石壁上留下了几首诗。他振作精神看诗：

其一
夏去秋来季不同，
花消叶落悄无声。
怨别烟尘唯愁隔，
诗成雨夜与谁吟。

其二
白鸥舞秋风，
碧波万里沉，
浩浩烟波卧彩虹，
孤人岛上行。
寂寞独徘徊，
极目望征程，
欲寄浮云托素心，
又见风吹云。

其三
天涯杳隔万千重，
放眼望，

望断魂。

欲哭无泪，

人静雨蒙蒙，

幽梦难寻。

亲离别，

何处寄我心？

近在咫尺难如愿，

有谁知我情？

炊烟绝，

暗香沉，

花香殒灭，

月冷天明，

遥埋此中为异客。

愁无数，

泪盈盈。

（注2）

　　陈剑雄看后，沉思良久，感慨不已。他知道馨兰的心思，也知道她心中的苦处。没办法啊！我不是不爱你，但我心中已经有了朴雪，就容不下你了啊！我若应了你，今后若是有机会回到大陆，你叫我如何面对朴雪？想到这儿，他突然打了一个寒颤。难道馨兰为此跳海自杀了？他赶紧四处寻找踪迹，可是寻了许久，都没有发现馨兰跳海自杀的蛛丝马迹，唯有这些怨恨的诗。可是有这些诗就够了，这些诗足以说明馨兰跳海自杀了。

　　后来他又否定了这种想法。他想馨兰自杀真没有理由，自己千难万险，从死亡线上归来，现在衣食无忧了，生活一天天好起来，哪会重新又回归死亡呢？如果说仅仅是情感上的失意，应该不会使她自寻短见。何况我们相识只有几天，感情没有达到那种舍身忘死的境地。想到这儿，他突然想到另一个问题：难道这岛上另有他人？是他们把她掳走了？他想，我们在岛上呆了这些天，并没有发现活人的踪迹呀！这人从哪儿冒出来的呢？突然他又想到一个问题：是不是刚才来了船，她昧着良心不声不响丢下我一个人跟他们走了呢？可是他寻了许久，海边并没有任何停船的痕迹，也不见有什么人的脚印。再说如果有船经过这里，我在岛上任何一处地方都可能看到。这一天我并没有看见船的影子。再说馨兰不是那种没良心的人，要走一定会叫上我一块走的，不会自顾自一个人逃生。他否定了这种可能。那么她到底上哪儿去了呢？他望着茫茫大海不得其解。他反复在附近又寻了许久，终究还是不见她的踪影。

傍晚，陈剑雄独自坐在海边，望着茫茫大海出神。这时海风完全停了，大海显得异常平静，水鸟们也都归巢了，看不见一只海鸥海燕，唯有火红的夕阳在水天相接处燃烧，仿佛夕阳也被爱情的激情燃烧，急于要扑向大海。不一会，它们终於结合了，大海慢慢把太阳吞没了，海面上只落下晚霞一片。天渐渐暗了，很快夜幕合帷，小岛被夜色吞没。一丝海风拂面，陈剑雄觉得更为凄凉和孤单。他望着深邃的天空发呆，心中默念着，馨兰！你到底到哪里去了啊？难道你叫我一个人面对艰难，面对死亡吗？后来他一个人在那所谓的床铺上躺下，他第一次感到一种孤独感。在茫茫大海之中，在一个渺无人际的孤岛上，就他一个人躺在这儿，可说是孤立无援。若是馨兰遭到了什么不测，他将孤独地一个人在此了此残生。鲁宾逊在孤岛上还有一条狗相伴，我可连狗都没有啊！他不觉对馨兰十分思念起来。心想她虽然有些脆弱，但还是十分可爱的。他想到她那洁白的胴体，他想到她那楚楚可怜的憨态，他想到她那病殃殃的神情，还想到她狠狠一跺脚的身影。人说距离是种美，越是不在身边，才觉得她越可贵、越可爱，便会有着种种的遐想。才会有一种牵挂、一种思念。她到底上哪儿去了啊？

注1：关于莫学剑与朴雪的纠葛在小说《珍爱》第一部中有所交待。正是莫学剑受了朴雪的戏弄，才下决心一定要把她弄到手。

注2：本章诗词由余霞创作提供。

生死相守

第七章

　　无情的海啸夺走了数十万人的生命，数百万人遭灾，财产损失上千亿元。许多岛屿无形消失，许多海岸线改变了模样，这在世界历史上都是罕见的。

　　当朴雪从电视里看到这条消息时，她惊呆了。剑雄不正是在这海域么？她赶紧拿起手机拨电话，结果电话怎么也拨不通。为了便于联系，临行前她硬要陈剑雄办了国际长途。当时陈剑雄说就这么几天，何必办呢？她坚持要办，可如今怎么接不通了呢？难道陈剑雄真的出事了？难道码头一别，竟成了他们的永诀？一时间，她急火攻心，不由一阵昏厥，一头栽倒在沙发里。

　　不知过了多久，朴雪才苏醒过来。一醒来，她便泪如雨下，想起往日陈剑雄的种种好处、种种情爱，她伤心欲绝。难道剑雄就这么完了？这么永远从地球上消失了么？我们的情、我们的爱，就这么灰飞烟灭了？我可是等了上十年才等到这么一个蓝颜知己，一个真正知我、爱我、痛我的人，他就这么倾刻间走了啊！朴雪想着和陈剑雄的相识，想着他们爱情的成长过程，她越想越伤心，越想越想哭。到最后她一个人在房内放声大哭起来。

　　欧阳明所长临死时，把黎明会计师事务所这个烂摊子交给了朴雪。副所长刘正国带着一批年轻的注册会计师走了，所内只剩下孟总和一些年纪较大的老注师。北京隆科公司金阳子公司的审计工作在节骨眼上给停了。一些业务单位看到黎明会计师事务所出了这么大的事也不来往了。所里全靠捡几个小验资、小审计业务维持着。朴雪接手后真是捉襟见肘，步步为艰，有几个月连工资都发不下去，根本谈不上花钱去开拓业务。越是开拓不了业务，事务所的路子就越窄，经济上就越困难。朴雪为这事没少哭鼻子，可是她顽强地支撑着。幸好辉煌房地产开发公司的总经理喻少清没有忘记欧阳明所长在世时对他的支持，危难时借给朴雪二十万，才使黎明会计师事务所这块牌子没有倒。喻少清说是借，实际上是送。可朴雪是个有志气的女子，她坚持不要喻少清送，立下借据，只要事务所业务有所好转，一定归还这笔钱。依靠这笔资金，朴雪努力开拓业务，事务所渐渐有了起色，正在向好的方面发展。

　　欧阳明死后，在朴雪最困难的时候，谭建业一个劲地花高价钱要买这个所。朴雪一来对谭建业没有好感，二来她知道，欧阳明所长在生时，谭建业就千方百计想夺欧阳明的位子。欧阳明死了，他对这所长位子更是垂涎三尺。朴雪想决不能让事务所落入谭建业之手。所以不管谭建业开多大的价钱，她都不卖。而更令朴雪奇怪的是，为什么谭建业一下子有这么多钱呢？她是个聪明人，她估计谭建业后面一定有后台，他只是那个后台手中的一枚棋子而已。这个后台老板通过他来买这个会计师事务所，使这个事务所变成他们的御用工具，把那些人的违法行为合法化。北京隆科公司金阳子公司的审计就会按照他们的指挥棒来审计，从而做出符合他们要求的错误的审计结论。这是一场多么险恶的阴谋！阳所长不就是这场阴谋的牺牲品吗？想到这些，她想事务所再困难也要撑下去，钱再多也不能卖。而且她看出北京隆科公司金阳子公司一定有问题，审计工作决不能停，困难最大也要继续搞下去。在喻少清借给她钱后，有钱能够支付工资了，她招聘了一批年轻的注册会计师，继续进行北京隆科公司金阳子公司的审计工作。她完全明白这样做的危险，也许她会成为第二个欧阳明。可是既然干上了这一行，就不能退缩。国家给注册会计师的定位是"不拿工资的经济警察"。既然是经济警察就要当好警察这个脚色，不能发现问题

知难而退。最大的困难、最大的危险也要知难而进，即使像阳所长那样丢掉性命，也要尽到一个注册会计师的责任。就在她最困难的时候，陈剑雄闯进了她的生活。那天，正当她被谭建业纠缠得烦透了的时候，正想找个什么借口对谭建业下逐客令，正是在这种时候，陈剑雄出现在她的办公室里。她一见陈剑雄便眼睛一亮，呀！这么帅气的帅哥！他简直就是我的救星。于是她借口要接待陈剑雄，给谭建业下了逐客令。接着她和蔼地接待了陈剑雄。听陈剑雄说想办公司，便耐心地介绍了办公司的有关事项。在陈剑雄走后，不知怎地，她心中有种挥之不去的感觉。这是怎么啦？她自己也感到很奇怪。欧阳明走后，她心中一直非常悲痛，总认为阳所长死得太冤，他不是因心脏病而死，明明是被人害死的，死后还背着一身黑锅。她想待事务所稍有起色，她一定要为阳所长洗清冤情，纵有千难万难，她都要去闯。所以这段时间她一门心思想恢复黎明会计师事务所的活力，对自己的个人问题很少考虑。尽管已经三十开外，到了十分危险的年龄，但她心中还是微波不兴。为什么一见陈剑雄心中就泛起了波澜？难道这就叫一见钟情？难道这就叫心有灵犀？难道这就叫三生石上有前姻？她一连给自己提出好几个问题。接着她自己在心中暗自笑了，还不知道人家是怎么想呢？你就一厢情愿地想了这么多。傻丫头！只怕是想老公想疯了。

那个无赖莫学剑却没有少来纠缠。自那次朴雪戏弄他以后，莫学剑就发誓一定要把朴雪搞到手，他想世界上没有金钱买不到的东西。他有的是钱，不说你一个朴雪，就是十个朴雪也要搞到手。他几乎每天给朴雪打一个电话，隔三岔五地派人送电影票、舞票给朴雪。可是这些都进不了兵，朴雪就是不买他的账，一一都被她拒绝。她拿起电话一听是莫学剑的声音朴雪心里就烦，立即把电话挂了。可是这家伙脸皮真厚，可不，今天又送来了九百九十九朵玫瑰，放在办公室门口一大盆，可她没正经看一眼就把它们全扔到了门外。莫学剑见朴雪如此铁石心肠，就更不甘心。世界上得不到的东西才是最好的。他玩过不少女人，没有一个女人见了钞票不心悦诚服、主动投怀送抱。

朴雪越拒他于千里之外，他就越想得到她。他与他的智囊郝志道彻夜商量，终于想出了一条妙计。叫陈剑雄去和朴雪谈恋爱，这就是他们妙计的开始。可是朴雪并不知情，她自见了陈剑雄后心中就不平静了。她见陈剑雄态度谦恭，没有一点大男子主义的霸气；他彬彬有礼，不像当今社会上那些见腥味就叮的苍蝇；他心灵机敏，不像那些胸无点墨，不学无术的纨绔子弟，她心里急切盼望他早一点来验资。

陈剑雄自见朴雪之后却感到十分为难，他想这么一位优秀女子决不能和他扯上什么关系。她能看上我这个一无地位、二无身价、三无金钱的穷小子吗？实在是无从下手。她顶多是在下次假装验资的情况下再见她一面。见过以后又怎么办呢？冒失地约会她，肯定会被她拒绝，甚至会被她说几句难听的话，或者像莫总那样被戏弄。在万般无奈的情况下，陈剑雄突然想起了一个人。这个人算起来应该是他的舅妈，只是远了点。不过"富在深山有远亲"，如今只要有点权势，只怕巴结不上。陈剑雄对这个舅妈平日倒没有十分的巴结，但逢年过节还是有过一些往来。这个人不是别人，是《珍爱》第一部中顶顶有名的人物，她就是郭安娜。

过了两天，己经荣升金阳市财政局副局长的郭安娜坐汽车经过黎明会计师事务所门口，她停住车，走进了黎明会计师事务所。朴雪见她大驾光临，连忙出来迎接。郭安娜荣升财政局副局长后，仍然分管着注册会计师协会，也可说分管着会计师事务所。"不怕官，只怕管"，如今朴雪也不是原来的一名普通工作人员，而是一个会计师事务所的所长，正是郭安娜的下属，而不是以前的情敌。

朴雪不敢放肆，小心侍候，把郭局长请进办公室。郭安娜环顾了一下四周，对朴雪说："朴所长，干得不错呀！明窗净几，看来管理得比欧阳明还要好。"

"郭局长过奖了！我哪比得上阳所长。"

"如今业务怎样？"

"自阳所长走后，业务差多了，不过现在正慢慢恢复。"

"你们的人呢？好像事务所不见几个人？"

"人都到隆科公司金阳子公司搞审计去了。"

"哦，你们还在做这个业务？"郭安娜有点吃惊地问

"不做不行啊！北京对我们寄予厚望，总得审出个结论来。"

"发现什么问题吗？"

朴雪见问，心里给自己提了个醒，便随便答道："暂时还没有，到最后会有个结果的。"朴雪回答得很巧妙。郭安娜不好再问什么，接着说了一些为欧阳明惋惜和思念的话。朴雪在心里暗自说，明明是你害死了阳所长，却来猫哭老鼠假慈悲。她心里这么想，却不敢表露半分。领导来了，照例得好好款待。正是吃饭的时候，便安排郭安娜到沁春园酒楼吃饭。如今吃餐饭是随便的事，郭安娜没有过分推脱，两人便走进了沁春园大酒店。

吃饭之间，郭安娜自然扯到了朴雪的个人问题。她用很关心的口吻问朴雪："朴所，你也老大不小了，个人问题解决了吗？"

"事务所百废待兴，现在哪有时间谈个人问题啊！"

"唉！朴雪，我现在不是以局长身份，而是以一个女人的身份说句老实话，谁叫我们同时爱上一个人啊！我知道过去你对我有许多误会，有误会也没办法。其实我和欧阳明在学校时就相爱，是一对令人羡慕的恋人。后来阴差阳错，我跟我那死鬼结了婚。我在省厅好好地不呆，为什么调到金阳来？还不是为了欧阳明。"

朴雪见她吐出了肺腑之言，不好再用什么话刺她。提到欧阳明，她心中也很悲怆，便说："如今人都死了，还有什么好说的。"

"是呀！我们只有向前看了。你应该考虑找一个人了。"

"谢谢郭局长关心，此事不可强求，只能顺其自然。"

郭安娜听后，忙说："对！对！只能顺其自然，顺其自然。"说到这儿，郭安娜突然看见陈剑雄的身影，她忙叫："剑雄！剑雄！过来！"

陈剑雄听到郭安娜叫他，便走了过来，恭敬地对郭安娜说了声："舅妈！你好！"

朴雪一见陈剑雄，眼睛一亮，心里咯噔一声，心中暗道："哎呀！是他呀！"但她没有作声，装作不认识，埋头吃着饭。听郭安娜把陈剑雄招过来。

陈剑雄见朴雪在，便叫了声："朴所长，您好！"朴雪见陈剑雄和她打招呼，忙抬头应了声："你好！"心中表现出一种少有的慌乱。

郭安娜假装有几分吃惊地："怎么？你们认识？来！来！剑雄，坐下一块儿吃，我们刚开始不久。"

"我吃过了，别客气。"

"那就喝杯酒吧！服务员！再上个杯子。"

陈剑雄说："别别！我戒酒了。"

"那就来杯饮料？"朴雪望着他说。

陈剑雄坚持说："也不要，我真的刚吃过。"

郭安娜说："那好，你就陪舅妈坐坐吧！我这个外甥呀，也是个老大难。凭着自己长得帅，眼睛长在额头上，三十开外了还没找对象。"

朴雪一听，不觉抬头望了一眼陈剑雄。这时陈剑雄正深情地望着她，四目相对，朴雪心头一颤，一股甜丝丝的感觉流过心田。此时陈剑雄说："舅妈你真会损人，我哪是眼界高，是没人看得上我。"

朴雪微微笑着，说："郭局长你急什么，好男人总会有人找上门的。小陈，你公司筹备得怎样了？"

陈剑雄说："快了，正在筹钱。"

朴雪掏出一张名片递给陈剑雄："这是我的不像样的名片，钱到了就打我电话。"

陈剑雄简直受宠若惊，连忙站起，双手接过名片：

"谢谢！谢谢！一定联系你。"

朴雪给他名片，主要是为了承揽业务，但其中是否有更深的意思呢？不得而知。倒是陈剑雄趁机说："舅妈！明天是星期六，是不是想出去散散心？"

郭安娜立即说："可以呀！准备去哪儿？"

"听说银阳胭脂湖新开了一个度假村很有意思，是不是去那儿看看。"

"行呀！我反正没事。朴所长能去么？"郭安娜用眼望着朴雪问。

朴雪望了陈剑雄一眼，本想拒绝，突然她改变了主意：

"行！我也想轻松轻松。不过要沾您的光了。"

陈剑雄一听，顿时心花怒放。但他没有轻易表露出来，而是一般客套地说："朴所长能去，那是我的荣幸。"于是说好明早九点，陈剑雄开车到黎明会计师事务所接朴雪，然后到财政局宿舍区接郭安娜。

正在这时，朴雪的手机响了。朴雪打开手机，手机里立即传出一个陌生的声音："喂，你是谁？……老朋友？对不起！我一时没想起来……啊！刘局长！好久不见,的确是老朋友。我一时没听出来。……你要搞审计？好呀！……行！行！你要他跟我联系。好！好！"朴雪关上手机，抱歉说："只怕去不成了。"

郭安娜有点扫兴地说：

"哪里？我听你打电话还没说定嘛！星期天哪有不让人休息的？去吧！有事我负责。"郭安娜打着官腔。

朴雪听郭安娜这么一说，又看了陈剑雄一眼，见他可怜兮兮一副祈求的模样，就不好再拒绝，便轻轻说："那就按原计划吧，真不想扫你们的兴。"

第二天，陈剑雄在黎明会计师事务将朴雪接上车，又到财政局宿舍区接了郭安娜，三人驱车朝胭脂湖驶去。路上行驶四个多小时，才到胭脂湖。他们到胭脂湖一看，这里的确非比寻常。只见一个硕大的门楼，上书："胭脂湖度假村"。陈剑雄在一旁说："这是一个香港老板投资兴建的，听说花了两个多亿。"

透过门楼，可见里面有一个高大的西式城堡，尖顶尖角，墙上雕刻着各式各样的浮雕，典型的哥特式建筑。从门楼到城堡有一条笔直的平坦大道。大道两旁，分列着各种雕像，少不了是维纳斯、大卫、丘比特之类。雕塑的边上，是一溜剪得十分整齐的万年青。万年青的边上，摆放着各种各样的花卉。围绕着城堡，有一条人造的小河，小河与大湖相连。河上架有一座美丽的曲拱桥，过了曲拱桥，才能进入城堡的大厅。在城堡的前面停了一溜汽车，有几个菲律宾保安在旁边游戈。在城堡的墙边，是一望无际的胭脂湖，此时泛着微微的波涛。传说昭君出塞前曾在此洗过胭脂，故名胭脂湖。当然这多半是杜撰。在胭脂湖的岸边，停了许多游船和快艇，把一个湖汊都占满了。有几艘快艇在湖上飞驶，激起一条白色的激浪。还有两艘装饰美丽的游船，在湖中游戈，飘放着动听的轻音乐。在湖的中央，有一个方圆里许的小岛，岛上有一个中式古典建筑群，青砖碧瓦，旌旗招展，很有古香古色的韵味。岛上还有卖各种旅游纪念品的小贩，每一个小摊上都摆放着琳琅满目的各式各样的纪念品。大陆与小岛之间，有一条铁索桥把岛与大陆相连。铁索桥上，有往来不绝的人流。看形式，这是一个典型的中西合璧的庄园。陈剑雄问两位："是住城堡还是上湖心岛？"

郭安娜说："先住城堡吧！明天再上湖心岛玩。"

"行！我也是这么想。"

三人将车停在城堡前面，下车后一块走进城堡。陈剑雄去总台办登记，郭安娜和朴雪坐到沙发上。突然，朴雪的手机响了。朴雪拿出手机："喂！你是谁？……哦！刘局长！老朋友！谢谢你的关照……要查七年的账？……行！资产才几十万，那好办，就七千块钱吧！好，我等她的电话。"陈剑雄办好了登记，拿着房卡兴匆匆过来："住八楼，你们住812，我住813。"朴雪刚接过房卡，手机又响了。她拿出手机："喂！我是……刚

才刘局长跟我打了电话。什么？下午到912办公室听情况介绍？……我现在在胭脂湖，赶不过来呀！……这……你们要得这么急？……好吧！我赶回去吧！"她放下电话，抱歉地对陈剑雄说："实在对不起！有个业务要得很急，我需要马上赶回去，你借车我用一下，明天下午我来接你们。"

陈剑雄一听，如同当头浇了一瓢冷水，他丧气地说："这是星期六啊！怎么就不让人休息一下？你看这房间都订好了。"

朴雪看陈剑雄很丧气的样子，便款言安慰道："你们好好玩吧！干我们这行就这样，平时看着没事，一个电话来就有事了。下次吧！下次一定陪你们好好玩。"

陈剑雄说："再打电话推一推嘛，你看兴师动众的。"

"不行！不去丢的不是一个业务，丢的是我们的诚信，丢的是我们的服务态度。"

陈剑雄十分扫兴，一边掏出车钥匙，一边说："唉！怎么这么不巧？下次，下次到几时啊？"朴雪见陈剑雄一片诚心，一副非常扫兴的模样，心里也有几分不忍，但约好了人家，不好失信。她很不好意思地说："真对不起，其实我也很想在这儿玩两天。下次吧！下次我请你好吗？"

陈剑雄急急地问："什么时候？"

"你等我的电话吧！"说着接过车钥匙，朝汽车走去。陈建雄听到这话，顿时心花怒放，朝朴雪大声说："你说话可要算数啊！"

郭安娜见导演的一场好戏泡了汤，也很扫兴，悻悻地到城堡的房间里，等待朴雪来接他们。

朴雪准时赶到了912办公室，某局的一位陈局长和一位会计正在等她。见她到来，陈局长很满意说："你倒很守时啊！"接着陈局长介绍了情况，结果与刘局长说的根本不一样，不是几十万资产，而是六百万资产，不是七年，而是十一年，并且会计已死，一堆烂账有待清理。

朴雪心里犯了愁，这七千块钱怎么作得了，价格收低了有行业公约管着呢。于是便说："刘局长讲的可不是这个情况，这个情况七千块钱可作不了。"

"你算要多少？"

朴雪在心里算了一下，按标准得要 3 万，要是报这个数，肯定他们接受不了，便按公约允许的数字，说了个数字："最少两万元少不了。"

"这……好吧！我们向刘局长汇报一下，明天给你信好不好？你们尽快组织人员进场吧！"

"行！"朴雪见要她组织人员进场，心想这笔业务八成是定了，便放心在家里等消息。

第二天朴雪在家里等陈局长的电话。为了抢时间，她通知了三个注册会计师，要他们准备带助理人员进场。可是一个上午过去了，音讯全无。中午时分，她给陈局长去了个电话，陈局长开口就说："真对不起！我们跟建华所签约了，我们下次合作吧！"

朴雪一听，一股无名怒火直冲脑门。她气愤地说："陈局长，做人是这么做的吗？你跟别人签约，总该告诉我一声吧！你若嫌我们价格贵，你并没有说什么价格你们可以接受呀！如果别的所价格比我所低，你应该首先问我他的那个价我们做不做？你星期天把我从胭脂湖叫回来，你这不是捉弄人吗？"朴雪真是气愤不过，扎扎实实把陈局长说了一顿。

陈局长无话可说，只好连声说对不起。朴雪余怒难消，她气愤地开车到胭脂湖去接郭安娜，首先就向郭安娜汇报了这件事。最后她说："我们注册会计师还是人吗？被人家这么捉弄，我们这个行业这么竞争下去，还有救吗？"郭安娜听了，叹了口气说："唉！也只怪我们注册会计师太不自爱了，滥价竞争，无序竞争，照这样下去，你们注册会计师的社会地位会越来越低，再不是受人尊敬的权威职业了。你们将自毁长城。作为我这个分管领导，只能叫一叫，喊一喊，听不听还不在于你们自己？"听郭安娜这么一说，朴雪的心冷了。她心里想，照这样搞法，我们注册会计师是没有前途了。回家的路上，她一言不发。陈剑雄几次想逗她说话，她都没有理睬。

　　过了几天，陈剑雄又来到朴雪的办公室，说钱已到位了，可以验资了。他交给朴雪一叠资料，要朴雪审查。这一次他不再像上次那样拘谨了，说话也随便了许多。所谓"一回生二回熟"，有了胭脂湖那番经历，虽然没有尽兴，但也是熟人了。朴雪本想叫一个注册会计师来做，但陈剑雄好像有种巨大磁性吸引着她，不想他离开。她拿起资料，一份份审视。陈剑雄坐在一旁看着，无话找话地说："还生气吗？别气了！现在什么东西都是身外之物，唯有身体是自己的，可不能把身子气坏了。"

　　朴雪听他说起这事，并且像知己一样劝她，心中很是感动、很受用，于是也像对待知己一样诉起苦来：

　　"你看这事能不气吗？后来我打听到这个业务是诚信会计师事务所抢去了，只收一万元。唉！我们这个行业真没救了，菜市场买小菜降价还有个边，你看我们连个边都没有。"

　　"你别气，以后我给你多揽点业务好不好？这个验资你就不要降价了，该收多少就收多少。"

　　"你不说我倒忘了，我们还没有签约呢！一百万验资就收两千块吧！"

　　"行！"

　　"来！你在这儿签个字！"朴雪把两份填好的业务约定书递给陈剑雄，陈剑雄在上面签了字。

　　朴雪说："你刚才说以后给我揽业务，不是宽我心吧！"

　　"不是！只要是为你做事，赴　汤蹈火我也敢。"陈剑雄脱口而出，但也是出于真心。

　　朴雪望着他微微笑了："没有那么严重。你把业务揽来，我会感谢你的。你把这些资料拿去给孟总复核一下，就是那间办公室的第一位。他会安排把报告打印出来。"

　　陈剑雄接过资料去找孟总。朴雪望着他离去的背影，心中升起一种异样的感觉。她自己也不明白，为什么对他会产生这种依恋之情。

　　陈剑雄走到门口，返身问朴雪：

"你说过请我客，什么时候兑现呀？"

朴雪见问，心里有几分慌乱，她慌忙地说："等着吧！我会约你。"

这天，负责金阳子公司审计的刘细妹向朴雪报告了一个情况，他们在查账中发现了一大笔去美国考察的费用。据财务人员反映，这是市政府水副市长上美国去的费用，经办人是厂办刘秘书，凭证上是郝志道批示报销的。一个政府官员，为什么去美国的费用要在企业报销呢？审计人员认为十分可疑，他们向财务人员询问，开始财务人员只是微微笑了笑，支支吾吾没说出个道理来。经再三盘问，财务人员才说市政府经费紧张，水副市长又想去美国看一看，郝总批了我们敢不报？听到这个情况，朴雪猛然想起，难道水市长真与这些人有来往？她没有明说，只叫刘细妹把这些资料复印后好生保管。可是她心中却泛起了波澜。她知道阳所长明明是被这些人气死的，她一定要还阳所长一个清白。这时，桌上的电话响了，她拿起电话，一听是喻少清的声音，忙说："哦！是喻总，有什么指示？"

电话里喻总说："今晚在华美大酒店有一个朋友聚会，想请你也来参加。"

"我算你哪门子朋友，这么赏光？"

"总还算业务上的朋友嘛！如今是多一个朋友多一条路，你不会拒绝交我这个朋友吧？"

"有哪些人参加？"

"都是几个老板，你来了就知道，这对你业务上很有好处。"

"好吧！看在你借钱给我的份上，我就去闯一下龙潭虎穴吧！"朴雪开了个玩笑。

晚上，朴雪开车到华美大酒店赴宴，她将车停在地下停车场，乘电梯到了3楼。侍应生将她引到鸳鸯池包厢。她推开门，里面却是漆黑一团。她想这是什么聚会？这个喻总跟我开什么玩笑？她正想找服务员问个明白，可就在她一愣之间，突然灯

光大亮，包厢里顿时灯火通明，一伙人拍着手唱着生日歌："祝你生日快乐，祝你生日快乐……"她迅速环视一下包厢，里面有一个宝塔型生日蛋糕特别显目，这才想起今天是她的生日。这几天工作忙，把自己生日都忘了。这是谁？竟还记着我的生日，为我准备这么隆重的生日晚宴？这份情实在难得。正在她狐疑之间，喻少清一伙众星捧月般把她送到上座坐了。有人指挥侍应生把生日蛋糕撤了，接着名菜名酒一个接一个地上。朴雪还不知怎么回事？以为这是喻少清的一番情意，便对喻少清说："喻总，无功不受禄，我哪值得你这般美意，还记得我的生日。"

"这……不……"喻少清本想把原委说了，不想莫学剑在一旁赶紧暗示他不要说。这时韦一鸣站起来说："我们莫总为了表示对朴所的敬意，这里准备了一份小小的薄礼，请朴所笑纳。"说着，韦一鸣捧上一个精美的礼盒，礼盒上是一个精美的聘书。韦一鸣说："这是送给朴所的一条价值十万元的金项链，这个聘书是莫总将聘请朴所担任我们公司的财务顾问，年薪三十万。"

众人听说，热烈鼓掌，向朴雪表示祝贺。可是朴雪一听这话，才知这又是莫学剑在搞鬼，这宴可是鸿门宴，不由一股无名怒火从心底升起。她本想拂袖而起，但见在座的都是金阳一些有头有脸的老板，而且有些是她的客户。她不好意思有失身份，得罪这些朋友。她微微笑着说：

"莫总这么大的人情朴雪实不敢受，你还留着去孝敬你的老婆吧！至于当顾问，我才疏学浅，实不敢当。这事倒是件好事，年薪三十万，很有吸引力的，可惜我没有这个本事。"

喻少清说："谁不知道你是资深的注册会计师。你是欧阳明一手栽培的。欧阳明死后，就数你了。"

其他老板听喻少清这么一说，也都连声附和：

"是呀！是呀！这是实话实说。"

朴雪说："各位老板太抬爱朴雪了！我实不敢当。大家过奖了，今后业务上的事，还请大家多多关照。朴雪不胜酒力，不能奉陪各位老板，大家自娱吧！朴雪告退了。"

朴雪想趁机快走。刚起身，莫学剑可急了，他忙站起来拦住朴雪："朴雪！我可是专为你办了这桌酒席，你一走，不但是扫了我的面子，也扫了各位老板的面子啊！你去打听打听，在金阳有我莫学剑请不动的客吗？"

朴雪本想呛他一句，我朴雪就是不买你的账！你这种大老板我见过。可是她转念一想，他的话也有些道理，在座的可都是金阳市赫赫有名的大老板，大家能屈尊给她过生日，真够给她面子了。这些老板还真得罪不得，还要靠他们照顾业务呢？她只得重新坐下。这些老板见她坐下，便频频向她敬酒，给她唱尽了赞歌。但她坚持一点，不管是谁来劝酒，她一块挡箭牌挂着："滴酒不沾"。有熟悉她的人说："朴所，听说你为欧阳明还挡个驾，你可不是滴酒不沾啊！"

一句话勾起了朴雪的回忆。她想起那次阳所长请公安局危局长的客，她是为阳所长挡过一次酒，可那是情有所使呀！这能承认吗？她想正好趁此机会敲一下莫学剑，便回说："你们要是听信社会上这些传言，莫老板早该枪毙了。"

一句话，说得莫学剑很不好意思，所有老板也都不好意思。大家心知肚明，哪个人没干过坏事？所谓"马无夜草不肥，人无横财不富"，在座的哪个人都有一些传言，莫老板该枪毙，这些人至少都该坐牢。于是大家噤声，不再说什么。莫学剑在心里暗暗恨道："这家伙真厉害，一句话把矛头指向了我，搞得我下不了台。三十万年薪还买不动你的心。哼！我会有你好受的时候。"莫学剑早有安排，不怕她朴雪不上钩。他不再强求朴雪喝酒。朴雪不管人家怎么劝，她就是不喝。她知道这些人都不怀好意，心怀鬼胎，就盼她酒后乱性，占她的便宜。那些老板们见她软硬不吃，也都有些扫兴，只好各自划拳，相互敬酒。结果一个个喝得个晕天黑地、丑态百出、不亦乐乎。朴雪见这场面感到很沉闷。尽管莫学剑在一旁不停地献殷勤，极尽讨好之能事，但她越来越觉得不是滋味。不管莫学剑怎么挽留，饭没吃完，她还是提前离席走了。

　　回到家里，朴雪心里越想越气。这个喻少清，我还以为你是个正人君子，把你当朋友，不想你和莫学剑是同一路货色。她实在气不过，便给喻少清挂了个电话："喻总吗？你好！今天你可把我卖了。"

　　"真对不起！我不知道你们中间还有故事。我想这是你结识那些老板的好机会，对你开拓业务有好处。他求我把你约出来，我想成人之美也是件好事。如今大家都在场面上混，不要太意气了。"

　　朴雪见他这么一说，觉得他说得也有道理，今晚可把莫学剑的面子丢尽了。尤其是喻少清说为自己开拓业务，气便消了一半。会计师事务所业务第一，有业务才有事干，有业务才有钱赚。但是她还是余怒未息："好你个成人之美，昏了你的头了，你先解决好自己的问题吧！"喻少清没有吱声，朴雪磕上了电话。

　　她刚想解衣睡下，手机来短信了。她打开信息，见上面写着："祝生日快乐，愿你年年有今日，岁岁有今朝，献上生日蛋糕一盒，微表心意，请笑纳！陈剑雄"

　　这家伙，他怎么知道我的生日？她心中猛然升起一股温馨之情，将手机放在枕边。正在这时，有人敲门。她打开门，果然有人送来一盒蛋糕。她在签名单上签了名，接过蛋糕放在桌上。她突然想起，陈剑雄一番美意，还是要尝一尝的。这时她觉得肚子真有些饿了，刚才虽然桌子上各种酒菜琳琅满目，但她气饱了，吃得很少。她拿起叉子切了一块蛋糕放到嘴里，感到特别甜。接着她拿起手机，给陈剑雄回了条短信：

　　"谢谢你的美意，明天有空吗？"

第八章

寒梅截肢转到协和医院之后，又一个沉重的打击袭击了她。来到协和医院，病情突然发生恶化，一阵阵的头痛头昏，整天高烧四十多度，而且皮下出现疹块。接着是上呕下泻，时常出现休克。不几天把个寒梅折磨得不像人样。后来医生检查出来，她得了败血症，大概是在废墟中手术消毒不好，分支杆菌进入了血液，在血液里产生毒素。这无疑又是一个晴天霹雳。高明和寒梅都知道，败血症死亡率很高。这一消息几乎把高明和寒梅击垮。在半昏迷中，寒梅念念下忘的，还是她的《生死相守》。她对高明说：

"高老师，看来我命不久矣，我没有什么遗憾，遗憾的是我不能和你一块完成《生死相守》了。我死后你一定要把她写完。"

高明安慰她说："你别瞎想，会好的。我还等着你病好后和我结婚哩！"

"你不要骗我了，败血症死亡率很高，我已作好了这个准备，只可惜圆不了我们的梦了。是我害了你啊！"

"你别说傻话，什么害不害的，我们相爱，这是我们的缘分，说不上谁害谁。也许会有……奇迹……发生！"说到后来，高明实在控制不住自己的感情，他声音哽咽，泣不成声。他怎么会不知道，败血症十个有九个会死。当检查出是败血症之后，医生就跟他说了，要他作好思想准备。寒梅呀寒梅！你怎么这般命苦啊！

高明自始至终照料着寒梅。他在单位请了假，日夜守护在寒梅的身边，比一个丈夫还要尽心。虽然男女有别，另外请了一个看护，但喂水喂饭都是他。他照顾寒梅非常尽心，连医生护士都很感动。当中国文联和中国作协将寒梅情况反映到文化部之后，文化部又将情况转到了抗震指挥部。指挥部领导发出指示，不惜一切代价，抢救寒梅的生命。医院接到通知，组织最好的医生、最好的药物，竭尽全力抢救寒梅生命。寒梅在死亡线上拚命抗争，只要清醒，她就在心中默默叨念：老天！我不能死，我不能死啊！我的《生死相守》还没有完成，请再给我半年时间吧！也许是寒梅在精神上的抗争，生命产生了奇迹。也许是医护人员的精心治疗，医术战胜了病魔，寒梅终于从死亡线上返回来了。当寒梅第一次睁开眼睛，看到高明在一旁泪眼朦胧时，她有气无力地安慰高明："别难过了！我感觉轻松多了！"

高明闻言破涕为笑：

"真的！你脸上气色好多了。"高明叫来医生。通过医生的检查，寒梅的病情的确有所好转。高明非常高兴。此时寒梅又想起了她的《生死相守》。尽管高明在一边劝她暂时不要去想，待病好后两人一块商量，可是寒梅禁不住又开始了新的构思。

明月几时有，

把酒问青天。

不知天上宫阙，

今夕是何年？

我欲乘风归去，

唯恐琼楼玉宇，

高处不胜寒。

起舞弄清影，

何似在人间！

转朱阁，低绮户，照无眠。

不应有恨，何事长向别时圆。

人有悲欢离合，
月有阴晴圆缺，
此事古难全。
但愿人长久，
千里共婵娟。
中秋圆月挂，
问君可曾眠？

晚上，朴雪半躺在床上看手机短信。这条短信之长，恐怕可以创吉尼斯记录了。这是陈剑雄发给她的。是苏轼的《水调歌头·明月几时有》，很多人都能背诵，朴雪也并不陌生。陈剑雄在最后加了两句，改成"中秋圆月挂，问君可曾眠"，却也是别出心裁。朴雪不由笑了。这家伙，看来还懂一点诗，改得蛮好的。朴雪看得饶有兴趣。今晚是中秋之夜，是中式情人节，是许许多多有情人幽会之夜。但是她和陈剑雄还没有好到这种程度，互相卿卿我我。但自从前天她主动发短信约陈剑雄之后，她对陈剑雄就更加难以忘怀了。那天晚上，他们一块在南湖公园荡舟，月亮也是这般亮，夜幕笼罩着南湖，月亮在湖中留下一个明亮的倒影。湖面波光粼粼，反着白光，像是谁在湖面上撒下一片碎银子。她和陈剑雄划着小船，去追那片碎银子，却怎么也追不上。后来他们不划了，信马由缰，任船在水上漂。陈剑雄老实得十分可爱，在这种时候他都不敢动朴雪一根手指，对朴雪十分尊重，没有半点轻薄之意。两人默默地坐在船上，陈剑雄用船桨在船舷上轻轻敲着。倒是朴雪先开口："看着你这么敲，使我想起了当少先队的时候常唱的一首歌：《让我们荡起双桨》。"

"你唱唱，我想你唱歌一定好听。"

"你怎么知道？"

"你说一口标准的普通话，非常动听，说的比唱的还好听。再说凡是长得漂亮的都会唱歌。"

"奇怪逻辑，好多美女都五音不全。再说我也长得并不漂

亮呀！"

"谁说的，你不漂亮，世界上就没有美女了。"

"你不要尽损人，我觉得我一点也不漂亮。"

"漂不漂亮，你唱几句试试！"

陈剑雄用话激她。朴雪没有作声。陈剑雄反复要求。在陈剑雄的再三要求下，朴雪轻轻唱道：

让我们荡起双桨，

小船儿推开波浪，

海面倒映着美丽的白塔，

四面环绕着绿树红墙。……

朴雪刚唱了几句，陈剑雄就拍手叫好：

"好！比黑鸭子组合唱得还好。朴所，你干什么会计师事务所，何不去当歌星算了。"

"你又来损我，不跟你玩了！"朴雪说着，拿桨恨恨地划起来。由于她不会掌握方向，船在湖中转着圈。

陈剑雄急了，忙说："别！别！算我没说好不好！原来你听不得真话。"说着拿起桨也划起来，调正了船的方向，小船向岸边划去……。

那天晚上，双方都表现得有些拘谨，没有任何出格的举动。没有像现代青年一样，一好就跑，一跑就追，一追就倒。朴雪是第一次主动与人约会，即使和凌啸风相爱时，她也没有主动约过他。那天晚上首先是受了莫学剑的戏弄，之后是陈剑雄向她祝福，相比之下，陈剑雄送她的生日礼物虽然微不足道，但她觉得陈剑雄的更为珍贵，因为他真诚、纯洁，真情款款，情意深深，十分可爱。情动之下她发短信给他约会。那天晚上虽然时间不长，但令人十分难忘。她表面上生陈剑雄的气，实际心里非常开心。谁不说她漂亮，谁不说她的歌唱得好啊！她的歌声是那样清悦，那样轻盈，那样甜美。听着就像喝一杯蜜，喝一杯美酒，甜甜地流过心头。其实陈剑雄说得一点不错，她不应该干注册会计师，她应该去当歌星。可是她从来不登舞台，她只把唱歌当作业余爱好，偶尔地唱几句，从来没有想过要拿唱歌去弄饭吃。那天他们上岸后，很快就分手了，但陈剑雄在她心中留下了很好的印象。他老实、本分，但又十分开朗、聪敏，不是那种榆木圪瘩。今晚他发来这条短信，使她十分心动，当即回了一条：

> 后羿射日忙，
> 嫦娥奔月走。
> 月老不曾老，
> 自古情未了。
> 中秋月儿圆，
> 相思知多少？

短信发出后，她默默等待陈剑雄的回信。不一会，手机响了，她拿起手机一看，是陈剑雄回了一条：

> 天上中秋月，
> 遥望一团银。
> 夜静更阑风渐紧，
> 为我吹散身边云，
> 照见心上人。
> （注）

就这样，两人你一条我一条，抒发着各自的情怀，直达深夜。朴雪非常兴奋，丝毫没有睡意。真是"今宵腾把银红照，忧恐相逢在梦中"。两人的情感突飞猛进。但她没有意识到，危机正在一步步向她逼近。

在寒梅的病情渐渐好转的时候，高明却病了。连日来的辛勤劳累，使他疲惫不堪。他的心脏病终于发作了。这天，他只觉四肢无力，浑身瘫软，心区心闷心悸，伴随着一阵阵刀削似地心绞痛。他只好闭目卧床休息，连看一眼电视都觉十分吃力。寒梅忙呼医生，经医生诊断，他是冠心病发作，只能卧床休息。

这下可急坏了寒梅。一来她为高明的身体担忧，二来想到的还是她的《生死相守》。她想自己是这么个身体，若是高明一病不起，她们的《生死相守》很可能就要夭折了。她心急如焚，但又不好意思把这种心急的情绪表露出来，只能在心里干着急。

第二天，高明的病情继续恶化，时时出现昏厥。医生把他转入了危重病房。

寒梅与高明分开后，她心中更加心慌，也更加焦急。可是一切都无可奈何，只有听天由命了。好在她的病大有好转，腿部的伤口已开始愈合。她还是忘不了她们的《生死相守》，又开始了新的构思。

陈剑雄一觉醒来，还是不见馨兰身影。这家伙！她上哪儿去了呢？一夜不归，在这渺无人烟的孤岛上，她能上哪儿去呢？这时陈剑雄这才真有些急了。他想若是她没了，他将独自一人面对死亡。他突然感到一种深深的孤独，由馨兰的命运不由想到了自己的命运，使他心生一种莫名的恐惧。如果她是被什么野兽或者是什么海怪吃了，那么馨兰的今天不就是他的明天吗？想到此，他感到十分害怕。这岛真有几分邪气，神秘得很，不知还藏着什么妖魔鬼怪？想到这儿他不由打了一个寒颤，开始在岛上寻找可以防身的武器。但岛上有什么武器呢？除了石头还是石头，连根像样的木棍都没有。他只得把那些石头垒起来，做成一个掩体，然后把那些大大小小的石头堆到掩体里，万一有什么野兽或海怪，也能抵挡一阵。为这事他干了一天还没干完。他把那个所谓的床铺搬到掩体里，总算又渡过了一夜。第二天他又继续着他的工程。

其实陈剑雄的害怕是多余的，馨兰既没有被野兽吃掉。也没有被什么海怪掳走。那一天，陈剑雄深入海岛的腹地去挖那废墟，她假说来了月经请了个假留在住地。其实她有着自己的打算。那一天她随陈剑雄去海岛深处时，她看到了许多海狗互相依偎栖歇在海岸上。对于海狗丸能够壮阳她早已耳闻，所以当时陈剑雄给她说那些话纯属多余，她才回了一句"这不是新闻了"。她想陈剑雄这家伙着实可恨，两个人同睡一个孤岛，竟对我无动于衷，熟视无睹。他怎么这么无情啊！难道是我的魅力不够，美色不足以吸引他，引不起他的性欲？人说干柴遇烈火，岂有不燃之理？我的美色虽不算是最上乘，但也能吸引人啊！走在大街之上，行人的回头率没有百分之百，也有百分之九十。何况那天他还看到了我的胴体，他能不动心？难道他是如来佛下凡金禅子转世？左思右想，她想搞点海狗肉给他吃，等他欲火烧身时看他就不就范？反正在这岛上没有第三人，不存在什么羞不羞的问题。我们能不能返回大陆，这是个很大的疑问号，两人不饿死、渴死、病死在这岛上就很不错了，何不得行乐时且行乐，享受一番人间的快乐呢？因此待陈剑雄走后她便来到那岩岸边。此时岩岸上正栖着一大群海狗，她想悄悄地走过去抱一只小海狗。正当她思量如何动手之际，突然看到一只小海狗从海里爬了上来。它纺锤形的躯体，呈黑棕色，身上披着一身致密的绒毛。它圆圆的头、小小的耳朵、吻部很短、瞪着一双大大的眼睛四处张望，显得胆子很小。它爬上岸后，用四个鳍状的脚在地上缓缓爬行，样子十分笨拙可笑。她想就抓这只。她悄悄地走过去，那海狗从未见过人，不知她是什么东西？瞪着一双好奇的眼睛望着她。馨兰见海狗傻乎乎的，行动迟缓、动作憨厚，以为好欺侮，便放心大胆去捉。她扑过去抱住海狗，没想到那家伙的劲很大，抱住它以后在她怀里拼命挣扎。脚下是海狗常年出没的岩岸，十分光滑。她一不小心，连人带海狗一齐滑到海里。那海狗入水后力气更大，很快就挣脱跑了。其他海狗见馨兰掉进海里，也都"噗咚！噗咚"跟着跳入海中。馨兰以为是海狗追她，害怕极了，吓得拚命逃跑。幸好她的水性极好，没有被海狗立即咬住。那海狗在陆地上行动笨拙，到了海里，可是如鱼得水，游得飞快。眼看海狗就要追上馨兰，幸好这时来了一只大鲨鱼，海狗们见鲨鱼来了，便放过馨兰，纷纷逃命。这时馨兰更吓得魂飞魄散，谁不知鲨鱼是海上的老虎，遇上它是羊入虎口？海狗跑散后，鲨鱼便直接

对馨兰发动攻击。馨兰凭着自己的水性与鲨鱼周旋。有几次，鲨鱼就要咬到她的脚了，都被她一转身逃掉了。

不一会，鲨鱼停止了对她的追击。原来不知什么时候，一条大海狗游到她和鲨鱼之间了。鲨鱼很快咬到了海狗，海水中顿时泛起一片血污。

馨兰见鲨鱼在吃海狗，这才放下一颗心，准备游回岸边。可是她怎么用力，却游不到岸边，而且离岸越来越远了。她心慌了，原来就在她与鲨鱼周旋时，她被卷入一股海流，海流把她带得越来越远了。

"我命休矣！"这时馨兰真急了，心想那么凶猛的海啸没有夺走我的生命，恐怕要葬身在这股海流里了。她失去了求生的勇气，闭目待死。正在这时，天又渐渐沥沥下起了大雨，豆粒大的雨点凶猛地扫荡着海面，激起白茫茫一片水花。雨点敲打着馨兰的头、脸和手，馨兰感到一阵阵麻痛。她不得不时时用手抹掉脸上的雨水。这一来，使她游在水面上更为吃力了。唉！我死定了。馨兰毫无生的希望了，身子一会儿下沉，一会儿又挣扎着浮出水面，她像一叶浮萍在海上漂零。正在她绝望之际，突然看到前面白茫茫的水面上有一个黑点。那是什么东西？一种求生的本能使她奋力向那黑点游去。游近一看，原来是一个救生圈。她心中一喜，像垂死的人抓稻草一样赶紧抓住救生圈，将上半身伏到救生圈上。这救生圈大概也是海啸时留下的残留物吧！现在可成了她的救命稻草。顿时她又有了求生的欲望，感谢上苍的恩赐！可能是我命不该绝，老天才给我送来这个救生圈。这时她产生一种强烈的求生欲望，心想陈剑雄归来不见了我，不知会如何伤心？我不能让他一个人在岛上面对孤独、面对死亡。我要活下去，一定要游到岸边去。为了保存体力，积蓄力气，她不再向岸边游了，而是躺在救生圈上随波逐流。

不知过了多久，只见天已慢慢黑了下来，天上没有月亮，也没有星星。大海渐渐变得漆黑一团，四周一片寂静。她害怕极了，脑海里一阵阵产生幻觉。时而她看到四周有许多张牙舞爪的怪物对她张着血盆大口；时而是一条大鲨鱼朝她游了过来；时而又是一艘灯火辉煌的轮船朝她驶来。可是一旦清醒，什么也没有了，眼前只有白花花的浪花。她伏在救生圈上随波逐流，不知流到了什么地方？什么时候才得靠岸？而这时最难受的是口渴难熬，饥饿难忍。她已经一天没有喝一口水、吃一点东西了。她又一次尝到这种泡在水里却喝不到一口水的滋味。口渴、饥饿和害怕使她一阵阵昏昏欲睡。她竭力克制着，强打精神，一定不能昏睡过去。只要昏睡过去，人便会沉下去，一切便都完了。就这样，她在海上漂流一天一晚。第二天傍晚时分，海上刮起了风，大海突然咆哮起来，狂风卷起巨浪，把她一时抛上峰顶，一时又落进峰谷。有时候一个浪头兜头落下，又把她深深按进海水。幸好她有很好的水性，又有前次海啸的经历，不管风浪如何汹涌，她都死死抓住那个救命的救生圈不放。任凭风浪如何折磨，她都有种强烈的求生欲望。后来大海把她折磨得精疲力尽，她连抓住那救生圈的力气都没有了。这时她又想到了死。再见吧！可爱的剑雄！再见吧！可怜的妈妈！想到妈妈，她又一阵心酸。妈妈含辛茹苦把她拉扯大，原是想养儿防老，没想到妈妈没享她一天福，她就葬身鱼腹了。她越想越伤心，泪水随着海水一起流下。幸好不久海流流进了一个海湾，她的身子被一个浪花抛到了岸上。她又一次用尽最后的力气朝前迅猛地奔跑，企图摆脱海浪把她拉走。可是刚跑两步，还未脱离海水，她已经没有了丝毫力气，一头倒在沙滩上喘息，让海水浸泡着，让一个又一个的浪花把她推向岸边。

陈剑雄在海岛上等了一天一夜，始终未见馨兰的身影。他花了三天时间，在海角上筑起了一个石头掩体，以防海兽海怪的袭击。第四天闲来无事，他又在岛上寻找馨兰的踪迹。他在海狗们栖歇的海边，突然发现海岸上有星星点点的血迹。他不由大吃一惊，在这岛上别无他人，这血迹是哪来的呢？一定是馨兰留下的血迹。他没有想到这是海狗在挣扎时在地上擦出的

血迹。由此他想到馨兰必死无疑。他感到更加害怕了。这是一个什么吃人不吐骨头的海怪呢？看来此地不可久留，那掩体算什么玩意？海怪来了，一点都不管用，只是一种心理安慰而已。於是他带了一点食物和水，沿着他前天走过的路向岛的纵深走去。

一路上，他对原来见到的那些景色一点也不感兴趣了，一心只想寻找到一个能安身的石洞。可是找了许久，都未见这样的石洞。他又来到海边，望着无边无际的大海好一阵兴叹。他想我陈剑雄如此时乖命蹇，难道连个安身之所都找不到吗？他四处张望，突然看到一只大海龟从一块岩石后爬出来，好像岩石后有一个石洞。他灵机一动，便踏着海边的沙滩走过去。走了不到十米，果然看见沙滩边沿的山崖上有一个石洞，洞底铺满了细沙。那石洞大约有两人高，正好藏身。他好不高兴，急忙跑了过去。这时他看见石洞里的沙地上伏着好些海龟，这才知道，原来这里是海龟产卵的地方。这下可好，这不是一个天然粮仓吗？住在这里，与海龟为伍，吃的问题可解决了。他仔细打量了一下石洞的纵深，大约有十米左右。有这么深足够了，就是馨兰归来也住得下。这儿临海，对大海一览无余，只要大海上有船只经过，随时都可以看到。他满意地点了点头，准备返回去把捡来的那些东西搬进石洞。

回到原来住的地方，陈剑雄还是没有忘记馨兰。他找了一块粉石，在石壁上写了"我在海边石洞等你"几个大字，然后把那些海棉、救生衣与救生圈捆作一团，准备背到石洞去。他想首先要解决睡觉的地方，其他东西可以慢慢来拿。他背着那些海棉、救生衣和救生圈兴致勃勃来到石洞，一时间傻眼了。这儿哪有什么石洞啊！只有滔滔的海水。难道刚刚看见的是海市蜃楼，只是自己的幻觉而已。后来他仔细观察，原来是他弄错了，那海水涨潮了。潮水把那石洞淹没了，这可是他始料未及的，他可没有想到海水会涨潮，潮水可以淹没石洞。难怪石洞里有那么多沙子，都是潮水带上来的。唉！真是空欢喜一场。到哪里去找安身之所呢？他又犯愁了。想了许久，他还是想到了那些被地震震垮的房子，看来还是只能在那些房子上作文章了。

　　陈剑雄来到那些废墟面前，望着那挖了几天的废墟又有些心灰了。这些东西已经腐烂殆尽，变成泥土了，还会有用吗？他围着废墟转了一圈，寻思良久。可是不挖这些东西又挖什么呢？最后他还是下决心继续挖。这次他寻到一棵大一点的树，从树上掰下一根树枝，去掉枝叶，做成一根木棍。他用这根木棍挖土，比前几天效果强多了。挖了一个上午，终于挖出了一个大洞，透过洞一看，他不由一阵欣喜。因为他看到泥土下面横七竖八地埋着许多家具，看样子有的还很完好。他准备拿出一条板凳，可是触手一摸，那板凳竟是软软的，原来都已腐烂成泥了。他又失望了，一屁股坐到地上半晌站不起来。半天的功夫算是白费了。这时天已暗了下来，黑幕又开始笼罩孤岛。他吃了一点东西，然后气馁地将那些海棉、救生衣、救生圈铺开，在废墟边过了一夜。

　　第二天醒来，想起馨兰，他又感到十分孤独，而且有种深深的思念。他觉得她真是一位不可多得的女子。她现在在哪里呢？是不是又回到了他们的住地呢？他想在这儿难得找到安身之所，不如还是到那边去看看。他起身准备沿原路回去。刚刚迈步，他被一样东西吸引了。原来在他翻过的泥土中，有一口锈蚀了的铁钉。翻土时只顾找家具，没有注意到这东西。他赶紧捡起来，将锈块除去，竟然还是一口钉子。他不由灵机一动，有这钉子，一定还会有其他铁器，如果能找到一把刀，一把锄头，或者一把铁铲那就好了。想到这里，他又蹲到废墟边上继续翻土。老天不负有心人，翻了一个上午，终于翻到了一把菜刀，一把锄头，虽然没有了锄头把，而且锈得不成样子，但把锈块敲掉，勉强还可使用。这可比木棍好多了。更可喜的是，他发现了一个灶台，他想他挖的是一个厨房，他指望能在这儿发现

生死相守

更多的东西，例如像锅、瓢、水缸之类。

有了锄头，他的工作效率高多了。一天下来，他把灶台全部清出来了。灶台虽然被震裂了，但修一修还可以用。更可喜的是灶上有口铁锅，铁锅被一块木板压着，竟然没有砸坏，但已锈得不成样子。他敲掉锈块，竟有一小块可以使用。他想这可好了，虽只有一小块，但还可以炒东西。

有了锅灶，以后不用茹毛饮血了。另外他还发现了一断干打垒的墙，虽然墙体大部分被震垮了，可还有一部分完好无损。他高兴极了，这可是今后造房子的基础。一天的劳动可把他累坏了，晚上躺在所谓的床上，一身像散了架似的浑身疼痛。他躺在那床上默想，自己反正多的是时间，慢慢翻，再不要操持过急，以免把身子累坏。若是这时候生个病，那就只有死路一条了。这时他又想起了馨兰，若有她在，可就有个帮手了。不一会他又想到了朴雪，不知她在干什么？那恶贼莫学剑是否还在纠缠她呢？她一定会以为自己死了。当她听到噩耗时，不知会多么伤心。想到这里，突然一阵心酸，止不住的眼泪又涌了上来。他任凭泪水在脸上泗流，心里默默念着：

"朴雪呀朴雪！难道我们终生永难相见了？"这时，他和朴雪的交往一幕幕像过电影一样在他脑海里映现出来。

真是"人言落日是天涯，望及天涯不见家"啊！

注：
文中的两首诗引自博友《倏然山庄》的博文，引用时稍作修改。

第九章

这天，陈剑雄给朴雪打电话，想约朴雪去钓鱼。朴雪一接电话就很不耐烦："谁呀？什么事？"

"是我呀！陈剑雄。有兴趣去钓鱼吗？"

听到是陈剑雄，朴雪更烦了："不去，我心烦死了。"

陈剑雄听她口气，知她心情不好，不敢再说了，忙挂上了电话。

这几天朴雪的心情的确烦透了，她一直被那份验资报告困扰着。

照理这份验资报告会计师事务所是不承担任何责任的。因为是银行作假，欺骗会计师事务所，会计师事务所才出具了不实的验资报告。可是 C 局却一而再、再而三地上门查工作底稿，复印档案材料、找人作笔录，搞得人心惶惶，无法工作。业务工作几乎停了。可是朴雪把住一条：不管风浪多大，金阳子公司的审计工作决不能停。前段正是由于各种干扰，以至使审计工作一再停顿。现在审计工作已经有了一定的眉目，干扰再大，也不能停止那方面的工作。

通过调查，朴雪后来才知道，是农村信用社管理不严。一个叫郭欢的小青年瞒着信用社的其他人，私自在银行进账单和银行函证上盖了章。注册会计师在审查资料时，看到资料手续齐全，便完全信赖金融机构的证据而出具了验资报告。验资报告发出后，立即就有人向 A 局举报，A 局马上立案侦查。同时将材料遣送 C 局，C 局某科也就相应立案，这才掀起了这场风

波。

这一天，C局送来处罚告知书，由于虚假验资，根据《刑法》《公司法》等法律规定，对黎明会计师事务所处以六万元罚款，如果不服，可在五日内要求听证。朴雪接到告知书顿时凉了半截。一来所内经济紧张，这六万元可是一笔不小的数字；二来这太冤枉，明明是银行的过失，为什么硬要我们会计师事务所来负责？这只能用当今社会上流行的"深口袋"理论来解释：那就是会计师事务所有的是钱，罚几个钱没问题。他们可不知道黎明会计师事务所是个风雨飘摇中的所，经受不起这么重大的打击。可是这些权力机关真不敢得罪，万一它在某个项目上给你穿小鞋，那可是"吃不了兜着走"，那损失可就更大了。孟总几个老注册会计师都劝朴雪息事宁人，花钱消灾，出几万块钱算了。可是朴雪经过再三考虑，最后还是通知C局A科要求举行听证。C局A科听说朴雪要求举行听证，他们又有些慌了。他们强调有关人员不在，听证会暂时不能举行。什么时候举行，听侯另行通知。

C局A科的李科长恰好是陈剑雄高中同学，李科长给陈剑雄打了个电话："老同学，听说你和朴雪很要好，托你捎个信给她，她这样跟政府对着干不会有好结果，我们同意协商解决。你给我做做工作。"

陈剑雄听说是朴雪的事，心想这正是他向朴雪献殷勤的好机会，忙问："你们什么事跟她干上了？老弟，他们可是弱势群体，你可要高抬贵手，不要欺侮她太狠了。"

"我哪敢欺侮她，如今她要跟我们搞听证。"

"是什么回事呀？"

于是李科长把情况简单说了一下，当然他尽量把理说在他们一边，朴雪纯粹是无理取闹、完全是在狡辩。但是他们还是同情会计师事务所的，他们搞几个钱也很不容易。他们同意私下解决，要陈剑雄把朴雪约出来，协商个解决办法。陈剑雄一听，心想朴雪不是正为这事烦恼吗？说不定私了能解决她的心病。但他一时不好表态，因为朴雪是个独立性很强、又很有主见的女人，他不敢保证能把她约出来，他只能说他试试看。

朴雪正在焦急地等待听证会的通知，这一天陈剑雄来电话说：“喂！是朴雪吗？有空出来吗？”

“这几天Ｃ局搞得我心慌意乱，哪还有那个情趣？”

“出来坐坐吧！我保证你会感谢我。”

“我才不哩！你以为我是三岁小孩子，受你的骗。”

“骗你是小狗，我就是要解你心中的结。”

朴雪一听，心想他怎么能解我心中的结？肯定是在骗我，便说：“你呀！正经事你帮不上忙，尽在跟我捣乱。”

陈剑雄一听急了，忙说：“你别冤枉人好不好，我是真心想帮你。”

朴雪心中将信将疑，便问：“你打算怎么个帮法？”

“你出来就知道了。”

“你若是骗我，这一辈子都不理你了。在哪里？”

“就在开元咖啡吧！”

“好！我就来。”

半小时后，朴雪开车到了开元咖啡馆，陈剑雄正站在咖啡馆门口等着，见朴雪过来，便将她领进一间包厢。此时包厢里已有两个人，正躺在沙发上吞云吐雾，包厢里烟雾腾腾。两人见朴雪进来，赶忙坐正身子。朴雪进门不自觉地用手扇了扇烟雾。陈剑雄向朴雪介绍：“这位是Ｃ局的李科长！这位是林科长！”

朴雪和李、林两位科长握手，一边说：“你不用介绍，我们认识。”

“认识就好！认识就好！你们谈！你们谈！”

陈剑雄见他们认识，就溜到门口的一张沙发上坐了。朴雪见这阵势，知道今晚是要她买单了，忙吩咐服务员小姐：

“来四杯咖啡！四个小碟，一盘水果！”

服务员小姐在本子上记好准备去了。李科长开口问道：“朴

所！业务怎么样？还好吧？听说黎明会计师事务所最近搞得挺红火？"

"搞得红火还不是托领导们的福。不过自阳所长走后，黎明会计师事务所就一蹶不振，快揭不开锅了哟！"

"没这么严重吧？不要在我们面前哭穷啊！"

"我没说半句假话，稍微宽松一点，我也不会冒天下之大不韪跟你们搞听证啊！"

"我看听证就不要搞了！你硬要搞，你们肯定要输！"

李科长很快切入了正题。朴雪不会见风使舵，而是直率地说："输也要搞一下，长长见识。"

林科长在一旁说："哟！朴所年纪不大，说话还挺硬啊！现在谁不知道，与政府对着干，无异是拿鸡蛋碰石头，没什么好果子吃。"

陈剑雄插进来说："朴所，'民不与官斗'，不如花钱消灾，出几个钱私了算了。李科是我高中的同学，他才给你这个机会。'不打不相识'，今后就是朋友了！"

李科长接着说："现在有句名言，'多一个朋友多一条路'，何必把自己的路堵死呢？"

朴雪初听陈剑雄的话，对陈剑雄恨死了。好家伙！你把我喊来，原来是来当说客，要我和 C 局私了，把我当冤大头。可是听了陈科长的话，他这话可是绵里藏针、软中带硬，带着很大的威胁。谁不知道当前 C 局位高权重，和我们会计师事务所有着直接的利害关系。如今讲究关系学，的确是"多一个朋友多一条路"，如果能够私了，倒是省却了许多麻烦。万一听证搞输了，搞个什么处罚，在网上报上一公布，那损失就大了。会计师事务所讲的是信誉，没有信誉，还有哪个敢委托你做事？于是她问：

"怎么个了法？"

李科长长长叹了口气说："我们也很为难啊！你们这事已经立了案，白纸黑字记在那儿，谁也抹不掉，照理是绝对不能私了的。这是陈哥，他和我是什么关系？铁哥们！今天他出面，求我们是不是出几个钱算了。我怎能不买他这个面子，千方百计也要想办法呀！我们也不是没有同情心，你们干点事也挺不容易。你看这样吧！你们交两万块钱来，我们的处罚通知书也不下了。不上网、不登报，就算没这回事。"

朴雪担心地问："那白纸黑字怎么办？"

"这个你不用担心，既然愿意帮忙，我们就会给你做好。"

朴雪长久没有作声。两万块，虽然比六万块少多了，但也是个不小的数字啊！朴雪实在有些心痛，这可是他们的血汗钱。他们一句话就要拿走两万，实在叫人不心甘情愿。可是她转念一想，不同意又能怎么办呢？陈剑雄说得好，"民不与官斗"，今后有许多事情还要找Ｃ局，当真得罪不起。开听证会胜算几何？谁也说不准，能出两万块钱了难，省却了许多麻烦，岂不为上策？万一听证失败了，所里损失将会更大。"多一个朋友多一条路"，说不定两万块钱真能交个朋友。今后若能介绍一笔大业务，这两万块钱不又回来了？

她沉思良久，最后低声说：

"两万块是不是多了点，少点吧？"

"已经从六万降到两万了，不能再降了。"

朴雪实在咽不下这口气，但又不得不点了点头：

"好吧！明天我送钱过来。"

陈剑雄忙说："好！这就叫识时务者为俊杰啰！"

他端起桌上的咖啡说："来！我们以咖啡代酒，庆祝和谐。"各人都端起咖啡碰杯，然后一饮而尽。

事情谈妥，最后握手告别，说着一些友谊团结的话，可朴雪实在友谊不起来，她假意应酬了几句。临走，李科长告诉朴雪，这两万块钱可没有票开，怎么入账你们自个儿想办法解决。朴雪想事情已经到了这种地步，哪还能坚持要票呢？便点头违心地说："李科长这样关照我们，不会使你们为难。"

事情算是这样谈妥了。朴雪送走两位科长，到柜台上买了单，陈剑雄还站在门口等她。见朴雪过来，边走边说："这些人得罪不起，丢几个钱算了，别心痛！"

"你呀！尽给我干好事！"陈剑雄见朴雪埋怨他，装着很委屈说："你看我……你不是很烦吗？这下可不烦了吧？"

"两万块！你不觉得这代价大了点吗？"

"好好！别心痛了！今晚我请你跳舞。你不知道，他们行政经费很紧张，只够发几个工资。他们要发奖金、逢年过节还要发点物资、还要出去旅游，不找你们弄几个钱，找谁弄钱呢？"

"我们注册会计师是弱势群体，什么人都可向我们伸手。"

朴雪打开车门，钻进汽车。陈剑雄也钻进汽车，朴雪问："去哪儿？"

"上中国城吧！"

"那里太贵，你请得起吗？"

"请你，倾家荡产也要请呀！"

"不去中国城，找个小舞厅更有情趣，不要你请，我请你。"

"不行！哪有女士请男士跳舞的！"

"你帮了我，自然我请。"

"害得你们所破费二万元，这算什么帮忙？"

"不管怎样，总算去了一块心病。"

"好，那就去梦中人吧！"说着，朴雪发动汽车，倒车后转了个弯，然后朝梦中人驶去。朴雪此时虽觉心里憋了口恶气，但事情还算圆满解决，还得感谢陈剑雄。她和陈剑雄的心不觉又拉近了一步。

在宏大科技发展有限公司总经理办公室，房门紧闭，有两个人在神秘兮兮地谈话："你们要我和朴雪谈恋爱，到底是为了什么啊？"陈剑雄提出了一个埋藏心中已久的问题。

郝志道从香烟盒中抽出一枝烟，然后拿出打火机"啪！"地一声打着火，点上烟，深深地吸了一口，神秘地笑着说："这你不用问，我会有安排。我只问你现在进展如何？"

"很难说，只能说是开了个头吧！"

"行！有头就会有果。好好干！我不会亏待你。"

"你们这是？……"陈剑雄话到嘴边又咽了回去。既然郝总不愿说，再问也是无益。在公司内部有一条不成文的规定，不让你知道的千万别打听，什么事你知道得越少越好。陈剑雄狐疑地望着郝志道。

郝志道又问："最近朴雪在干些什么呢？"

陈剑雄闻言一惊，他问这个干什么？难道他要我去谈恋爱，只是要我去当卧底，探听朴雪的情况？他们和朴雪有什么利害关系呢？

他摸不着头脑，便说："没干什么，每天都是查账验资。"

"他们在查我们公司的账，她和你说了些什么？"

"没说什么，我们的谈话从不涉及这方面问题。"

"你就不知道她的半点情况？"

"最近 C 局敲了她一笔。"

"这事我知道。听说是你了的难？"

"我一个高中同学在 C 局，要我帮他。"

郝志道听后没有言语，他好像要批评陈剑雄几句，但又止住了。陈剑雄见状，便趁机说："郝总没其他事吧？我走了！"

郝志道挥了挥手，陈剑雄退出总经理办公室。

退出总经理办公室，陈剑雄在心里琢磨，如果仅仅是要我做卧底刺探军情，为什么要我去谈恋爱呢？如果我真正爱上了朴雪，我还会做你们的卧底吗？他百思不得其解，他在心里告诫自己，以后可得多留个心眼！

北京隆科公司金阳子公司的审计有了很大的进展。刘细妹他们查阅了金阳子公司与关联方宏大科技发展有限公司的关联交易后，发现金阳子公司原材料高价进、产成品低价出的事实。汇总五年的资料，竟在数十亿之巨，这就是一个盈利大户蜕变为亏损大户的真正原因。这等于是有一根吸管插入国有企业金阳子公司的肌体上，每时每刻都在吸它的血。如今金阳子公司被吸空了，莫学剑控制的私营企业宏大科技发展有限公司却长肥了。反过来莫学剑又想低价将金阳子公司收购，明目张胆地侵吞国有资产。这真是一场没有硝烟的战争。是一场不容抵赖

的犯罪事实。可是这一切又都是合理合法的悄悄地进行。朴雪知道这个情况后，感到十分棘手。如何下结论呢？按郭安娜的讲法，他们属于合法经营，你还找他不上。她拿不准，准备上北京向张总汇报，征求他们的意见。

陈剑雄骑着摩托车去公司上班，突然手机铃响。他放慢车速下车掏出手机，手机里传来朴雪的声音：

"喂！在干什么？"

"我在去公司的路上。"

"我有点急事，你能帮忙吗？"

"你说！"

"我车子出了点事，正在修车，没去办公室。刚才办公室来电话，说办公室来了几个人，凶神恶煞，扬言要找我。问有什么事他们也不说，非要找我不可。看来他们非是善良之辈，你帮我去看看行吗？"

"行！我到公司报个到就去。你最近遇到什么麻烦没有？"

"没有呀！我想只有一件事，我们所有个注册会计师叫谭建业，阳所长在世时他们就有矛盾。他一直想当所长，现在所长没当成就想自己办所。可是他欠所里四万多块钱，所里有规定经济手续没有搞清一律不准转所。所以我卡着没有给他签字。他找了我几次都没给他签。往常他和社会上的一些人有来往，是不是为这事找上门来了？"

"哦！是这样？我先去看看。"

陈剑雄到公司打了卡，就直奔黎明会计师事务所。他走进所长办公室。见所内坐着三个人，一个个子不高、但虎虎有神，一看便知是那种粗中有细的人物。他正在耀武扬威地威胁办公室秘书小曾。另外两个则是虎背熊腰、身材肥胖结实的彪形大汉，看样子就知是那种四肢发达、头脑简单只配当打手的人物。三人脖子上都挂着明晃晃的小拇指粗细的假金项链。那位矮个子把一双臭脚搁到朴雪的办公桌上，嘴里神气地吐着烟圈，显得十分傲慢。他见陈剑雄进来，凶巴巴粗声问道："你是所长吗？"

"对不起！你弄错了，我不是所长。"

"你不是所长滚一边去，叫你们所长来！"

"我们所长出差了，有什么事能跟我说吗？"

"我们有笔账要算一算，你叫他赶快回来。"

"好！我跟她联系。"

"不！我们有她电话，我们自己跟她联系。"

说完他拿起桌上电话拨了个号码。等了一下他将电话一甩："妈的，她关机了！"

三个人坐在办公室不动，好像非要等到朴雪不可。

陈剑雄见状，溜出办公室，在外面给朴雪发了个短信："千万别回来！"

发完短信他还不放心，后悔刚才没问她在哪里修车？现在她把手机关了，联系不上，他怕朴雪冒冒失失回到办公室。他找所里的人打听平常朴雪在哪里修车？所里人谁也不知道。陈剑雄只好等在朴雪回所的必经路上，只要朴雪来就向她示警。等了一会，陈剑雄的手机响了，他赶紧打开手机一听，原来是C局A科李科长的电话，问他朴雪那两万块钱送过去没有？陈剑雄回说不清楚。李科长拜托他催一下。陈剑雄答应好，一定办。打完电话，陈剑雄仍在路口等着。过了一会，手机响了，陈剑雄打开手机，终于听到了朴雪的声音。陈剑雄忙问她在哪里？朴雪告诉他地址，后又问情况怎么样？陈剑雄回说电话里不好说，见面再谈，现在千万不要回办公室。

按照朴雪所讲的位置，陈剑雄很快找到了朴雪。两人来到马路边，陈剑雄说："看来是来者不善，你千万不要回去。"

"躲得了今天，躲不了明天。我还要工作啊！"

"暂时躲一下，慢慢来想办法嘛！"

这时朴雪的手机来短信了。朴雪打开手机，手机上出现一条短信：

"打电话你不接，我们到你家里找你，你跑不了的！"

生死相守

朴雪看过短信，将手机递给陈剑雄：

"你看，连家都回不了啦！"

"我说你干脆外出躲几天。"

一语提醒朴雪："哦，我正要去北京，现在就去买机票。"

"要不要我陪你去？"

朴雪回首望着陈剑雄，陈剑雄用一双祈求、恳切的眼睛望着她。她多想他同去啊！可是沉吟一会她否定了。她说："我是去汇报工作，不是去旅游。还有刘细妹和我一块去。"

陈剑雄不好再说什么，陪朴雪一块到航空售票处买了机票。买好机票后，朴雪给刘细妹打了个电话，叫她带好换洗衣服到北京出差，要把金阳子公司的审计底稿带齐，一块上北京去汇报。她把航班号和飞机起飞时间告诉刘细妹，叫她直接上机场找她。跟刘细妹打过电话，她上超市买了个行李包，又买了几件换洗衣服。

在去机场的路上，她交待陈剑雄：

"你帮我弄清这是几个什么人？他们到底有什么意图？能化解就化解，花几个钱也不惜。"

陈剑雄连连点头，表示一定效劳。他会随时把情况向她通报。陈剑雄有些依依不舍，陪着朴雪和刘细妹汇合后，一直送朴雪过了安检才离开机场。自此朴雪去了北京，她在北京的活动以后再表。

陈剑雄在郝志道手下只是一个很小的角色。在宏大科技发展有限公司销售部当一名普通销售员，实际上还不能说是高管人员。因为他长得帅、人又聪明伶俐才被郝志道选中去执行这项特殊任务。所以陈剑雄对郝志道的背景一无所知，对宏大科技发展有限公司的性质也不清楚。他回公司后，想起朴雪的托付，很有些为难，不知从哪儿下手。突然他想起朴雪曾给了他一个手机号码，是那些人发短信时留下的。他想有这个线索就好办了。于是他按朴雪给他的电话号码拨了一个电话。电话通了，对方却是个女声。陈剑雄好生奇怪，为什么是女的呢？没等他说话，对方却在一个劲地追问："喂！喂！你是谁？你找哪个？"

陈剑雄本想挂机，转念一想，我倒要看看她是谁？便回说："你是谁？你们是不是在找朴雪？"

对方一听非常高兴，大概是对身边的人说："铁哥！是朴雪！"

叫铁哥的人大概正在打牌，他连忙接过手机吼道：

"喂！你是朴雪？你找得老子好苦！你在哪里？"

铁哥声音很粗，说话像放连珠炮。

陈剑雄知道他弄错了，忙说："你弄错了！我不是朴雪。"

"你是谁？"

一时间陈剑雄不好怎么回答。突然他想起市里顶顶有名的人物莫学剑，平时他和郝志道来往过密，这时候不如拿虎皮作大旗，先把他吓一吓再说。想到此，他没有正面回答那位铁哥，而是反问道："有个老板叫莫学剑，你大概认识吧！"

"莫总？谁不认识！"

"认识就好，我们就好谈话了。兄弟！想见见面，有空吗？"

"有什么事？"

"当然是你最感兴趣的事。"

"是不是有关朴雪的事？这个臭婊子躲着我，老子做过这么多事，还未碰到过她这种躲着不见面的。"

"你老兄不错，一猜就正。"对方一听与朴雪有关，很感兴趣，忙问："什么时候？在哪里？"

"现在怎么样？我在半岛咖啡白虎堂包厢等你。"

"现在我手气不错，下午吧！"

"行！下午两点半我在半岛等你。"

未到下午两点半，陈剑雄便早早地来到半岛。可是等到三点多钟，不见铁哥到来。陈剑雄气馁了，这家伙不来了，说不定又是给什么牌局给拖住了。他正准备打退堂鼓，那铁哥却风风火火来了，后面跟着的还是那两位彪形大汉。一见面那铁哥便嚷道："你说！那臭婊子藏到哪儿去了？"

　　陈剑雄没想到他会如此粗鲁，一见面就如此不客气地单刀直入，忙说："坐！请坐！既然几位老兄肯给兄弟面子，就请坐下来慢慢聊。"

　　"你快说！我们老大没那闲功夫给你磨牙子。"另一个彪形大汉说。

　　陈剑雄在心里琢磨，不知他们是哪路神仙，便始终陪着笑说："别急嘛！大家坐！今天我请客。"

　　那矮个子笑道：

　　"今天是你请我们来，你不请客难道要我买单？"

　　"我们老大从来都是别人请，不买单！"

　　陈剑雄连连点头："是！是！应该！应该！"点完头，便把话锋一转，问道："不知各位找朴雪为了何事？她到底欠你们多少？"陈剑雄装傻。表示不懂他们的黑话。

　　铁哥气冲冲地说："你小子他妈的是装傻？还是没有入流？老实告诉你！有人要我找朴雪的麻烦。识相的你就告诉她，叫她主动找我，天大的事情都好说。如若不然，没有她的好果子吃。躲是躲不了的！躲得了初一，躲不了十五！"

　　陈剑雄闻言，不由倒吸了一口凉气，他们果然是要找朴雪的麻烦，但不知是哪方面的事？他想进一步探清所为何事？便继续装傻说："老大骂得好！小弟虽然在莫总手下做事，的确还没有入流。老大刚才说要找朴雪麻烦，不知是哪方面的麻烦？是要她出一点血，还是把她打一顿？"

　　"看来你小子真没入流。你把我的话带给她，要她识相一点，那事就不要搞了。她要继续搞下去，只会给她带来更大的祸事。我今天只是警告她一下。"

　　陈剑雄还在装傻：

　　"老大！是搞什么啊？你不说明白我怎么好传话？"

　　"她心里有数，你跟她说她就会明白。今天我没时间陪你，我们走！"说着三个人咖啡也不喝，呼啸而去。

　　晚上，陈剑雄拨通了朴雪的电话，他对朴雪说：

　　"你好吗？你叫我真为你担心啊！"

"有什么事吗？"朴雪说得很平静。

"我查清了哪些人，的确是黑社会的。"

"是为什么事？是谭建业转所的事吗？"

"他们没有明说，他们叫我传话给你，叫你不要搞了，否则对你很不利。他们并没说谭建业的事。什么事他们也没说清楚。"

朴雪一听，心里知道是什么事了。一时不由像翻倒了五味瓶，酸甜苦辣一齐涌了上来。她又想起了可敬的老所长，他为这事遭受的种种凶险，到最后连命都送了。如今这厄运又要落到自已头上了，回去后将不知如何面对这种局面？她沉吟一会，突然想起了公安局的那位危局长。她对陈剑雄说：

"剑雄！谢谢你！具体什么事你就不要过问了，这不是一句两句话能说清楚的。你帮我去办件事行不行"

"为你办事在所不辞！"

"好！你帮我到公安局去找一下危局长，你说我的名字，他认识我的。你把这个情况报告他，他会作出安排。"

停了一下，她又关切地说：

"另外你也要注意安全，你的行踪要机密一点。"

陈剑雄听到朴雪如此关心他，心里感动极了，他有点感激涕零地说："谢谢你！我会注意的。"

生死相守

第十章

　　朴雪下了飞机，和刘细妹一道打的直往北京隆科科技发展有限公司驶去。上飞机之前，她与隆科公司的张总通了电话，表明了去北京的目的。张总表示热烈欢迎。遗憾的是，方董事长不在家，不过没问题，方董事长明天散会，马上就会回公司。朴雪坐了一个多小时的士，才到了海淀区隆科公司总部。

　　来到总经理办公室，张总正在打电话。朴雪轻轻敲了下门，张总抬头见是朴雪，忙用手示意请进。接着在电话里说：

　　"就这样吧！我这里来了客人，有什么情况明天再说吧！"他放下电话忙说："请坐！请坐！刚下飞机吧？"

　　朴雪回答："是呀！坐了一个多小时的士，北京真够大，好像无边无际。"

　　张总按了一下铃，一个俊俏的秘书小姐出现在门口。张总吩咐："泡两杯铁观音来！"

　　秘书小姐转身泡茶去了。张总认识朴雪，欧阳明所长在世时，他到黎明会计师事务所是朴雪接待的。他对这个漂亮的秘书印象很深，所以记得她，这次见面说话便不陌生。

　　回首他问朴雪："还没住下吧！你看先住下再说吧！反正方董事长明天上午才回，就一块说吧！"

　　朴雪点头："行！""就住我们公司的招待所怎么样？虽说没有四星级五星级，但条件还可以。"

　　"没关系，我们乡下人随便得很，有个地方安身就行。"朴雪说得很得体。张总又按了一下铃，一个英俊的男秘书出现在门口。

张总吩咐：

"小杜，等会送两位去招待所，费用记在我头上。"

朴雪顿时明白他这是什么意思。忙说：

"不麻烦了，告诉我们怎么走，我们自己去就行了！"

不知何时那位秘书小姐已将泡好的铁观音放到了茶几上。

张总说：

"不忙，先喝了茶再走吧！你们南方人是喜欢喝茶的。"

朴雪端起茶喝了一口，然后说：

"谢谢张总！你不知道，我也是北方人啊！"

"哟！难怪你的普通话说得如此标准。"

朴雪喝了两口茶便起身欲走，那位男秘书忙为她们提行李。刘细妹忙说："不用，我们自己来。"那位男秘书却提着行李就走，朴雪和刘细妹只得紧随其后。

晚上闲着没事，刘细妹说要上天安门去看看，她是第一次到北京，自然首先想到的是天安门。朴雪虽然多次来过北京，天安门也去过多次，但她还是乐意陪刘细妹去。两人出了招待所，坐的士来到天安门。

刘细妹下的士后看到那广阔的天安门广场、那高耸的人民英雄纪念碑、那绚丽的灯火惊叹不已。刘细妹说："朴所，我真是乡里人进城，看不尽的稀奇，哪里见过有这么大的广场啊！"

站在天安门广场，朴雪一一指着说："那是人民大会堂，那是毛主席纪念堂，那是革命历史博物馆。"回首她又指着那红墙碧瓦的城楼说："喏！那就是天安门。"

刘细妹不相信地说："这就是天安门哟！这么矮！"

"天安门广场太大了，天安门城楼就显得矮了。不信我们过去看看。"说着刘细妹随着朴雪朝天安门走去。刘细妹说："我多想去毛主席纪念堂看看！瞻仰一下毛主席的遗容。"

"现在闭馆了，待汇报完了，我再同你去。还有故宫，今

晚也看不成了。"

两人来至金水桥畔，抬头看那天安门，果然雄伟高大。刘细妹惊叹不已，心想毛主席就是站在这城楼上宣布："中国人民从此站起来了！"她不觉热血沸腾，心潮澎湃。联想到那些犯罪分子肆无忌惮地侵吞国有资产，真是该死。回去后一定要把金阳子公司的审计搞好搞彻底，挖出这伙硕鼠。两人无暇在金水桥上停留，随着人流进入天安门。刘细妹摸着那城门上的铜钉感到十分新奇，到底是帝王之家，连个门钉都不同凡响。

朴雪催刘细妹："快走！时候不早了，我们到午门前面看看就回去。有时间我再陪你来好好玩玩。"

两人回到招待所，已经是十二点多钟了。两人赶紧漱洗，然后睡觉。虽然已是深夜，朴雪还长久不能入睡，明天将向方董事长汇报，一些话反反复复在她脑海里闪现。一会儿她又想到陈剑雄，不知他向危局长报告了没有？不知危局长是怎么个态度？家里那局面还不知怎么应付？一直想了许久许久才慢慢睡去。

第二天朴雪还是起得很早，昨晚上她大概没睡多少。她们草草地吃了点东西，又早早地来到隆科公司。公司还没上班，门卫不让她们进去，她们就在附近四处看看。等到八点钟，门开了，她们在传达室登了记，来到总经理办公室。秘书小姐见她们是昨天来过的，认识，便把她们领到了会客室。将近九点钟，张总才来。张总见面忙表示歉意，烦她们久等了，路上塞车塞得厉害。方董事长已经回来了，一会就来。

两人只好仍在会客室等着，方董事长说一会就来，等到十点，却还不见影子。朴雪心想，早知这么难等，不如多在床上躺一会儿。两人一直等到十点半，秘书小姐才过来通知，方董事长叫她们过去。

走进董事长办公室，朴雪不觉愣了一下，没想到方董长还这么年轻，大约在四十岁左右，方脸浓眉，戴一副宽边近视眼镜，显得有几分书卷气。透过眼镜，一双眼睛炯炯有神，透出一种精明。朴雪原想这么大一个国企的董事长，一定是个五六十岁的老头吧，没想到还这么年轻。方董事长见朴雪两位进来，忙客气地起身相迎，和两位一一握手，叫两位请坐。朴雪落座后，用眼稍许打量了一下方董事长的办公室，她同样感到十分吃惊。她在心里暗暗掂量，这间办公室恐怕还不如我的办公室啊！没想到一个相当副部级干部的董事长竟坐这样的办公室。朴雪不知道在北京的机关里，办公条件都比较拥挤，与下面的县太爷们不可比，尤其与那些大公司的老板们的办公室更是天壤之别。朴雪坐下后显得有几分拘谨。

方董事长问："昨晚睡得还好吗？我们这里公司虽大，但条件不好，不比你们下面。"

朴雪说："很不错的，您太客气。"

方董事长喝了一口茶，把话转入正题：

"我从国外回来的时间还不多，对国内的情况很不熟悉。尤其是下面的情况更不了解，谢谢你们为我们做了大量工作。尤其是欧阳明所长在世时对我的提醒非常重要，使我们免遭一两个亿的损失。来！你们把审计情况详细谈谈。"

朴雪见方董事长和蔼可亲、平易近人，便没有了拘谨，放开思路把整个审计情况作了介绍。她说：

"包括阳所长在世时的审计，我们一共工作了六个多月。虽然其中受到干扰，审计工作几次停顿，有些人是故意在阻挠干扰，但不管风浪多大，我们都坚决不动摇，一定要把这个项目做完。好在金阳子公司的会计档案保管得很好，几个有正义感的财会人员鼎力帮助我们，千方百计把会计资料保管好，积极配合我们的工作，我们的工作才进行得下去，有了初步的眉目。详细情况请我们审计一部的主任刘细妹做详细汇报吧！"

方董事长点了点头，默默地望着刘细妹。刘细妹拿出早已准备好的资料有条不紊的侃侃而谈。她说所谓能人郝志道到金阳子公司当总经理后，不久就与金阳宏大科技发展有限公司签订了一份合作合同。按合同规定，金阳子公司负责生产，宏大科技发展有限公司负责原材料采购和产成品的销售，把一个技术全面、原材料供应渠道、产品销售市场都十分成熟的公司变成了一个生产车间，而宏大科技发展有限公司则大做手脚，从

中赚取差价。刘细妹列举了十多种原材料逐年的采购数量和价格，并与往年进行分析比较。同时又把产成品的销售数量和价格进行对比分析，一眼就可看出，巨额的利润就这样流进了宏大科技发展有限公司。刘细妹用非常真实详尽的数字托出一个让人无法否认的铁的事实。

方董事长听后，气愤地在桌子上拍了一巴掌，骂道：

"这些个流氓！简直就是吸血鬼！这是无情的掠夺！"

他情绪稍许平静一点，回头问张总：

"这么简单的问题，你们为什么没有及时发现？"

张总说："当时金阳子公司的领导班子闹矛盾，我们只好从外面引进能人，郝志道就是我们从外面招聘引进的。他当总经理后，把要害部门都换上了他的人，真实情况我们一点也摸不清。对于与宏大科技发展有限公司合作的问题，我们也曾提出过异议。但郝志道说，我们是科研单位，主要任务是把科研成果转化为生产力，那些琐碎事交给地方上去做算了。我们觉得这也有一些道理，也就让他去做了，那知道其中有这么大的猫腻？"

方董事长历来办事大刀阔斧，他果断地说：

"马上开个董事会。我的意见是再不能让郝志道胡闹了，那份所谓神州大酒店收购金阳子公司的合同显失公平，可以通过法律途径把它注销。"

刘细妹在一旁插言说："方董事长，我们还发现了一些重要的犯罪线索，但无法继续查下去。现在有黑社会盯上了朴所，这次朴所上北京，一半原因是为了逃避黑社会。"

方董长没想到地方上还有这种事，生气地说：

"有这种事？简直是无法无天了！"

朴雪补充说："我本来想迟几天再来，这次来的确是有些迫不得已。我们阳所就是为审这个项目把命都丢了。"

方董事长和张总同时一惊。方董事长问：

"是怎么回事？你说说！"

于是朴雪把验资时欧阳明如何发现这笔异于寻常的收购

交易不同意草率验资后来受到威胁没有理睬，向贵公司反映情况后得到贵公司的支持、在接受贵公司委托开始审计后，又有人向他行巨贿，也被阳所长拒绝了。行贿不得逞后，他们又制造了一起车祸，妄想把阳所除掉。后来是我和阳所换了座位，阳所才留了一条命。车祸不成他们又制造冤案，阳所受到了注销注册会计师资格的处罚。阳所受处罚后气愤不已，心脏病发作就离开了人世。朴雪把这些情况作了详细汇报，说到最后她忍不住又流泪了。她说："前天黑社会到了我的办公室，我接到办公室小曾的电话，不敢进办公室就直接来了北京。我们工作没有做好，方董事长您多批评指正。"

方董事长听后心情也很沉重，沉吟良久，他感叹地说："阳所长的情况我们一点不知道，没想到事情还有这么复杂！阳所长真是好样的。是我们的工作没有做好。看来这后面还有相当深刻的背景，要不黑社会怎么会这样猖獗呢？你们受苦了！你不要怕，你们不是孤立的，我和当地公安局联系一下，要他们把你作重要证人保护起来。我想还是共产党的天下，几个臭虫翻不了天，审计工作一定要搞下去。关于阳所长的事，既然是冤案，就一定要翻过来给他平反。财政部有一个同我一块回国的同学，我给他打个电话，你去找他，他一定有办法。"

方董事长说完，在一张纸条上写了个名字和电话号码。他把纸条交给朴雪：

"就这个人，是财政部的部长助理。你去找他。"

朴雪接过纸条，非常感动，发自内心地说："谢谢！谢谢方董事长！"正在这时朴雪的手机响了，朴雪打开一看，是一条短信，又是那些人的威胁："你这个臭婊子，你藏到哪里去了？上天入地我们也要找到你，有你好看的。"

朴雪把手机递给方董事长。方董事长看了说："不要怕！张总你马上与金阳公安部门联系，请他们协助，做好安排。"

"好！我马上就安排人去办。"

方董事长中午宴请朴雪和刘细妹，感谢她们辛勤的工作，方董事长在百忙中相陪。吃过中饭，方董事长又吩咐派个车专

门送朴雪去财政部，他已和部长助理通了电话。部长助理很重视，下午在办公室等她。朴雪真是感谢不尽，回招待所休息了一个小时，两点钟便上车去了财政部。在财政部找到了那位部长助理。部长助理很忙，朴雪在会客室等了许久才排上队。部长助理听完朴雪的汇报后也很生气。他说目前这些黑社会组织很猖獗，趁改革之机大捞国有资产。你们做得很不错，欧阳明的问题我们一定会查清楚。

从财政部出来，朴雪心里很激动，还是上面的领导站得高看得远，体察民情。但她又觉得肩上担子很重，这次回去，一定要把金阳子公司的审计工作搞彻底，查个水落石出。她怕有变，想赶快回去。在路上她对刘细妹说："刘主任，真对不住！我们不能去游天安门和故宫了，我们今晚就得回去，怕日久生变。"

刘细妹虽然心有遗憾，但还是工作要紧，便说：

"没关系，我听领导的安排。"

朴雪宽慰刘细妹说："下次吧！下次我一定陪你。反正还会来的，机会多得很。"

"遗憾的是没瞻仰到毛主席的遗容。"刘细妹不无遗憾地说。说实在，到了北京没瞻仰毛主席的遗容，这一辈子都会遗憾。

晚上十一点半钟，朴雪和刘细妹乘上了这天最后一趟航班回到了金阳。回到金阳后又有什么凶险在迎接她们呢？朴雪作好了迎接更复杂斗争的思想准备。

在上飞机之前，朴雪给陈剑雄打了个电话，告诉了她的行踪。陈剑雄告诉她，他找危局长报了案，危局长很重视，当即指示派出所对朴雪要进行保护。今天下午听说北京还来了电话，公安局更觉不是一件寻常的事。朴雪和刘细妹出机场后，陈剑雄在出机口等着她们，接到后立即将她俩塞进一部警车，接着风驰电掣般驶回了金阳。

在车上，陈剑雄告诉朴雪一个惊人的消息：

"金阳子公司出事了。工人们把厂门给堵了。"

"为什么？"

"金阳子公司已经三个月没发工资了，工人要求公司破产，偿还工资。"

"你知道有什么背景没有？"

"不太清楚。只是我知道公司并没到发不出工资的地步。现在生产照样在搞，销售也还不错。"

"哦！看来发不出工资是人为的啰？"

"我看是这样。"

朴雪闻言，不由陷入深深的沉思，她想这是一场多么复杂的政治和经济斗争啊！

朴雪回到所里，孟总就告诉她，金阳子公司的审计是做不成了，金阳子公司的门被堵了，任何人都不准进出，审计组被赶出来了。朴雪一听，忧心忡忡，审计工作又不得不停下来。她最担心的是会计资料被毁了。好在一些主要证据刘细妹已带出来了。史会计他们能否想办法把会计资料保存好呢？若是重要证据被毁了，那这些日子便白忙活了。她给史会计挂了个电话，问会计档案是否受损？史会计说："我怕有人趁机毁灭会计资料，昨天晚上想办法进了厂，把全部会计资料放进了档案室，我守在档案室门口保卫。有几个人想冲进档案室，我告诉他们，会计档案是重要的历史资料，也是重要的法律证据，谁销毁会计档案是要负法律责任的。经我一说，这些人便不敢动手了。"

朴雪一听，这才放了心，她说："你做得很对，会计档案可不能被他们毁了，我会向公安局报案，要他们派人保护。"

和史会计通过电话，朴雪稍许放宽了心。她马上给危局长通了个电话，报告金阳子公司会计资料的重要性和有人想销毁会计资料的情况。因为有北京的电话，危局长不敢轻视，答应第二天就派警力去保护。

第二天，朴雪和方董事长通了电话，将金阳发生的情况作了汇报，请示下一步该如何办？方董事长听后叫她一定坚守，总公司将派工作组进驻金阳子公司。通过电话，朴雪想去金阳

子公司看看，陈剑雄孟总等人极力劝阻。陈剑雄说：

"你有点傻气吧！金阳子公司是黑社会的窝点，他们正要找你算账，你这不是'送肉上砧板么'？"

孟总说："你没有接受阳所长的教训吗？上次金阳棉纺厂堵门，你们不是开车跑得快，还不知是什么个结果呢？"

听到孟总的话，朴雪不由又想起了欧阳明。她想干这一行，不但法律上的风险很大，在人身安全上也有很大的风险啊！但愿那位部长助理能帮他把案翻过来，还阳所长一个清白。在大家的劝说下，朴雪放弃了去金阳子公司的打算。

危局长没有说空话，从这天起，就有两个警察经常出没于黎明会计师事务所。在黎明会计师事务所四周，也常见警察的巡逻队在转悠。黑社会的人看到朴雪受到了警方的保护，也不敢上门闹事了。

金阳子公司大门被堵这件事像一颗炸弹爆炸，在金阳市掀起了轩然大波。很快，市委市政府组织工作组进驻金阳子公司，督促补发了职工工资。工人们领到了工资，再没理由堵门了。堵厂门的事件宣告平息，金阳子公司的生产工作秩序恢复正常。莫学剑郝志道妄图制造群众事件来阻止审计的阴谋破产了，审计组又进厂进行审计。朴雪向大家介绍了去北京的情况，传达了方董事长的指示，大家的劲头更足了。

这一天，朴雪正在办公室审查一份审计报告，突然电话铃响了。朴雪拿起电话：

"喂！哪位？…啊！郭局长，有什么指示？"

"有时间吗？你到财政局来一下，我们聊聊！"

郭安娜以一种和蔼可亲的口吻说。

"局长大人的指示我哪敢不遵？再忙也要去呀！我马上就到。"朴雪放下电话，心里琢磨，她找我能有什么事呢？我们可是老对手了，虽然她现在表现得对我很亲热，但总觉得我们之间有什么隔阂，很不自然。在这场越来越复杂的斗争中，她是不是又来添什么乱呢？可是她转念一想，不会吧！听她口气好像不是，可能是我和陈剑雄的事吧？她完全没有料到，最大的障碍会来自于郭安娜。她把桌上的底稿稍稍整理一下，对办公室的小曾说："我去财政局了，有事打我电话。"朴雪下楼开车到财政局，进了郭安娜的办公室。郭安娜正在等她，见朴雪进门，忙客气地起身迎接。朴雪入座，郭安娜倒了杯水放在朴雪左边的茶几上，关切地问：

"和剑雄怎么样？什么时候请我喝喜酒？"

朴雪微微笑道："不怎么样，郭局长真喜欢开玩笑啊！"

朴雪见郭安娜见面就讲到这事，心想原来她找我正是为了此事，便放了几分心。但她不愿意郭安娜掺和他们俩的事，就想把事情掩饰下来。郭安娜接着说："剑雄是个顶不错的小伙子，你也是百里挑一的好姑娘，我真想把你们凑到一块儿。"

"郭局长叫我来该不是为这事吧？"

朴雪想早点结束谈话，便表示不太喜欢谈这事。

"为这事不行吗？"郭安娜故意揶揄朴雪。

朴雪装着惊讶地说："哟！我们的大局长倒很体贴下人、很关心我的个人问题呀？"朴雪故意跟她兜圈子。

"我外甥和你都三十好几了，不关心行吗？"朴雪一听，心想她也许是真心话。她关心她外甥是真，可关心我就不一定是真了。难道今天她叫我来真是为此事？提到剑雄，她倒真有几分心动。这些日子来，看出他对人是那么热情、那么体贴、那么真诚，为她的事他真可以赴汤蹈火、在所不辞。但是她想这种感情可千万不能在郭安娜面前流露，于是便淡淡地说："这要看缘分，没有缘分你就是在同一口锅里吃饭也不一定拉得拢。"

"你这话在理。"郭安娜见朴雪对这事很淡泊，便不想再在这个问题上谈下去。她把话锋一转，问道：

"听说你们在作金阳子公司的审计是吗？"

朴雪一听，知道她在明知故问，不知她问这个问题的目的是什么？不由心中提了个醒。回说：

"是呀！好像我早就向您汇报过吧！"

郭安娜故意敲了敲脑袋：

"哦！是是！你看我这记性！现在进展得怎么样了？"

朴雪不敢完全隐瞒，只得说：

"有了一点眉目，但还不能说审出了什么问题。"

郭安娜一听，知道朴雪在瞒她，便干脆挑明说：

"听说你们在审金阳子公司与宏大公司的关联交易？"

朴雪听她点到了要害处，便不好再隐瞒了。便说：

"我们是发现了一些问题。在这两个公司的合作经营中，价格倒挂这是个大问题。"

郭安娜态度突然变得严肃认真起来，并且表现得有几分激动："这有什么问题呢？这两个公司的情况我还是知道一些。这是两个合法的法人单位，它们之间签订的合作协议是合法的。既然是合法的合作协议，那么执行这个协议也是合法的，这又有什么错呢？"

郭安娜的几个合法，几乎把朴雪唬住了。朴雪稳了稳神，欧阳明在世时她们就有过较量，所以她对郭安娜并不太胆怯。她有点不客气地说："郭局长，我们还没有下结论，你何必激动呢？我的学识和知识都不如你，你是领导，当然比我们站得高、看得远。但是我这么傻想，如果这两个公司都是国有企业，那还情有可原。文革中贵州省的省委书记李再含不是有句名言吗？'反正肉烂在锅里，算不算账一回事'。但是这不是两个国企，而是一公一私的两个公司，这就不是在一口锅里吃饭的问题了，这不得不使人怀疑其中有国有资产流失的问题。"

郭安娜装出一副推心置腹、悲天怜人的模样：

"小朴呀！你还年轻，知识阅历都还很浅，你不要在这个问题上摔跟斗。我不在这个问题上和你争论，这是一个深奥的理论问题。你现在一是要与时俱进，二是不要钻牛角尖。老实告诉你，R、Z那边对你很有看法了，说你扰乱了人家的生产秩序。政府这边也发话了，为了安定团结，要你们暂时停止审计。"

朴雪听到这话不由一愣，没想到这事竟惊动这么大，连三大家都插手了，只差没动军队了。她心里很是不服，一个公司的审计，为什么会惊动三大家呢？她知道郝志道和他的后台老板莫学剑都是政协委员、人大代表，势力很大。她这个什么都不是的会计师事务所的所长根本无法抗衡，R、Z那边有看法这一点也不奇怪。可是政府为什么掺和进来呢？她很不服，说："郭局长，我们注册会计师'独立、客观、公正'的工作原则你是知道的，我们是受北京隆科科技发展有限公司委托进行这项审计业务。这关R、Z和政府什么事呢？要我们停止审计首先恐怕要北京撤销委托合同才行。"

郭安娜见朴雪态度强硬，便以一种以大压小的口吻说："我说小朴你还太嫩，怎么能说这与政府无关呢？现在是安定第一，你们的行为已经引起了不安定，政府就不得不管了。"

朴雪知道她是指什么，金阳子公司堵门的事能算到我们头上吗？那是他们不发工人工资引起的呀！她反驳道：

"难怪有人说中国冤假错案多，你把工人堵厂门这件事算到我们头上难道不觉得太冤枉了吗？"

郭安娜也觉得把这件事算到他们头上是有些牵强附会，但她岂能认输？她蛮不讲理地说："我不和你斗嘴巴皮子，你没听说过'不怕官，只怕管吗？'地方还是有权管你的。我今天叫你来，就是传达市里领导的指示，听不听就在你了。"

朴雪再无话说，她把话说到这份上，我还能说什么呢？她怀着满肚子怨气，愤然离开了财政局。

朴雪回到办公室，刘细妹就打电话过来说：

"朴所，他们说为了安定团结，叫我们暂时停止审计。"

朴雪非常丧气，她没想到阻力会有这么大。她想《注册会计师法》明确规定我们的工作原则是独立、客观、公正，我们独立个屁！但又有什么办法呢？她有气无力地低声说：

"你们撤吧！"

打完电话，朴雪想到这一系列的事，心想办一件事为什么这么难啊！她实在控制不住自己的感情，伏在办公桌上"哇"地一声大哭起来。

第十一章

当寒梅身体稍许好些后，她坚持要护士用轮椅将她推到重症病房去看望高明。当她来到高明床前，只见高明脸上戴着氧气罩，身边有台心电监护仪，二十四小时监视着他的心跳、血压等。只见一根绿色的线条在仪表上忽高忽低地跳动，有时是一条平线，有时跳成波峰，有时又跳到谷底。这说明他的心律很不正常。他手上插着吊针，上方挂着一个滴瓶正在向他体内输液。一个医生、一个护士寸步不离地守护在一旁。

医生告诉寒梅，高明还没有脱离危险，现在又昏迷过去了，不要打扰他。望着高明那生命垂危的模样，寒梅伤心极了。她在暗暗责备自己，如果不是我，他哪会病成这样啊？她在心里默默地说："高明！你千万不能死啊！我等了三十年，才遇上你这么一个知音，你若走了，我们的《生死相守》、我们的海誓山盟都将成为泡影啊！"

她想如果高明走了，她也不想活了。想到这里，她实在控制不住涌上来的泪水，忽然"哇"地一声哭了。她连忙用手捂着脸，任凭眼泪像断了线的珠子，从指缝间往下滚落。医生见她如此伤心，怕高明醒过来影响他的情绪，赶紧叫护士将寒梅推了出去。寒梅依依不舍地离开高明，一路痛哭着回到了自己的病房。

哭了一会，寒梅的情绪稍许平稳。护士扶着她躺到床上给她拧干毛巾，洗了一把脸。寒梅闭上眼默默沉思。她又想到了小说中那些鲜活的人物，她深深为他们的命运担忧。朴雪处于这么高压之下，她又该怎么办啊？

审计组撤出之后，朴雪又和北京的方董事长通了电话，汇报了金阳的情况。方董事长听后说：

"暂停就暂停吧！一切等工作组进驻后再说。"

听了方董事长的话，朴雪的心宽了一些。暂时把精力放到其他方面。正好这时审计二部的章主任来汇报银桥房地产开发公司的事。银桥房地产开发公司向银行贷款八千万，要会计师事务所出一个审计报告。章主任上门去审计，除了几张复印的报表之外，没有任何原始凭据支持。询问财务人员，财务人员也不知道这报表上的数字是怎么出来的。章主任一了解，原来这报表是几个跑货款的人摸脑壳摸出来的，只要出审计报告，钱好说。

朴雪听后，心情十分沉重。这些个人，把我们会计师事务所当成什么了？难道我们是要钱机器？沉思了一会，从牙缝里蹦出一句话："这种审计报告它出最多的钱也不能做！"

章主任说："我们不做，别的会计师事务所可就做了。"

朴雪说："别人要做就让他去做吧！"

当朴雪非常苦闷的时候，郝志道却在积极活动。

有一天，他将陈剑雄叫到办公室。郝志道问陈剑雄：

"小陈，近来好吗？"

陈剑雄说："还可以，只是你交待的任务很难完成啊！"

"为什么？"郝志道盯着问。

"自从暂时停止审计后，她整天都苦闷得很，像吃了火药一般，找她没一句好话，我看迟早得吹。"

"哦！你不会想想办法哄哄她？"

"不行！她不是那种哄得了的人。"

"这……"郝志道陷入沉思。沉吟良久，郝志道似乎想出了好办法："前次你们去胭脂湖没有玩成，是吗？"

陈剑雄默默点头。郝志道接着说：

"你不如再邀她去玩一次嘛，感情是慢慢培养的。"

陈剑雄显出有几分难色说：

"唉！你知道我一个打工仔玩得起吗？"

"我不是说过吗？你要人有人，要钱有钱！"

"这……你们到底是为什么啊？"陈剑雄有些犹豫。

"为什么呢？因为我们让她停止了审计，算是我们对她的补偿吧！"

陈剑雄一听明白了，原来他们是想通过我的手去贿赂朴雪，达到让我控制朴雪的目的。想到这里，他不由感到郝志道行事之狡猾与恶毒。如果能控制一个会计师事务所，对他行事可是大有好处。尤其当前正在审计他的问题，更要拉拢和讨好朴雪。这么一想，陈剑雄心里突然亮堂了。

可是他转念一想，如果我这场恋爱谈成了，朴雪仍然不听你们的摆布，那又有何用呢？岂不是鸡飞蛋打、"偷鸡不成反蚀把米"？于是他慨然应允："好！我再去试试看。"

晚上，陈剑雄给朴雪挂了个电话：

"喂！心情好些了吗？"

"好你个头！什么事？"尽管陈剑雄在电话里问得和风细雨，像吹过的一阵春风，但朴雪还是回答得十分唐突。

陈剑雄接着说："何必这样呢！，我没欠你的啊！"

"什么事？有屁就快放！"

"哦，我刚才想起，你还欠我一笔债呀！"

"什么债？"

"在胭脂湖你说过专门请我玩一次，贵人多忘事，我提醒一下。"陈剑雄问得很小心。

"现在没空，哪还有这份闲心？"

"正是心烦才要出去散散心嘛！我郑重宣布：我请客，请朴所长去玩。怎么样？"陈剑雄对朴雪耍贫嘴。

朴雪说："你少耍贫嘴，本所长请一次客的钱还有。"

"莫喏！这次我请，下次你再请好嘛！只要你去，我就烧高香了。"朴雪虽然嘴里很冷，但心是热的。听陈剑雄这么说，是块坚冰也会溶化了。明天是双休，她真该好好去轻松一下，便问："什么时候？"

陈剑雄见有了转机，顿时心花怒放：

"明天是周末，当然就是明天。"

"明早八点，你开车到事务所接我。"

"好！"

第二天正八点，陈剑雄把车子开到黎明会计师事务所门前，朴雪正好赶到。朴雪一声不响地坐进汽车，汽车便向胭脂湖驶去。一路无话，四个小时后，汽车在胭脂湖城堡前停下，正好十二点。陈剑雄抢先到总台登记，朴雪走到柜台前拿出钱包要付款，陈剑雄按住说：

"说了我请客，哪要你破费，快收起吧！"

"你还要我欠你的债啰？"

"那有什么不好呢？求之不得，我又有理由约你了。"

朴雪冲陈剑雄笑了笑："你好聪明！"

接着两人拿着各自的房卡进电梯上楼，陈剑雄住 2012，朴雪住 2013。

安排好房间，两人出来到湖心岛去游玩。岛上有一个天王庙，庙虽不大，建得却相当雄伟。美中不足的是缺乏古典色彩，那些个雕梁画栋、彩凤朱门都是簇新的，虽是金壁辉煌，却毫无古朴之感，显然是现代人之作。他们并肩来到大雄宝殿，迎面一副对联：

湖光山色有神明

天际浮云无是非

两人随着熙熙攘攘的人流走进殿内。只见殿内香烟缭绕、法像森严、蒲凳座座、巾幡簇拥。释加牟尼的神像端坐正中，右边是药王菩萨，左边是太上老君，两厢是十八罗汉。虽然庙名叫天王庙，却不见托塔李天王的神位，在后殿才见一个托塔李天王的塑像，可见在神界也很不公平。此时释加牟尼神像前跪拜着许多善男信女，一个个都虔诚地朝如来佛顶礼膜拜。在香案的右侧，摆放一张条桌，桌旁竖着一口磬，磬旁坐着一个

和尚。凡是有人向捐款箱内投钱，和尚便会敲一下罄。在条桌上还放着一个签筒，那些个善男信女们都拿着那签筒去抖，抖得掉下来的那支签便是你抽正的签。抽正后，拿着签到另外一个和尚那儿领解说诗。有抽到上上签的，就高兴不已；有抽到下下签的，和尚便会说你有灾星，必须求菩萨给你消灾。要给菩萨烧高香，两根又粗又长的高香往往要好几百元。还有灾星很重的，和尚便说要做法事、或者买个什么金像来镇妖，此时你要花上上千元甚至数千元。陈剑雄拖着朴雪去抽签，朴雪说这都是和尚们弄鬼、敛财，我才不去受这个骗。陈剑雄说："好玩嘛！我去抽支试试，看我的婚姻怎么样？"

陈剑雄去抽了一支，回来喜滋滋的。他对朴雪说："我抽了支上上签。你看！"朴雪接过签诗一看，果然是支上上签，签上说："春风化雨精神爽，平地春雷一身惊。月老作伐事事美，只待来年发新枝。"

朴雪望着陈剑雄不无讽刺地微笑道："恭喜你！来年抱个胖小子。"陈剑雄嘿嘿傻笑着："可我……嘿嘿！老婆都没有。"

从庙里出来，两人找了个小饭馆吃晚饭。两人面对面地在一张小桌子旁坐下，陈剑雄要朴雪点菜。朴雪说我请你，你来点。陈剑雄不同意，朴雪坚持，最后还是陈剑雄点菜，点了鱼香肉丝等四个可口的炒菜。两人温文尔雅，你推我让、亲密无间，实实地过着两人世界。朴雪一扫心中的阴霾，吃得十分开心，陈剑雄更是心花怒放。

吃过晚饭，两人又到歌厅去唱了一场歌。陈剑雄的歌唱得不太好，但还不至于五音不全。朴雪的歌唱得好，陈剑雄总是要她唱。朴雪一时也来了兴趣，一连唱了十多首。陈剑雄真是饱尝了耳福，嘴里赞不绝口。朴雪一时忘却了烦恼，一颗心沉浸在幸福之中。最后陈剑雄和朴雪对唱了一首《心雨》，又对唱了一首《婚誓》，虽然音色相差甚远，但两人都是用心在唱，是真情的流露，倒也配合默契、心有灵犀。两人已是心意相通，心心相印。两人一直玩到终场，却是余兴未尽。从歌厅出来，路边正好有一个小酒店，两人余兴未尽，陈剑雄提议喝点酒好不好？朴雪说：

"我滴酒不沾，你这不是强人所难？"

"好玩嘛！就一点点。"陈剑雄求道。

朴雪拗不过陈剑雄，两人移步进店。

陈剑雄点了三个菜，叫了一小瓶五粮液。陈剑雄给朴雪倒了一点点酒，其余都倒在自己杯里。两人一边闲扯，一边慢慢喝酒。两人兴致都很高，不知不觉一小瓶酒竟喝完了。陈剑雄没有事，朴雪却有些昏昏然了。

两人回到各自的房间。朴雪关门漱洗，突然觉得心中一堵，想吐，但又没有呕出什么，心里仍有些迷糊，昏昏然难以自恃。她没洗澡，一头倒在床上睡了。

再说陈剑雄进到房内，突然烟瘾发作。一摸身上，烟抽完了，便下楼去寻烟。此时已是深更半夜，小卖部早已关门。可陈剑雄烟瘾难奈，便出门去寻。

刚出城堡大门，迎面遇着一位熟人。这是宏大公司的一位同事，是推荐他进宏大公司的人，也算是一种知遇之恩吧，所以平常对他比较敬重，礼遇有加，对他师父相称。今日这么晚相见，师父感到十分奇怪，忙问他上哪儿去？陈剑雄说烟瘾发了想去买烟。师父听说，忙从怀中掏出一盒烟来："这么晚了，这鬼地方上哪儿去买烟啊？我这里有！不必去寻了。"

陈剑雄接过烟不好意思地："这怎么行？又抽你的。"

师父说："这有什么？烟酒不分家，何必放心上。"接着他拖着陈剑雄说："来！异乡遇故人，难得我们有这样的缘分，索性去喝两盅怎么样？"

"太晚了吧！我刚才已喝了不少。"

"出来潇洒，还管什么晚不晚。我知道你的量，半斤八两难不倒你。"

陈剑雄本来不愿去，但又碍不过师父的情面，被师父死拉活拽拉到了和朴雪一起喝酒的那个小酒店。

"老弟，你混得不错嘛！郝总非常器重你啊！"师父举起酒杯："来！祝你日日高升，鹏程万里！"

"哪里哪里！师父不要取笑我了，我哪能鹏程万里？能混口饭吃就不错了，倒是我应该感谢你引我入门。来！我敬你！"

陈剑雄举起酒杯，脖子一仰，一杯酒下肚。师父也举杯喝酒。

两人如此你敬我一杯、我敬你一杯，喝了个酩酊大醉。当然师父心中有事，对陈剑雄劝得更紧。

就在陈剑雄和师父喝酒之际，有一个黑影打开了2013的房门，悄悄地进入房内，来到朴雪床前。此时朴雪酒醉未醒，迷迷糊糊正进入梦乡。在梦中，她和陈剑雄恩爱有加，正在行云布雨。朴雪激情如潮，心在狂跳。她忽然觉得陈剑雄的手伸入她的胸部，轻轻地揉着她的奶头。她舒服极了，一种从未有过的性冲动冲击着她的心房。她呼吸不均，喘着粗气，不停地扭动着下身。一只手把她的内裤脱下，她顺从地弯起双腿，内裤即刻被除去。她放开两腿，有一个硬硬的东西进入她的体内，她感到无比的畅快。虽然有一种微微的疼痛，但十分地受用，那东西好像撞击着她的心房。她似醒非醒，似梦非梦，紧贴在那人耳边轻声款语地说："剑雄，悠着点！"她双手紧紧抱住那人的腰，恨不得两人融为一体，心里像藏着一块糖、藏着一罐蜜在慢慢地溶化。"万里何愁南共北，两心哪论生和死"，他们水乳交融，颠倒鸳鸯，翻云覆雨，很久激情不衰，玩到通宵达旦。这是朴雪的第一次，她饱尝着人间的欢愉，达到了人生的最高境界，表现出一种极度的疯狂。像火山的喷发、像大河的泄洪、像春雨的倾盆、像丝帛的缠绵。

天刚朦朦亮，那人泄欲后有点疲倦，慢慢进入梦乡。

此时朴雪酒醒忽然觉得有点不对头。她打开电灯，突然看见莫学剑躺在她的身边。她不由大吃一惊，哎呀！怎么是他？自己不小心，怎么干出这种荒唐事啊！她顿时惊出了一身冷汗，悔恨交加。她赶紧穿衣起床，接着巴掌像雨点似的朝莫学剑脸上落下，嘴里骂道："你这流氓！你这混蛋！你这畜牲！你还我的身子！你还我的贞操！呜……"骂着骂着，她禁不住捂着脸大哭起来。

莫学剑劳累一宿，此时正在睡觉。突然被一阵无情耳光打醒。翻身起来，见朴雪伏在另一张床上痛哭。他忙穿好衣，一边极温柔地安慰朴雪道："别哭了！你知道我是多么爱你！我为你可说是煞费苦心，才得这一夜的快活。你真叫我销魂。只要你同意，我马上跟那黄脸婆离婚，我的亿万家产都是你的。"

朴雪怒不可遏，冲莫学剑喊道："你这流氓！你滚！你立即给我滚出去！"莫学剑还想说什么，懒着不走。朴雪一脸严霜，怒喝道："你走！你还不走我就喊了！"

"你喊也没用，这栋楼都被我包了。没人听见！"

朴雪指着隔壁说："陈剑雄就住隔壁，我叫他过来打死你！"莫学剑一听，哈哈大笑："哈哈！原来你不知道他是我的人。我说过你逃不出我的手掌心。"

朴雪一听，一切都明白了，是他们合伙来陷害她。她不由怒火万丈，咬牙切齿地骂道："你这流氓，你这混蛋，你们设计来害我，我不会跟你们善罢甘休。"

莫学剑又笑道："你要怎样？在金阳市你该听说过我的名字吧！我巴不得全市的人都知道这件事。"

朴雪气馁了。的确，这种事怎么对外人去说呢！她还真怕莫学剑拿这事去大肆宣扬，那她的脸往哪儿搁啊！她还要找客户联系业务啊！

一时，她对莫学剑恨之入骨，拿起地上的一只鞋子往莫学剑头上猛打。莫学剑到底怜香惜玉，不敢还手，狼狈地抱头鼠窜，退出房门。临走还对朴雪说：

"你不要发火，找个时间我们再好好聊聊。"

莫学剑走后，朴雪扑到床上又大哭起来。

哭了一会，朴雪转念一想，事已至此，哭也无益。她突然想到陈剑雄，这个混蛋，我饶不了他！忽然，她觉得奇怪，这时候了，为什么陈剑雄还不起床呢？是不是他逃了？待我去找他，这家伙真不是人！我要找他好好算账。她不哭了，擦干眼泪，穿好衣服，到卫生间漱洗完毕，便怒气冲冲来到2012房间，"嗵嗵嗵"捶了一通门。过了一会，陈剑雄才打开房门，他冲朴雪

伸了个懒腰，打了个长长的哈欠，喷出满嘴的酒气。朴雪用手扇开酒气，气势汹汹进门一屁股坐到沙发上。她质问陈剑雄：

"昨晚你上哪儿去了？你做的好事！"

陈剑雄丈二和尚摸不着头，懒洋洋地躺在床上回说：

"跟你一块唱歌呀！"

"唱歌以后呢？"

"唱歌以后碰了我的师父，他拉我一块喝酒去了！"

朴雪看他那酒醉未醒的样子，知道他没有撒谎，一时不好再问什么？但心里琢磨，他们真是设计得天衣无缝，用喝酒来避开我。

这时陈剑雄反问道：

"发生什么事啦？你在审问罪犯吗？"

朴雪狠狠地说："你比罪犯还可恨！"朴雪本想向他兴师问罪，可一见他这狼狈相，要说的话一句也说不出来了。再说那些话又如何问得出口呢？她只得怒气冲冲说：

"这儿一分钟也不能呆了，马上回去。"

"不是说好明天回去吗？怎么今天就要走？到底发生什么事了？"

"我说回去就回去嘛，怎么这么多废话！"

陈剑雄见朴雪生气了，不敢再问，只得连声说：

"好好！马上就走。吃了早餐再走吧？"

"不啦！在路上找个小店子吃算了。"

陈剑雄真不明白，昨晚上唱歌还好好的，情致殷殷，兴味极浓。为什么今早起来就变味了呢？你真是三月天、娃娃脸，说变就变啊！但他不敢惹她，她既不说，他也不敢多问。

一路上，朴雪仍然没有好脸色给陈剑雄看，没有片言只语。两人默默无言，汽车一直开到黎明会计师事务所门口，朴雪下了车，陈剑雄把车开回了公司。自此，朴雪再也不理陈剑雄，两人的关系冷到了冰点。

陈剑雄在岛上回忆这一切，不觉心里还是一阵酸楚，一阵黯然。朴雪呀朴雪！你现在又在干什么呢？你呀！真会冤枉人啊！如果你知道我和馨兰生活在这岛上，不知你又会气成啥样？

馨兰在海上捡了一条命，一阵风把她吹到了一个小岛上。她浑身没有了丁点儿力气，彷佛只剩下一颗赤裸裸的灵魂。她一动不动地躺在草地上休息了很久很久，然后才慢慢坐了起来。她放眼小岛，见岛上绿树葱茏，绿草如茵，有山有水，有花有果。鹿群在岛上戏耍，野山羊在岛上欢跳，大不似前一个小岛那么荒凉。馨兰心想，这么一个美丽的小岛，不知有没有人居住？她强撑着站了起来，四处张望，所见之处却并无人迹，也许这又是一个荒无人烟的荒岛。馨兰心想，若是陈剑雄能来岛上，我们俩在这儿男耕女织，生儿育女，过着与世隔绝的世外桃源生活，倒不失人生一世。想到此，她突然哭了起来。她知道这一切都只是幻想，从此她将一个人生活在这岛上，面对孤独、面对恐惧、面对死亡。她哭得好伤心。哭了一会，她站起身来，想迈步走路，却发现两只脚像灌了铅似的沉重，迈不去半步。她只得又躺了下来。不知躺了多久，觉得又饥又渴，难以忍受，心想我一定要去找点水喝。尽管身子还十分疲惫，但经过休息，已经好多了，她强撑着朝树林深处走去。她想现在最要紧的，是如何寻到食物，填饱肚子。她不想像上次一样到海边去拾贝壳，她怕吃了那生贝壳又拉肚子。在那儿还有一个陈剑雄，这儿可没有人救我。他又想起了陈剑雄，如果没有他，她早死了。此时她格外思念起他来。后来她想，这儿有这么多树，一定有水，一定能找到可吃的野果子。走了一段，她忽然听到了潺潺的流水声，她顿时来了精神，比打了一支强心针还起作用。她忘掉了疲劳，忘掉了饥饿，一个劲循声跑去。跑了一段，终于看见有一条小小的溪水从山上流了下来。她顿时高兴极了，急忙跑过去用手捧着水喝，一直喝得肚子胀鼓鼓的，再也喝不下去了。她坐在溪边又休息了一会，心想光喝水解决不了问题，还是要找一点吃的填饱肚子。可是找了许久她还是没有找到，而肚子

里的水很快消化了，肚子在"咕咕咕"地闹事，心里十分难受。饥火难耐，她实在无法忍受。突然，她想起在旧社会穷苦人民割树皮挖草根过日子，也许这儿可找到可吃的草根。但是她又害怕中毒，不敢随便吃。她专找那些羊与鹿吃过的草去刨。老天不负有心人，刨了大半天，终于刨到了一块块状的根。她也不知道这草叫什么名字，反正放到嘴里一嚼，相当可口。她高兴极了，一连刨了两块吃了。她不敢多吃，她记得陈剑雄说过，饿久了的人多吃会撑死。两块草根下肚，肚子好过多了，她这才考虑下一步该怎么办？

她向岛的纵深处走去。一路上她又看到了不少野山羊和鹿群，还有野兔子、老鼠等小动物。这些动物都和睦相处、互不相扰、十分亲善。这些动物是怎么来到岛上的呢？也许这小岛若干年前与大陆相连，一次地震或者海啸把大地改变了模样，小岛这才脱离了大陆。这些动物留在岛上繁衍起来，形成了这动物群。真是"三十年河东，四十年河西"、"百川沸腾，山冢嵘崒，高岸为谷，深谷为陵"，世间之事不可预料。馨兰不是考古学家，自然不会去寻个究竟。看到这美丽的景色，使她记起了小时候曾经读过的一篇文章《一幅僮锦》，至今在她脑海里记得十分深刻。这里的情景与那幅僮锦里描写的童话世界非常相似。蓝蓝的天、绿绿的草、羊儿在绿地上欢跳、小鸟在树枝上歌唱。和谐、静谧、欢快，真是童话里的世界、世界上的童话。大概这些动物从未见过人，不知道人类是它们最危险的敌人。它们见馨兰走过来竟一点也不害怕，反而拿一双好奇的眼睛望着她。她真想抱走一个，但目前不能惊扰它们，这些羊和鹿可是她今后的食粮。走了三里多路，她看到一个小小的池塘，里面装满了清澈的水，比那条小溪的水多多了。她高兴极了，立即走到塘边伏下身子贪婪地喝水。喝足之后，她站起身，用衣袖揩干净嘴上的水。现在她可不急了，有了水，又有了那些鹿群和山羊，茹毛饮血，可以活下去了。她顿时想起了原始人，又想起了白毛女。如今她要和他们一样过野人生活了。她又想起了陈剑雄，如果有他在，自己一点也不用害怕，也不用担忧。陈剑雄是个有主见适应性很强的人。有他在，一定能把生活安排得好好的，不知他现在找到安身之处没有？可惜不能和他通消息，把他叫过来，两人在这儿结一个草棚，住在这儿，生儿育女，开发荒岛，也不枉人世一生。她知道这只是一种幻想，现在自身难保，到哪儿去找陈剑雄啊？现在要解决的问题是如何活下去的问题。虽然有了水，不怕渴死，有了羊和鹿，不怕饿死，但往后住什么？穿什么？这还是个大问题。后来她想，眼前还是先解决吃的问题吧！总不能老吃草根啊！她想还是应该去找野果子。她又在岛上四处寻找起来。她爬上一座小山，终于在山背后发现了一片果树，树上结着一种似桃非桃，似李非李的果子。她高兴极了。但转念一想，不知这果子能不能吃？一时不敢下手。要是误吃中了毒，那就只有死路一条。她看到地上有些果子核，不知这是果子腐烂后留下的？还是动物们吃后留下的？如果是动物们吃后留下的，那肯定就能吃了。于是她摘了几个，来到一群山羊中间，将摘来的果子给一头山羊吃。那山羊见到果子，"咪咪"叫着，非常高兴，马上把果子吃了。馨兰这才放了心，果子是能吃的。于是她返身回到山坡，摘了一大捧果子拿到池塘边洗了洗，然后津津有味地吃起来。刚刚入口，她发现这果子非常好吃，比她在大陆吃过的任何果子都好吃。于是她便狼吞虎咽地吃起来。吃得实在吃不下了才罢手。她想这下可好，我可以吃这果子过日子了。不一会，天慢慢黑了下来，夜幕笼罩着小岛，一切都被黑暗吞没，小岛忽然变得神秘可怕起来。馨兰自小没有单独生活过，在这寂静的暗夜里，她感到非常的孤独和害怕。恐惧笼罩着她，她坐在草地上，两只肘紧缩在腰间，一动也不敢动。虽然这岛上还没发现吃人的动物，但谁晓得在哪个山洞里藏着老虎或狼之类的可怕动物呢？她不敢睡觉，全身瑟瑟发抖。后来她想起动物都怕火，为了驱除孤独，也为了给自己壮胆，她找了一些干树枝，寻了一个背风的地方升起了一堆篝火。幸好当时清点死尸时她留了一个心眼，把一个打火机带在身上，所以她现在不愁火种。她又找了一些干草，在篝火旁铺了一个床，她睡到这床上，一

时还觉舒服。望着漆黑的夜空，心里突然想起小时候奶奶讲过的那些妖魔鬼怪的故事。虽然她知道这些故事是假的，可是她还是非常害怕，她真担心那些妖魔鬼怪会突然冒出来把她吞吃了，心一阵阵紧缩。不一会，她又想起了陈剑雄，要是这家伙在就好了，我就不会这么害怕和孤独了。不知这家伙在做什么？不知我不在了他是高兴还是伤心？本来我想和他在那岛上生死相守一辈子，看来现在是不行了。但愿天可怜见，让我们能够重逢。既然老天给我们在孤岛相会的缘分，为什么不给我们相守终身的机会呢？她想着想着，慢慢进入了梦乡。睡到半夜，她被冷醒了。起来一看，原来树枝烧完了，她添了一些树枝，火又烧了起来。这时她发现有两只小山羊睡在身旁，大概也是为了取暖吧。她想这倒好，增加了她的热量。她依旧挨着小山羊躺下，不久又睡着了。

第二天一早起来，她发现火堆里还有不少余火。为了保住火种，她不敢让火熄灭，又添了些树枝让火燃着。那两只小山羊还在睡觉，她多想杀一只烤着吃，但又实在不忍。她起身又去摘果子，那两只小山羊见她要走，也站起来紧跟其后。她朝小山羊笑了笑，拍了拍它们的头表示友好。小山羊"咪咪咪"叫了两声表示回应。来到果树林，她首先摘了几颗果子喂小羊，小羊吃得很欢。她很高兴，有这么两个不说话的朋友相伴，倒也解除不少寂寞。她又摘了一些果子吃了，算是解决了早饭问题。接着她走到小塘边，在小塘里她看见了自己的影子，不由大吃一惊。原来水塘里的影子完全不像她了，变得又黑又瘦，往日的风韵荡然无存了，一头乱蓬蓬的头发零乱得像个鸟窝。只有三天时间，完全改变了她的模样。她好伤心，幸好陈剑雄不在身边。若让他看见自己这副模样，一定会大吃一惊，他定会更瞧不起自己了。她赶紧用水洗了个头，用五指把头发梳理好，让它们自然地披在肩上，倒是很有些现代派的风采。她不禁自嘲自笑了。梳洗完毕，中午又快到了。她想中餐该怎么解决呢？她只得又去摘果子，算是解决了中餐问题。如此她吃果子吃了三天，后来越吃越觉得不好吃了。开始时是饥不择食，吃什么都好吃，如今她不饿了，才觉得那东西并不是那么好吃。这时她多想吃一点带肉味的东西。她想起了吃贝壳，那烤贝壳还是挺有味的。于是她学着陈剑雄的做法，寻了一个大贝壳，让它装满海水放到火上烧。不久水烧干了，她取得了盐。她在海边捡了许多贝壳，用贝壳切贝壳，把贝壳打开，取出里面的贝壳肉。然后用树枝夹着贝壳肉放到火上烤。贝壳肉烤得黄黄的、脆脆的，吃起来倒挺有味。吃完后再吃几个果子，那味道就甭说了。就这样，她又过了一段吃烧烤贝壳的日子。后来可能是脂肪少了，心里很不是味，她真想杀一只羊吃，她随手都可逮住一只。但她又想，只要宰一只羊，她们之间这种平等和谐关系就会被打破。这些山羊也好、鹿群也好，都不会把她当朋友了，见她就会跑。怎么办呢？后来她想了一个办法，就是找个隐蔽的地方宰羊。只要不让它们看见宰羊，它们就不会以她为敌了。

这天晚上，当羊群全部睡熟之后，她悄悄地摸进羊群，抱走一只羊羔。当小羊羔的叫声惊动羊群时，她像鬼魅似地赶快溜走了。

她抱着小羊羔来到小塘边，用白天准备好的石片切开小羊的喉管，放掉血、割掉皮，把下水扔到海里。她燃起白天准备好的火堆，就在小塘边将小羊羔烤熟，然后沾着盐放进嘴里。那美味就甭提了。这一夜她吃了个饱，把没有吃完的羊肉用草包好，准备明天再吃。收拾好，她来到篝火旁，又挨着那两只小山羊睡下。虽然岛上杳无人迹，她却把这些事做得神不知鬼不觉，十分隐蔽。因此这岛上仍然保持着那种和谐与宁静。

生活安定之后，她又开始在岛上寻找人类的踪迹。若是能找到同类，那就有救了。她计划沿着小岛走一周，这小岛方圆不过四十来里，一天就走完了。她沿着小岛走了一圈，没有找到有人居住的任何迹象。她彻底失望了。她心中非常沮丧，怎么办呢？现在只有自己一个人在这儿生、在这儿死了。

馨兰在岛上住了下来，风餐露宿，茹毛饮血，经受着赤道

附近的日晒雨淋。尽管日子非常艰难，但半年时间还是很快就过去了。两只小山羊由小山羊长成两只大山羊。这一日，馨兰突然发现两只山羊中的一只肚子大了。她这才注意到，原来这两只山羊是一公一母。她非常高兴，母羊要生产了！要当妈妈了！果然，一个月后，母羊产出了三只小羊羔。馨兰精心地喂养着这三只小羊羔，像母亲照顾孩子一样照顾着小羊羔。小羊羔对她也十分亲热和依偎。有一天，她觉得身体很不舒服。一摸额头，热得烫手。她想糟了！自己生病了。在这无医无药的地方生病，真是只有死路一条。她躺在地上叫天天不应，叫地地不灵，想喝口水都不得到手。她心急如焚，心想这次是彻底地完了，只有闭目待死了。她躺在地上等死，那几只山羊始终围在她身边不断地哀鸣。她非常感动，但只有望着它们默默地流泪。后来她实在口渴难熬，便向那小塘爬去。她艰难地爬了一段，实在再无力气，头一晕便昏过去了。不知昏睡了多长时间，后来她奇迹般地醒了过来，并且感到轻松了许多，似乎病魔已经减退了许多。这时她想吃东西。可是她站都站不起来，到哪儿去弄吃的啊？忽然她看到小羊羔在母羊胯下吸奶。她突然想起，小山羊能吃奶，我能不能吸山羊的奶呢？她爬过去赶开小羊羔，将山羊奶头塞进自己嘴里，吸那羊奶。羊奶入口，顿觉香甜可口，既解决了她的口渴，又压住了饥火。奇怪的是那山羊见她吸奶也不逃走，让她尽情地吸。自此她每天都吸羊奶。只要看见奶羊，她就趴到羊肚子下面去吸。那些山羊对她十分友好，见她吸奶也不反抗。这样她的身体逐渐好起来。她学会了挤羊奶，她只要看见奶羊，她就去挤奶。从此她有了一种营养丰富的新的食源了。

第十二章

　　陈剑雄花了一个月时间终于在废墟上盖起了一个窝棚，平整了一块土地。虽然从废墟中挖出的家具都已无法使用，但有几样铁器还能勉强可用。把外面一层铁锈敲掉后，里面还有小小的一个核心比较坚硬。他硬是凭着这几样铁器把窝棚盖起来了。在窝棚边上的平地上他平整出一块菜畦，用来种植野菜。这样他就有了一个安身之所，总算有了个家。他靠着拾贝壳、摸鱼虾、捡鸟蛋、拾海龟蛋，解决了食物问题，总算还没有挨饿。后来他在岛上发现了一种野水稻，采回来用石头将壳去掉，煮熟后味道蛮好。他好高兴，把野水稻种上，这里地处热带，真是"插根筷子都会长出东西来"。不久他收获了野菜，又收获了水稻。他不再过那种茹毛饮血的生活了。他只在改善生活的时候才捕杀一只海狗，或者杀一只海龟，或设法套一些海鸟。他过上了常人的生活，并且还丰衣足食。他把从海滩上捡到的那些东西全部搬到窝棚里，这些东西可帮了他的大忙。两个月内他不愁吃、不愁穿。经过他的努力，他总算在岛上住下来了。但最难受的是寂寞和孤独。他想若是馨兰不失踪多好，他至少有个说话的人。

　　这天傍晚，夕阳西下，天际边一片火烧云，把大海染成一片红色。海平面荡漾着波光，闪动着红色的细浪，波光粼粼，非常好看。陈剑雄坐在海边看海，一会儿想着馨兰，一会儿又想起朴雪。他在心中默默念道："朴雪呀朴雪！你在干什么啊？"他想起了他们恋爱中经历的那些风风雨雨、曲曲折折、缠缠绵

绵。

在胭脂湖之行后，他们的关系冷到了冰点。一个月来，朴雪没给陈剑雄打过一个电话。陈剑雄主动给朴雪打电话，朴雪马上"啪"地一声把电话给关了。他用坐机或借别人的手机给她打电话，只要听到是他的声音，也是"啪"地一声把电话挂了。陈剑雄一直蒙在鼓里，不知道发生了什么事？为什么睡觉前还好好的，睡一觉态度全变了呢？我实在没做什么对不起她的事呀！陈剑雄想不通，心想一定要找朴雪问个清楚明白，我就是死，也要作个明白鬼啊！

这些日子莫学剑也没少来纠缠，朴雪也是采取同样的办法，只要听到是莫学剑的电话就挂了。一个陈剑雄、一个莫学剑，时时对她进行电话骚扰。她真烦透了，弄得做事都不得安心。有一天，莫学剑找上门来了。朴雪从窗户里看到他从汽车里出来，赶紧对孟总说："那位莫老板来了，你给我应付一下，我出去办点事。"说着从后门溜走。莫学剑一进门就大大咧咧地叫嚷着朴雪，可其他人都不理他。

莫学剑没有找到朴雪，十分丧气，灰溜溜地走了。

朴雪知道莫学剑离开了黎明会计师事务所，便给莫学剑打了个电话：

"莫总！你是有身份有脸面的人，你不要把事情做得太绝了！你不要占了便宜还不饶人，应该到此为止吧！别再闹了好不好？"

莫学剑涎着脸说：

"朴雪！我可是真心爱你，从来没有一个女人叫我如此动过心。那一夜你让我真正销魂。你再给我一次机会好不好？"

听着这话，朴雪气不打一处来，她生气说："别说鬼话！那是不可能的，你等太阳从西边出来吧！"

朴雪不想跟他罗嗦，"啪"地把手机关了。

有一天，朴雪从市注协开会回所。在路上她看到有部车紧跟着她的车。她想这是谁呢？为什么跟我？她加快车速，可后面那部车也加快车速。她有些气了，把转向灯往右边一打，把车停在路边。后面那部车也把速度慢了下来，接着停在她的车后。只见莫学剑从车内钻出来走到朴雪的车边对她说："朴所长好！你怎么一个兔子不见面啊？我可是时时刻刻想着你。"朴雪见是莫学剑跟踪她，心中更为恼火。她没有理莫学剑，便松开离合器想把车子开走。莫学剑赶紧拦在车头：

"朴所长！何必如此绝情？终究我们有过一夜情嘛！"

朴雪仍没理他，固执地发着车。她看到莫学剑拦在车前不让，便吼道：

"莫学剑你要干什么？你让不让？你不让我开过去了。"

莫学剑明知朴雪不敢开，便说：

"你开你开呀！你从我身上碾过去吧！反正我也不想活了。"他耍无赖，将身子伏到车头上。

这时渐渐围上一大群围观群众。众人以为他是个疯子，围着看热闹。朴雪又气又急，但又毫无办法。但她心里想，我只要不开车门，你奈我何！不久，交警来了，问莫学剑怎么回事？莫学剑指着车内的朴雪说：

"她是我老婆，在外游荡不回家，我叫她回家去。"

朴雪听了更为气愤，她摇开车窗对交警说：

"警察同志别听他胡说，他是个流氓无赖！他要非礼我！"

交警听他们各持其词，难辨真伪。便说：

"你们公说公有理、婆说婆有理，我搞不清你们。你们不要妨碍交通，有事回家吵去。"他使劲把莫学剑扯开。朴雪趁机开动汽车，越过莫学剑，然后加速把车开走。

自此朴雪可害怕了，她怕哪天再碰上莫学剑。可是作为一个会计师事务所的所长，时时要外出联系业务，怎能不出门呢？遇上这么一个流氓，拿他真没办法。朴雪只得和刘细妹换了车，又在车子上贴上外面看不见里面的太阳膜，让莫学剑认不准她的车。这样暂时摆脱了莫学剑的追逐纠缠。

陈剑雄电话联系不上朴雪，想直接上朴雪的宿舍去找她，

可朴雪从没带他上过自己的住处，也没有告诉过她的住址。他只好找黎明会计师事务所的人打听，可黎明会计师事务所的人都说不知道。本来黎明会计师事务所只有少数几个人知道朴雪的住址。大家都知道朴雪长得漂亮，很有品位，很多人想打她的主意。朴雪很少将自己的住址示人，即使知道她住址的人也都替她保密。所以陈剑雄打听不到她的住址。他只好上黎明会计师事务所所长办公室找她。他一连去了三次，都说她有事外出了。第四次去的时候，正好朴雪在签发报告。朴雪见他进来，劈头劈脑问："你来干什么？我们的事早结束了，请你出去！"不让陈剑雄有半点分说的机会便把他赶出了门。

陈剑雄对朴雪实在爱得太深、思念太切。正像一首歌里说的："没有你我一刻也无法过。"这些日子他变得神经有些不正常了，常常一个人在黎明会计师事务所外面转悠，只要碰上一个人就打听朴雪上哪儿去了。弄得黎明会计师事务所的人都躲着他，都笑他是个疯子。朴雪拿他没一点办法，真是又气又恨。这天陈剑雄又在黎明会计师事务所外面转悠，嘴里像疯子一样唱着一首歌：

你的美丽勾去了我的心，
你的倩影带走了我的魂。
到底我做错了什么？
你要如此惩罚我。
分手不是唯一的结果，
你为什么要躲着我？
我得不到你的心，
得到全世界我也不会高兴。
我爱你爱得太深，
你叫我无法逃身。
为什么我们的心不能在一块？
可怜我一直还为你钟情。

(注)

朴雪听到他的歌声，虽然唱得不是那么悦耳，但也深深打动了她的心。可是一想到受到的欺骗和侮辱，她就心生怒火。见他在所外赖着不走，她到厨房端了一盆水，站在二楼的窗口朝陈剑雄兜头泼下。把陈剑雄从头到脚、浑身上下淋了个透。陈剑雄却一点不生气，也没有恼怒。他抖了抖身上的水，对朴雪傻笑着："很好！这说明你还在意我。你要我死我也会去死，可是你要让我做个明白鬼啊！我到底做错了什么？"

朴雪听了这番话，猛觉一阵心酸，但她马上又把心硬下来，对陈剑雄不理不睬，任其胡闹。

过了两天，刘细妹悄悄把朴雪拉到僻静处问：

"你跟莫学剑好上了？"

"谁说的？哪有这种事？"朴雪冤屈地说。

"可是莫学剑到处宣扬你心甘情愿做他的情妇，还说……什么话都讲出来了。"

刘细妹是个直肠子，把听来的话照直说了。

"这个流氓！"朴雪咬牙切齿骂道。可是她又不敢跟刘细妹细说什么，只得说："你别听他的鬼话！没这回事。"

"你可要当心，这家伙不是好惹的。"

"我会小心。"朴雪回答得有点底气不足。

不久，陈剑雄也听到了这个消息。当时他伤心欲碎，真想马上跳入湘江。可是有什么办法呢？莫学剑是什么人？从白道上讲他是神州大酒店的董事长、金阳市著名的企业家、省劳动模范、金阳市商会会长、省政协委员。从黑道上讲，他是黑社会的大哥大、流氓头子，谁也不敢碰他。他在金阳市跺一跺脚，金阳都要抖三抖。这样一个人，谁敢与之争锋？谁敢和他一决高下？他喜欢的女人，谁敢去争。陈剑雄只得自认晦气，来点阿Q精神："但愿她过得比我好"。可是俗话说得好："福无双至，祸不单行"，就在陈剑雄无比痛苦之际，又一个灾难降临到他头上：他被宏大公司解雇了，一向非常器重他的郝志道把他一脚踢出了门。一夜之间，他就成了一个无依无靠的下岗

工人。今后靠什么为生啊？从工厂里学的那一套，如今在社会上毫无用处，他将何去何从？"屋破又遭连夜雨，行船偏遇打头风"，我为什么这么时乖命蹇啊？失恋的伤心与忧患相加，他受不住这双重打击就病倒了，并且病得不轻，不得不住进了医院。

朴雪听说陈剑雄病了，想起昔日的情谊，心中好生不忍，觉得自己做得有些过分了。她想如果陈剑雄和莫学剑真是一伙，为什么他们要解雇他呢？也许是莫学剑这流氓胡说，用他来糊弄我呢？一时她对陈剑雄心生恻隐，可怜起他来。

这一天，朴雪提了一袋水果，还有一些保健品上医院看望陈剑雄。

陈剑雄正躺在床上打吊针，突然看见朴雪推门进来，一时好不激动，顾不得正在打吊针，急忙欲坐起来。朴雪急忙走过去按住他："别动！你在打吊针呢！"

"你终于还是来看我了！"陈剑雄顿时激动得热泪盈眶。

"你何苦呢？天下的好女子多得很呢！"

"世界上没有比你再好的了！你要再不理我，我真不想活了。我人未死心先死了，我不会再对哪个女人动心了。"

"你为什么这么傻呢？我……"

"你别说，我都知道了，你们什么时候结婚？"陈剑雄误认为朴雪会说我已经和莫学剑好上了，他真不愿听到朴雪说出这种话，所以他抢先问朴雪。

"和谁结婚呀？"朴雪反问。

"和莫总、莫学剑呀！"

"你别信那个流氓的话。哪有这种事？我正有事要问你哩！"朴雪看了看吊针，见吊针快打完了，便说：

"打完吊针我们找个地方聊聊。"

心病还要心药医，陈剑雄听朴雪说没有这种事，一块心病顿时去了，心里轻松了许多，十分病一下去了九分。他见朴雪这么和蔼可亲地跟他说话，并说有事要和他聊聊，更加感激涕零，满肚冤屈像洪水一样喷发出来。他泪水淋漓，望着朴雪问：

"你………你为什么变化这么快啊？"

朴雪望着陈剑雄这副德性，没有说活。

打完吊针后，陈剑雄和朴雪一块来到医院的花园里。朴雪问："听说你被解雇了？"

陈剑雄说："唉！从此我要在饥饿线上挣扎了。"

"为什么他们要解雇你呢？"

"我也不知道我到底犯了什么错？我错在哪里啊？他们如此对我，我实在想不通。"

"不是说你和莫学剑是一伙的吗？难道他不为你出面？"

"凭天地良心！我哪会同他一伙？他是什么人我还不清楚？谁不知道他是怎样发财的？"

"那晚是谁拉你去喝酒？"

"是我师父。他死拉活拽硬把我拉去喝酒，把我喝了个酩酊大醉。"

"是你什么师父，原来都是电缆厂的吗？"

"不是，是他介绍我到宏大公司工作。我感激他，就叫他师父。"

"他是莫学剑一伙的？"

"不知道。他跟郝志道走得很近，他们是哥们。"

"哦？原来是这样！这个流氓！"

朴雪似乎明白了什么，不由从心底骂了一句。

接着她安抚陈剑雄："你别说了！我都知道了。"

"你知道什么了？"

朴雪真不知如何向他解释。他对陈剑雄当前的处境非常同情，也许是我害了他。她对陈剑雄说：

"你别问！出院后你就到黎明会计师事务所上班吧！"

陈剑雄简直不敢相信自己的耳朵。他以为听错了，反问道："什么？到黎明会计师事务所上班？"

"我在办公室等你。"

陈剑雄一听欣喜异常，病全好了。他激动地对朴雪说：

"朴所长！你太好了！我的病全好了！明天就可以上班！

我一定听从所长的安排。"

朴雪朝陈剑雄微微笑了笑说：

"具体干什么等你上班后再说。"

"好！"

陈剑雄在黎明会计师事务所上班后，负责对外承揽业务。陈剑雄凭借同学、亲戚、朋友的关系和他机灵的头脑，很快就打开了局面，黎明会计师事务所的业务增加了不少。他成了朴雪的得力助手。一年后，陈剑雄凭他的聪明才智，一年通过了注册会计师和注册评估师的考试，成为黎明会计师事务所的骨干。可是他们两人的关系还是处于僵持阶段。朴雪对陈剑雄总有一种愧疚之情，虽然她明白了这完全是莫学剑设的一个局，让她失身于他，想以"生米煮成熟饭"来要挟她就范。可是朴雪是个烈性女子，凌啸风那样花钱骗她，想买她的身和心，她都没有动摇。她有着中国妇女的传统美德，但也受到了当前性泛滥的某些影响，她并不像古代妇女那样失身于谁就一定要跟谁跟到底的信念。她认为你莫学剑采取如此卑劣手段占有了我的身，但并不能占住我的心。她的一颗心还是在陈剑雄身上。所以莫学剑怎样采取卑鄙手段纠缠她，到处宣扬他们的关系怎么样都无法动摇她的决心。相反只能使她对他更加厌恶，认为他更加卑鄙可耻。尽管莫学剑耍尽手段，都没有使她为了保住自己的名节而屈从莫学剑。但是她还是无法面对陈剑雄。由于自已的不小心，"一失足成千古恨"，我已不再是一个完美的我，而成了残花败柳。她深爱着陈剑雄，她认为既然深爱着他，就要给他一个完美的身子给他，所以她不敢再对陈剑雄言及感情上的事。把他安排到身边工作，完全是出于对他的同情。而陈剑雄对朴雪还是一往情深，她安排我到她身边工作，这说明她对我有情有义。所以对朴雪言听计从，忠心不二，对朴雪爱得更深。虽然社会上关于朴雪和莫学剑的传言很多，但朴雪已亲口否认，那些流言未必可信。但是自从到黎明会计师事务所工作以来，在工作上与朴雪配合得很好，但朴雪从不对他言及感情上的事情，有时候他主动邀她单独活动，她总是婉言回绝，使他感到失望和伤心。这时他不由想到她和莫学剑的关系，难道她说的是假，那些流言是真？莫学剑是个大款，这是许多女人想攀都攀不上的大树。朴雪攀高枝攀上了莫学剑，对他当然已无需眷顾。想到这些，尽管他心痛如焚，但又无可奈何，只有打掉牙齿往肚里吞。久而久之，他也不敢对朴雪再存幻想，也不再提感情上的事情，对朴雪只有敬而远之。所以一堵无形之墙把他们从感情上分开。虽然两人在一块工作，却不再是亲密无间、互有你我了。他们的关系冻结在冰点上。

　　莫学剑却不同，他逢人便说朴雪是他的情妇。他在酒席上大谈他与朴雪的交往，他添油加醋、添枝加叶，讲得眉飞色舞、绘声绘色。甚至恬不知耻地说朴雪是如何如何令他销魂，真是一夜值千金。一时间，无人不信朴雪是他的情妇，这在金阳城几乎成为了一种美谈，郎财女貌、人间难得的一段佳话。人们在茶余饭后往往都津津乐道此事。

　　这些话当然也传进了朴雪的耳鼓。朴雪羞愧难当，无地自容。但她拿莫学剑毫无办法，把他大骂一顿，那只会使自己更加出丑。跟他上法庭，告他诽谤之罪，但又如何启齿？她躲在家中不知哭了多少个夜晚，始终想不出个好办法来。后来他想只有陈剑雄才能救她，如果这时侯和陈剑雄结婚，既绝了莫学剑的幻想，也能平息当前这场绯闻。可是陈剑雄又是怎么想呢？如何才能向他解释清楚呢？他还会要不要我呢？这些问题困扰着朴雪，使她寝食难安。

　　不久，北京隆科科技发展有限公司的工作组下来了，进驻了金阳子公司，带队的还是那位张总。工作组到金阳子公司后，立即接管了金阳子公司的一切权力。到金阳的第二天，他们就拜访了金阳市政府领导。在市政府的贵宾楼里，赵市长接待了他们，参加接见的还有分管工业的水副市长。赵市长说："你们来清理整顿金阳子公司我们热烈欢迎。金阳子公司一直是个谜，为什么以前是市里的利税大户，这几年却是我市著名的亏

损大户，使我们市政府背上的沉重包袱。你们来了好，现在是把这个谜底揭开的时候了。水副市长你是管工业的，要大力支持他们的工作，要钱给钱，要物给物，要人给人。"

赵市长当场给水副市长下了指示。可是水副市长听后却面有难色，他说：

"北京的领导来，是来帮助我们的工作，我们当然要不遗余力予以支持。不过金阳子公司那可是个马蜂窝，搞不好就要出乱子。赵市长您不会忘记吧？上次不是闹过一次堵厂门的事件吗！闹得我们很被动。但愿此次不要像上次一样又闹出什么风波来。"

赵市长说："这是企业内部管理上的事，我们只有支持。我们的责任是为企业保驾护航嘛。出点问题并不可怕嘛！由我们来当消防队员。我知道金阳子公司有那么几条浮头鱼，到时候恐怕也要治一治。我们不能怕出事就不工作了嘛！嗯！大胆干！张总，有什么困难及时跟我说。"

赵市长说得斩钉截铁，水副市长还想说什么，赵市长朝他挥了挥手，水副市长见大势如此，再说无益，也就作罢。

张总见这情况似乎看出了某种端倪，他开始感觉到这趟水很难趟。但是他还是冠冕堂皇地说：

"谢谢市政府领导的支持。困难嘛，总会是有的，但不管阻力多大，我们都一定把工作作好。"

接见在一种不太协调的气氛中结束，中午赵市长亲自宴请了北京工作组的全体人员。在市政府的支持下，工作组克服阻力，恢复了对金阳子公司的审计。朴雪全副精力投入到审计工作中，把那些不愉快的事情暂时丢到了脑后。尽管政府里有人想使绊子，但这是北京的公司，来头大得很。企业内部的管理问题，政府无权过问。同时又有赵市长强有力的支持，那些人想阻止也阻止不了了。

几乎与此同时，财政部的调查组也到了金阳。调查组由中注协为首组成，中注协于副秘书长担任组长，业务监管部梅主任协助工作。同时省注协也派员参加，阵营规格高得很。调查组到金阳后立即开展了工作。

这天，调查组把当时参加处理欧阳明的尹科长、邓科长、戈科长、郭安娜等人请到市财政局汇报情况。环宇会计师事务所的所长刘大兴因在外地执业未曾出席。在金阳市财政局的一间小会议室里正襟危坐坐着这些大员。

在于副秘书长一番开场白后，首先发言的是财政局副局长郭安娜，她分管注册会计师协会这方面工作，又是当事人之一，自然是首当其冲。她说："中央领导和省注协的同志来我市调研，这是我们的荣幸。对欧阳明的处理，当时我们通过现场调查，整理了材料上报省注协。听说省注协上报了中注协，是中注协批准后才作出处理的。从程序上讲，是符合法律程序的。"

于副秘书长听郭安娜侃侃而谈说出这番话，把矛头指向中注协，顿时觉得这娘们不简单、伶牙利齿、思维清晰。她这一番话把责任全推给了中注协。你看这是你中注协批准的事，如今你反过来调查，不是自己打自己的嘴巴吗？真是多此一举。一时倒叫于副秘书长做声不得。接着邓科长说：

"说良心话，在欧阳明的处理上我们是秉公而断，没有半点私心。证据真实确凿，今天要为他翻案，恐怕没那么容易。再说他人已经死了，就是翻过来，又有什么意义呢？"

邓科长说完，尹科长又跟着说："欧阳明的主要问题是与企业同流合污，侵吞国有资产和职工财产。现在《物权法》出来了，根据《物权法》，这完全是一种犯法行为。如果他不死，恐怕不是吊销注册会计师资格问题，而是要吃官司的问题。"

接着大家你一言我一语，谈一些不着边际的事情，企图把会议的中心扯开。什么一个注册会计师私刻一个图章、个人到处执业、一个月捞了四五十万、注册会计师行业可挣钱啦，还有人说某某从菜市场买菜回家，把门一打开，一个小偷从门背后一刀刺进他的腹部，来了个开肠剖肚。邻居闻讯赶来，都去救人，没一个人敢去追小偷、让小偷逃之夭夭。如今这些人可真是心肠歹毒、无恶不作、无法无天。会场上一时显得还挺热闹。于副秘书长见这情况真有些哭笑不得，他想把会议内容引导一

下。见一个人坐在一旁一直没有做声，便点他的名："那位叫什么？你有什么高见？"

刚才进门时有人介绍了这位是戈科长，但于副秘书长没记住。戈科长对欧阳明这件事一直有点看法，但他不知事态会如何发展？他知道郭安娜这些人势力很大，有坚实的后台，搞不好会引火烧身。所以他一直不想说话，现在见点他的将，不得不含含糊糊说："这件事从头到尾我都觉得有点蹊跷，怎么偏偏在那时候会发生那场盗窃案呢？而且那小偷不偷金、不偷银，偏偏偷了那张一文不值的报告呢？恐怕得仔细琢磨琢磨。"

于副秘书长只是从材料上了解了案情，对这个细节可是一点不知。听戈科长一说，便知这是一个不可忽视的细节。他忙问："什么小偷？这件事我可是第一次听到，你详细说说！"

戈科长见问，心又虚了。他知道"强龙不压地头蛇"，这些人一走，金阳不还是这些人的天下？所以他欲说又止，敷衍道："也不是什么大不了的事。就是当时黎明会计师事务所发生了一场失窃案，像这种事当今可是多如牛毛。"

于副秘书长见戈科长含糊其词，知道再问也问不出什么名堂。看来这中间的水很深。从这些人的发言来看都在竭力捂住这个盖子，要他们说也说不出什么东西，今天算是一次火力侦察吧！便说："谢谢大家的配合，今天就到这里吧！不过我跟大家说清楚，这次我们来是代表财政部来的。我们既然来了，就一定会把问题弄个水落石出。大家也不要有什么顾虑，有什么情况及时向我们反映，我们保证给大家保密。好！散会吧！"

于副秘书长一行住在云梦山庄。晚上于副秘书长在宾馆的房间里看着电视，他的心绪却一刻也不平静。戈科长那含糊其词的话引起了他的深思。为什么戈科长要讲这么一番话呢？他为什么不把事情挑明呢？看来他很有顾虑。这件事弄明白还绝非易事。为什么"那小偷不偷金不偷银，偏偏偷了那份一文不值的报告呢"？他又想起了戈科长的那句话，这是怎么回事呢？他急于想弄清楚此事，便拿出手机拨通了朴雪的电话，他问："朴所长，现在有时间吗？……对不起！我想打扰一下，你能过来一下吗？"

朴雪在电话里回道："好！我马上来。"

十分钟后，朴雪就敲响了于副秘书长的房门。于副秘书长赶紧起身开了门。

朴雪进门，于副秘书长忙说："你好快！请坐！请坐！"

朴雪在沙发上坐下，于副秘书长给她泡了杯茶。

于副秘书长问："朴所长，你能把处理欧阳明的前后情况说说吗？"于副秘书长没有单刀直入问戈科长讲的情况，他怕先入为主，容易产生主观判断，他这样问既可以了解全面的情况，也可了解想知道的问题。

朴雪见问，突然满眶眼泪一下涌了上来。她像有满腹冤情遇到亲人一样，顿时泣不成声。

于副秘书长从桌上扯了一张卫生纸给她揩泪。

朴雪揩干净眼泪，忍住感情说：

"于副秘书长，阳所长死得冤啊！这件事彻头彻尾是一场阴谋。"于是她从欧阳明在签发一份验资报告时发现了一件很不正常的产权交易合同开始，到如何拒绝签发报告、如何受北京隆科科技发展有限公司委托，对金阳子公司五年来的账务进行审计、后来如何受到威胁、如何拒贿等情况作了详细汇报。她接着说："这些人行巨贿不成，便要除掉阳所长。他们制造了一场车祸，企图把阳所长撞死。我事先从谭建业口中知道了阳所长面临的危险，对市政府通知开会产生了怀疑，便和阳所长换了座位。结果撞车后阳所长只受了轻伤，我受了重伤住了一个多月院才好。我病好不久，便发生所里失窃的事。"

于副秘书长问："听说只丢了一份报告，是吗？"

朴雪："是呀！真很奇怪。那小偷什么都没偷，只把我们的工作底稿翻了个底朝天，盗走了那份要命的报告。"

"什么报告？"

"那是我们在作金阳棉纺厂的破产清算审计时，发现该厂的几个头头拿国有资产和应付职工的工资验资，另外建了一个

属于他们的纺织厂。这边热热闹闹搞破产，那边热热闹闹搞生产。阳所长把这个情况写了一份报告给市政府，结果是泥牛入海无消息。没有引起市政府的重视，而是熟视无睹，听之任之。丢失的报告就是这份报告，由于没有这份报告，他们反过来诬陷阳所长与那些人同流合污，瓜分国有财产。"

"你能确定有这份报告吗？"

"我可以用生命作担保。在清理档案时，我亲眼见过这份报告。后来我在办公室的存档文件中找到了这份报告的底稿，他们不认帐，说这是我为了救阳所临时编出来的。"

"既然报告已递交市政府，市政府应该有这份报告呀？"

"奇怪的是市政府领导否认看到了这份报告。"

"啊！"

于副秘书长有点惊讶，他不停地在房间里踱着步子。良久他说："你说的这个情况很重要。行！今晚不早了，你快回去休息吧！谢谢你！"

朴雪起身出门。于副秘书长说：

"你最好能写个材料，越详细越好。"

朴雪："行！"

朴雪走了，于副秘书长的心情更不平静了。他深深感到这不是关系到一个人的处理问题，朴雪说得对，这彻头彻尾是场阴谋。

注：
此歌词参考了有关歌曲。

第十三章

北京隆科科技发展有限公司工作组在紧张工作，莫学剑一伙也没有休息。他抓住企业的要害，利用银行对金阳子公司施加压力。

这天，中国工商银行金阳支行的李行长一行走进金阳子公司，直接进了工作组办公室。因为事先有电话联系，张总在办公室等候。见李行长一行到来，张总把李行长请进了公司的接待室。接待室装饰得相当华丽，除了两边各放一张硕大的沙发外，中间放了一张大茶几。茶几上放着一个五马奔驰的雕塑工艺品。五匹马栩栩如生，很有气势，象征着欣欣向荣。另外茶几上还放着两个精美的烟灰缸和两瓶可口可乐，可乐旁还有一套茶具，客人可以喝可乐，也可以喝茶。一面墙上，是一个装饰柜，每个隔断里分放着各式各样的工艺品，有金童献福、五牛拉金、一鸣惊人等等。其中最显目的，是一尊美髯公关羽的金像。另一面墙上，是一幅喜鹊闹春图，一群喜鹊围着一株红梅叽叽喳喳叫个不停。这些喜鹊有的在飞，有的在树枝上跳跃，还有的在互相亲昵。每只喜鹊都画得维妙维肖，出神入化。这间接待室是郝志道当时接待贵宾的地方，现在当然成了工作组的接待室了。李行长进门，分宾主坐下，办公室的工作人员献上几杯茶放在茶几上。李行长掏出一张名片双手送给张总，张总接过名片扫了一眼，忙说："哦！是李行长！失敬失敬！"本来李行长是这里的常客，金阳子公司的高管们都认识，李行长不需递名片。但张总是第一次见面，不得不表明一下自己的

身份。张总看过名片，也把自己的名片递过去。

李行长看了一眼，说："您就是北京来的工作组张组长？好！我可算找对人了。"

张总问："李行长不知有何指教？"

李行长说："指教谈不上，就是贵公司的几笔贷款到期了，不知贵公司有何打算呢？"

张总一听，心里"喀噔"一声。心想不好！这可是大债主上门了。目前公司财政非常紧张，职工的工资都有些吃紧，哪有钱来还贷？他正为这事伤透脑筋哩！

沉思良久，张总才说："照理欠债还钱，这是理所当然。可是您也知道我接受的是个烂摊子，目前账务还没审计清楚，生产也处于半停工状态，恐怕一时还不起这笔钱。是不是再展期一下？现在有一大笔货款未到，待这笔货款到了后再设法还行不行？"张总在北京可是财大气粗，从未对哪个说过这种话，今天为了金阳子公司，他不得不放下身价了。

李行长微微笑了笑说："张总这话不说我也知道，企业有企业的难处，可我们银行有银行的难处啊！你知道目前银根很紧，清理不良资产抓得也很紧。像金阳子公司这种状况，照理是不能放贷的，只是郝总一再保证还，天上下刀子也要还。再说市政府也出面做工作，我们才放这笔贷，要不我们是不会放的。如果张总你们硬有困难还不起，那我们就只有采取法律程序了。"

张总见说，心里有些着急。他知道采取法律程序只有两种结果，一种是银行收回抵押物，拍卖还债；一种是银行向法院申请企业破产，进行破产还债。两种结果对企业都是灭顶之灾相当不利，企业都将从地球上从此消失。那么过去的那些犯罪行为都将被掩盖起来。在这种形势下，唯一的办法是从总公司调一笔钱来。可是总公司财政也十分紧张啊！他不由问了一句：

"目前本息加起来是多少？"

李行长见问，便对身边那位随员说："你算算是多少？"

那位随员翻开一个本子说："算到上个月三十号为止，本息加起来一共是一亿零八佰伍十万。"

　　"这么多？"张总不由吃了一惊，他没想到会有这么大数字，不由脱口而出。但他继而一想，对北京总公司而言，当然这只是一笔小数字，但一时要凑足这么多现钱，这也不是一件易事。但他还是硬着头皮说："好吧！我们一定想办法。"

　　李行长说："张总，你应该知道货币的黄金时间，我们可不能等太久，我给你三天时间。"

　　张总懵了，三天！这不是故意刁难，趁火打劫吗？他还想说什么，李行长一行已站起身，扬长而去了。

　　张总只得向北京请示，请求北京总公司支援，调拨一部分资金以解燃眉之急。但动用这么大一笔资金，至少要经董事会同意。北京方董事长接到电话也有些着急，立即召开董事会研究。会上基本同意张总意见，但要凑这么大一笔资金，绝非容易，还是要张总自己想办法。张总急得搔头挠耳、心急如焚。正在这危急时刻，公司工会抢先召开了职工代表大会。在会上，三分之二的代表同意破产，虽然有三分之一的代表不同意，但少数服从多数，不同意者无力回天，事情就这么决定了，金阳子公司从此厄运难逃。事后个别职工代表传出，那天开职工代表大会，凡是举了手的代表都得到了一个不菲的红包，钱是从哪里来的？谁也不清楚。职工代表大会刚形成决议，法院的裁定书就下来了，宣告金阳子公司从五月二十五起破产还债。第三天报上就登出了金阳子公司的破产公告。正式宣布金阳子公司进入破产程序，其速度之惊人，前所未有。

　　对这种"迅雷不及掩耳"的攻势，张总真有些招架不住，束手无策，他只得向北京汇报。北京的法律顾问团很快回电，要他立即组织审计金阳子公司的资产负债率是否达到了资不抵债。张总接到电话后，立即叫朴雪到办公室来。

　　朴雪很快来到张总办公室，问张总发生了什么事？张总问："你看过金阳子公司的报表吗？"

　　朴雪回答："看过。"

　　"是不是到了资不抵债的地步。"

　　"没有呀！金阳子公司的资产负债率只有百分之六十三点

四，还有一亿二千万的净资产。"

"哦！那好！你马上出一份审计报告行不行？"

"当然可以，不过我刚才说的，是没有经过审计的数字，审计出来是不是这个数字很难说。不过金阳子公司的主体资产是固定资产，不良资产不多，实现这个指标应该没问题。"

"好！北京法律顾问团说只要没达到资不抵债的地步，就没有达到破产条件。至于银行逼债，北京正在调集资金，准备还债。法院没有会计师事务所的审计报告就裁定破产，这不符合法律程序，我们可以抗诉。"

"行！我马上组织强有力的班子进行审计，争取十天拿出报告。"

"十天是否长了点。"

"我组织人加班加点，争取快一点。不过我们审计出来的数字是要负法律责任的，一点马虎不得。"

"行！你赶快组织人吧！费用我会按标准给你。"

朴雪回所后，立即组织孟总等几个强有力的业务班子，对金阳子公司四月份的会计报表进行审计。要他们夜以继日、加班加点，力争尽快作出审计报告。

朴雪布置完，孟总对朴雪说：

"朴所，看来香港那笔八十万的大业务不能做了。"

"为什么？"朴雪问。

"我们从网上查到，那位香港老板已被香港廉政公署抓起来了，他付了一百万保证金才保出来让他收集证据，完全不是他所说的只是要个期初数，他提供的资料都是假的。如果我们出了报告，那就是给他作伪证了。今后香港廉政公署查起来，那可不得了。"孟总回说。

朴雪立即表态："既是这种情况，那坚决不能做。八十万业务打水漂就打水漂吧。"

过了两天，金阳子公司办公室来了一伙人。为首的是金阳市经委汤主任，余者是土地、房产、劳动、公安等部门的有关领导。张总见这些人气势汹汹，知道来者不善，心想这大概与破产有关。

待分宾主坐下后，汤主任首先把跟来的随员作了介绍，都是这个局、那个局的局长、主任。汤主任介绍完毕，就说明来意。

他说："现在大家都知道，金阳子公司已进入破产程序，我们是市政府指派的清算组。按照破产程序，清算组必须接管金阳子公司的工作，请张总办理一下移交手续。以便金阳子公司的破产工作顺利进行。"

张总是个老干部，是"洞庭湖的麻雀，见过几回风浪"，自然知道他说话的意思。这就是说他们将接管金阳子公司的一切权力。张总听了后，神色持重，不慌不忙地说：

"诸位的来意我已明白，无非是要我交出权力。要我交权，我看暂时还不行。因为金阳子公司还不能进入破产程序。我提两个理由。第一，在法院下达裁定书之前，应该对破产单位前月的会计报表进行审计，看是不是达到了破产条件？否则裁定书不符合法律程序，我们正在抗诉。在检察院的裁定书未下达之前，法院的裁定还不能生效。第二，你们组成的清算组是非法的。按照《破产法》规定，国有企业破产应由主管部门牵头组成清算组，在我总公司毫不知情的情况下，你们地方上组织的清算是不合法的。"

在张总发言后，经委汤主任接着说：

"对于张总提出的两点理由我也谈两点看法。第一合不合法的问题，法院说当前的破产案件很少有在裁定前进行审计的。如果需要，会计师事务所明天就可进场，要他们审出一个审计报告就是。至于你们总公司参不参加清算组，我们已做了安排，您是我们清算组的第一副组长。您看这名单上写得很清楚。"

张总听了汤主任的话，真是哭笑不得。难怪人家说党的政策是好的，可是在中央是政策，到了省里就成了斜策，到市县就变成歪策了。这些人是这样来理解国家政策和法令的，而且还如此振振有词、冠冕堂皇，对国家法律如此随便。他只得说：

"对汤主任的宏论我不敢苟同，也无法执行。我们还是等检察院的裁定吧！"

会议进入僵局。有的局领导看到是这么个情况，便打起了

退堂鼓。有的说：

"对这个情况我们不十分了解，只听经委通知来开会，既然如此，那就等几天吧！好在事情还不是那么着急。"

汤主任见军心动摇，他便拿出他的王牌。他说："安定是当前的大局，现在职工都要求破产，千万不要因为我们的错误而闹出大事来，到时候谁也负不了这个责任。"安定是大局，谁都知道。汤主任这话一出，自然再没有人敢反对。

这样，会议又陷入僵局。张总突然想起赵市长曾经说过，有什么情况可随时向他反映。于是他也拿出这张王牌，他说：

"这个会不知赵市长是否知道？是不是把我的意见向赵市长反映一下。"

汤主任说："这个会虽然不是赵市长亲自交待开的，可这是水副市长的指示，这应该是市政府的统一意见。"

张总说："既然是市政府的统一意见，是不是要市政府来个什么文件呢？"

张总的这个要求完全是正当的。大家都没有话说。最后汤主任只得说："好吧！我们要政府行个文，明天在这里继续开会，谁也不准缺席。"

会议就这样不欢而散了。按惯例，会后是一定要宴请的，可是张总心里憋了一肚子火，他没有留大家吃饭。这些人只得悻悻地走了。

晚上，张总给赵市长挂了个电活，询问是否知道金阳子公司的破产事宜。赵市长说："知道一点，是银行申请的破产吧？听说法院已作出了裁定，是这样吗？"

张总说："是这么回事。可是……"接着他把白天在会议上讲的两点理由说了。赵市长听后说："既然是这样，那就等等嘛！何必搞得这样急哩！我给他们说说。"

由于赵市长的干预，金阳子公司有两天还算平静。到第三天，汤主任带了几个人到公司来了。进门汤主任向张总介绍："这是华盛会计师事务所的金所长，法院委托他们对金阳子公司四月份的会计报表进行审计，希望张总配合他们的工作。"汤主任话说得有点不客气。接着金所长掏出一张名片双手送给张总，又把一份法院的委托书递给张总看。两样东西张总都瞟了一眼。他在心里琢磨，这倒是件难事。朴雪他们正在紧张地工作，这下插进去他们又怎么办呢？他们拿着法院的委托书，这是无法拒绝的。想了一会，他只得照直说："金所长是法院委托来的，当然我们要尽力配合。不过我们已委托黎明会计师事务所在审计这份报表。金所长再来审计也好嘛！会计报表是客观的，总不会审出两种结果来吧。我们欢迎金所长来审计，两个所审出同一个结果来，更有可靠性、更有说服力。"

金所长一听要两个所同时审计一份会计报表，这可是破天荒头一次，不太符合行规，便说："张总说的这个情况我不清楚。我想两个所审同一份报表，一定是同一个结果。所以我们审就没必要了。我跟法院去交涉，撤销对我们的委托。"

这时汤主任说：

"破产前的审计要法院委托才有法律效力吧？"

张总说："是我们总公司的下属公司破产，我们委托的当然有效。要不还是两个所一块审吧？"

金所长知道他是在说假话，便说："放心！我做事会有分寸的，我不会为了蝇头小利而放弃职业道德。"

张总假意坚持说："既然法院委托了就不要撤销了吧！我看还是两个所一起审好。"

金所长说："那不行！"

到这时汤主任再想说什么也说不出口了。两人带着几个注册会计师撤离了金阳子公司。

过了三天，又有一家会计师事务所的所长来找张主任。他向张主任递过一张名片，自我介绍说："我是天威会计师事务所的所长，受法院的委托，来对贵公司四月份的会计报表进行审计，请您多多指教。"，说着递过一张法院的委托书。

张总接过委托书看了一眼，与前天的委托书无异。只是委托的单位由华盛会计师事务所改成了天威会计师事务所。张总从名片上看到这位所长叫章大庆。他微微笑了笑说："贵所来审计我

们的会计报表，我代表金阳子公司表示热烈欢迎，不过你们来晚了一步。四月份的会计报表我们已经委托黎明会计师事务所在审了，报告的草稿我已经看过了，是否还需要你们来审呢？"

章所长见说，也不慌不忙地说："破产前的会计报表审计应该由法院委托，你们委托不合法，出具的审计报告法院是不会采信的。"

"法院的裁定本身就不符合法律程序，我们正在抗诉，他们采不采信无关紧要。一切等检察院的裁定下来后再说吧！"张总的话说得很强硬。

章所长无言以对，只得无理找理说："你们抗诉这是你们的事，法院委托我们来搞审计，我们就应该按法院的委托办。希望张总配合我们的工作，不要使我们为难。"

"不行！这不是为难不为难的事。这是原则问题，我不能迁就。"

张总的话说得不留余地，可是章所长还是软磨硬泡，就是不走。张总不得不把朴雪找来，问她有什么办法。朴雪说："他们这是搞无序竞争。如今是僧多粥少，有一个业务大家就一哄而上，滥价竞争，把我们注册会计师的权威、尊严、有时甚至人格都丢尽了。金所长还能识大局，知趣退出去了。这位章所长，简直就是个无赖。人家审计报告都要出来了，还要你来审计什么呢？"说完，朴雪给市注册会计师协会贺秘书长打了个电话，汇报了这里发生的情况。贺秘书长叫章所长接电话。在电话里贺秘书长批评章所长："两个兄弟所怎么能抢一个业务呢？在检察院的裁定未下达之前，章所长暂时撤出金阳子公司。"市注册会计师协会是注册会计师的监管部门，章所长不得不听。贺秘书长给章所长打电话之后，章所长才带了他的人灰溜溜撤出金阳子公司。

朴雪的审计报告初稿已出，正在复核定稿，不想金阳子公司又出了一件大事。

这天，朴雪开车进厂，见厂门口宣传栏前围着一大堆人，这些人像在看什么东西。有的人则慷慨激昂在发表什么议论。

朴雪不便下车，便把车停到停车坪。停好车后她过来看那东西。一路上他听工人们在议论纷纷。

有的说："怎么破产还不准破呢？厂里发不出工资，我们靠什么生活啊？破了产一个分得几万块钱，好到外面去找出路啊！"

有的说："找什么出路？我四五十岁了，还有哪个敢要？"

"这也是啊！我们在厂里干了几十年，一旦破产，生活失去了依靠，往后日子怎么过啊？"

"你可以退休呀！根据政策满了四十五岁就可以退休。退了休吃现成的，整天摸麻将有什么不好？有门路再找份工作，拿双份工资，美着你呢！"

"你说得轻松，要是厂子真破了，你去哭吧！"

"照他那么说我倒愿意破产。"

"可工作组压着不准破。你看急不急人？"

"走！找工作组去！"

听着这些话，朴雪无心去看那东西了。她想那东西一定是一张要求破产的大字报，这时候张总那儿一定吃不住了。

朴雪快步来到工作组的办公室。只见办公室前黑压压围了一大堆人，大家议论纷纷，有的还愤愤不平，他们一个个像在等待什么结果。不一会，从工作组办公室里冲出几个人来，大概是工人们的谈判代表。为首的一位高个，他长得魁梧雄壮。他不是别人，就是那晚将陈剑雄灌醉的"师父"。只见他出来后将手一挥，大家顿时都静了下来。

看来他的号召力还挺强。只听他说："工作组说不通，死活不同意破产，没办法我们只有找政府去，要政府给我们做主！"

"对！找政府去！找赵市长去评这个理！"仿佛这是一声最具权威的命令，一群人闹哄哄向厂门口涌去。在厂门口陆陆续续又有许多人参加，结果形成了浩浩荡荡的游行队伍。这支毫无组织，毫无纪律的游行队伍直朝市政府办公大楼涌去。

游行队伍到市政府后包围了市政府大楼，大家一起呼喊：

"我们要见赵市长！我们要见赵市长！"赵市长冷静地分析了形势，知道这种情况下接见群众解决不了问题，其中一定有更深层次的问题。他立即请示省委。省委指示，一定要稳住阵脚，不能让少数几个人搞乱了我们！改革开放一定要搞下去。就在这时候，少数人煽动群众堵塞了贯串南北交通的大桥。一时间，被堵汽车排成长串，长达数十公里。南北交通瘫痪，闹成了惊动北京高层的大事件。后来北京下令严查此事，省委也相当重视，组成专案组严查此事，一定要查出这次事件的幕后指挥和组织者。本来水副市长想借题发挥，以安定团结之名向张总发难，以为这么一闹，就能阻止对金阳子公司的清理整顿。水副市长没料到事情会闹得这么大，中央动了真格。搞不好要弄巧成拙，把自己给查了出来。他不敢再给工作组出难题了，暂时敛声匿迹。这是后话，暂且不提。

且说朴雪看到这种情况从厂里出来，立即把审计报告发出去了。黎明会计师事务所的审计报告出来后，引起了一场不小的轰动。原来在金阳子公司的产品库房里，还隐藏着不少库存商品，产成品的成本也留得相当少，等于留下了一大笔利润。虽然这几年金阳子公司连年亏损，可是由于前几年是盈利大户，因此企业底子相当雄厚。这是郝志道一伙企图以转让方式转到神州大酒店去的一大笔财产。莫学剑一伙拚命想收购金阳子公司，目的就在此。黎明会计师事务所审计报告审定的资产负债率只有百分之四十一，说明金阳子公司还处于良性阶段。检察院最后作出裁决：撤销法院的破产裁定。裁定撤销后，莫学剑一伙暂时不敢嚣张了。这时张总从北京调集的资金也到了。他一方面与银行谈判，取得银行余行长的支持，同意归还贷款本金的百分之八十，其余百分之二十展期。对利息进行缩水，大部分免收。这时赵市长又出面做了大量工作，稳定了职工情绪，继续进行生产。公司的生产恢复了，工人们上班了，每月都拿到了工资，也就没有人再提破产的事了。黎明会计师事务所对金阳子公司这几年的账务审计照常进行。

可是朴雪却遇大麻烦了。

第十四章

　　这天早上，朴雪起床穿好衣服，拿起牙刷准备涮牙。牙刷伸进嘴里涮了一下，突然感到一阵恶心呕吐。她感到很奇怪，自己没病呀！为什么要吐呢？她在洗脸盆上干呕了几下，也没呕出什么东西。因为还未吃什么，自然无东西可呕。她干呕几下后，漱完了口，又拧干毛巾洗完了脸。按照习惯她此时应该到街上的小摊上吃早餐，可是她心里一点也不想吃。她想这是什么原因呢？难道自己真病了？金阳子公司的审计正在紧张阶段，这时可不能病啊！她稍稍休息一会，心里好过多了，强撑着到街上吃了一碗米粉后，开车去上班。一天紧张的工作，使她忘记了早上出现的那种不舒服。可是到晚上睡觉涮牙时，突然又发生恶心呕吐。她这才有些急了，一种不祥之感涌上心头：难道我怀孕了？她从电视上多次看到过女人怀孕时的表现。若是真的怀孕了，这可怎么得了？这个该死的莫学剑！你真要把我害死了。明天一定得去医院看看。

　　第二天上班时，朴雪给办公室小曾挂了个电话，说在外面有事，不能按时上班。朴雪不敢说自己上医院了。打完电话，她开车到了医院，挂了个妇科号。医生检查后，连声说："恭喜你！你有喜了！"可是朴雪一听，却如同晴天霹雳。我的天！这喜从何来啊？要是让所里的人知道我怀孕了，我这脸往哪儿搁啊？若是让陈剑雄知道了，那更加不得了，他一定不会要我了，我们彻底的完了。若是让莫学剑知道了，那就更不得了，一定会闹翻天，还不知他会作出什么出格的事来。着急归着急，

事情总得解决。她给医生说她被人强暴了，要求医生立即给她引产，并要求医生给她保密，不能让任何人知道。医生很同情她，女孩子最怕这种事传出去。根据医德，他们当然有为病人保住隐私的义务。他们点头同意，立即准备手术做人流。朴雪又给小曾打了个电话，说有事要外出几天，有什么事找孟总解决。就这样朴雪神不知鬼不觉地住进了医院。

谁知世界上没有不透风的墙，纸哪能包得住火？莫学剑耳目甚多，自然在医院也有。于是朴雪怀孕的消息很快传到了莫学剑那儿，莫学剑高兴得跳了起来。他立即打电话到医院告诉医生，决不能给朴雪做人流。

朴雪已经上了手术台，医生护士正在做消毒工作，医院突然通知手术停止执行。医生无不遗憾地告诉朴雪："孩子的父亲不同意做人流，你的要求我们无法做到。"朴雪一听，头一下大了。她对医生说："我还没有结婚，哪有孩子的父亲？"医生笑了，说："你怀孕了，哪能没有孩子的父亲呢？虽然在法律上不承认，可是事实上是这么回事啊！"

朴雪真是欲哭无泪。她跟医生好说歹说，求他们行行好，把孩子拿掉。可是无论朴雪怎么说，医生就是不同意。

正当朴雪苦苦哀求的时候，手术室外面乱哄哄闹了起来。朴雪见再三哀求无效，只得下了手术台准备另找一家医院。她刚走出手术室，只见几个人迎上来，架着她朝着一部汽车走去。初始朴雪还不知道怎么回事？当她清醒知道自己已遭人绑架的时候，他便拼命地挣扎，嘴里喊叫着："放开我！你们要干什么？你们要干什么？放开我！"可是她哪是那些人的对手，不管她如何挣扎，那些人就是不放手。旁观的医生、护士以为是孩子的父亲不同意她做人流把她拉回去，所以看着朴雪被绑架竟无动于衷。朴雪被塞进一辆小车。绑匪怕她再喊叫，用一条毛巾塞住了她的嘴。

汽车驶进一座高级别墅，别墅的屋顶上显目的几个大字："龙凤山庄"。山庄前面是一圈高高的围墙。围墙里面，是一块空地，空地上种着几株香樟和紫丁香。空地中间是一条大理石铺成的甬道，直通一个阶梯。阶梯上是一面玻璃门，门后可见装饰豪华的大厅。朴雪心知被豪门所掳，但不知这人是谁？为什么要绑架我？走进院门，经过一条甬道，进入别墅大门。经过那个富丽堂皇的大厅，她被推进一间豪华的卧室。看这房子的气派，比凌啸风那别墅可强多了。那些人把她推进门后，便锁上门走了。

　　朴雪拼命拉了几下门，门拉不开。朴雪非常气愤。可是气愤有什么用呢？她被关进房内后就无人理睬，真是叫天天不应，叫地地不灵。她像一头困兽一样焦急地在房内来回走着。这是什么人在捣鬼呢？不让我坠胎，还把我抓到这里来？她首先想到的是郝志道。这家伙不让审计工作进行下去，就把我抓起来。可是抓我有什么用？抓了我还有刘细妹他们，他们照样可以把审计工作进行下去。后来一想不对，如果为了不让我们搞审计，为什么不让我坠胎呢？这时她立即想到了莫学剑，是这流氓在搞鬼，因为只有他才最想保住这孩子，他想保住了孩子，就能让我就范。也只有这流氓才干得出来，只有他才有这种势力，才住这么高级的房子。想到莫学剑她更着急了，这流氓如果长期把我关在这儿怎么得了，肚子一天天大了，他硬逼着我把孩子生下来，到那时真是"生米煮成熟饭"，我非嫁他不可了。她急得在屋内拼命地跳，用手拼命捶打着肚子想把孩子弄下来。可是这都无济于事。人说怀孩子头三个月是关键，保不住就会流产。所以许多妇女为保住孩子，三个月卧床不起，还寻各种保胎妙药。为什么我就不能把胎蹦下来呢？一会儿她又想到了金阳子公司的审计正在关键时刻，所里还有千头万绪的工作要去处理，这时候她不在所长岗位上被关在这里，所里不乱成一团糟才怪哩！她立即想到应该打个电话通知他们，尽管不知这是什么地方？把自己的怀疑告诉他们，他们总该找到这儿。可是一摸手机，手机竟不翼而飞。这才想起遭绑架时，有人从她身上拿走了手机。为了保密，她没有将自己的去向告诉小曾，更没有告诉陈剑雄，没有一个人知道她的行踪。如今联系不上，与外界失去了联系，这如何是好？真是只有死路一条了。

好不容易挨到中午时分，门开了，一个小姐送进来一桌丰盛的饭菜。朴雪趁此机会向门口冲去。刚到门口，两个彪形大汉拦住她的去路，说：

"小姐，你不能出去！"话说得非常随和，但十分强硬。

"为什么？你们为什么限制我的人身自由？"

"对不起！我们也不知道。这是我们老板的命令。"

"你们老板是谁？你们非法拘禁我，是要吃官司的。"

"没办法，请小姐不要为难我们，我们是奉命行事。"

"你们老板是谁？他为什么拘禁我？"

"恕难奉告！"

朴雪知道跟他们再说无益，只得气恼地退回床边，倒在床上。她对桌上的饭菜理也不理。

吃晚饭的时候，那位送饭的小姐又送来丰盛的晚餐，朴雪照样理也不理。

熬过了一个漫长的夜晚，第二天早上那位小姐又送来早餐。有牛奶、鸡蛋、点心等等。朴雪又都不理。她拉住那位小姐说："求求你告诉我这是什么地方？你们老板是谁？为什么抓我？"

送饭的小姐摇了摇头，说：

"你不要为难我，我什么都不知道。我只负责给你送饭。"

朴雪无可奈何，只得重新躺到床上。送饭的小姐一边收拾桌上的饭菜，一边说：

"小姐，你这样不吃不喝也不是办法，饿坏了身子还是自己吃亏。何况你还怀有身孕。"朴雪面朝里睡着，没有理她。

陈剑雄有两天没有和朴雪联系了，所里有许多报告需要她签发。她到哪里去了呢？所里谁也不知道。小曾说她曾来过一个电话，说是要出去几天，到哪里去？她没说。陈剑雄很奇怪，平常她到哪里去，总要事先和他打招呼，哪怕是去开个会，也要打电话告诉他。昨天还说要去向工作组汇报情况的，怎么今天就失踪了？到哪里去了？一点征兆都没有。打电话，电话关机。这实在不可思议。如果是出差或是外出开会，不至把手机也关了。如果是没电了，两天时间也应该把电充上了。就是没带充电器，也应该找个座机或借别人的手机打个电话回来呀！陈剑雄百思不得其解。最后他得出一个结论：朴雪出事了。是被人暗杀了？或者是被人绑架了？目前她的工作妨碍着某些人的利益，这两种结果都有可能发生。

第三天，朴雪还是没有和陈剑雄取得联系，陈剑雄只好到公安局报了案。公安局接到报案，立即通知各派出所，询问有没有发现无名女尸？或者有没有人遭到绑架？要各派出所立即组织人寻找朴雪的下落。

朴雪绝食两天，到第三天，她身子已经开始出现虚脱，一阵阵晕厥。但她下定了决心，就是饿死，也决不能遂莫学剑的心愿。此时她已完全意识到，他们把她抓来，一不向她索钱，二不要她作出什么承诺，而是好饭好菜把她供养起来，这很明显是不准她作人流，要让她把孩子生下来。这只有莫学剑才会这样做，他是最大的受益者。既然是莫学剑要孩子，她就决不能让他得逞。不睡觉的时候她就在屋子里跳呀蹦呀，跳个不停，总想把该子蹦下来。可是这怎么可能啊？饿了两天后，她再也没有力气蹦了。她躺在床上想，既然莫学剑想要孩子，一定不会让她饿死，定会出来做她的工作。

果然到第三天头上，莫学剑一早便来了。他推开门，伸进脑袋向里探了探。朴雪见有人进来，抬头望了一眼，见是莫学剑，没有理睬，要看他怎么说。她仍然头朝里睡着。莫学剑见朴雪躺着未起，便轻手轻脚走到床边坐下。其实朴雪早已醒了，不过她不想理莫学剑。莫学剑默默地坐了一会，那个送饭小姐又送来早餐，把昨晚未吃的饭菜收了。送饭小姐欲叫醒朴雪，莫学剑忙向她挥手，示意不要叫醒她。

送饭小姐轻声说："她三天没吃东西了，可能晕过去了。"

这时朴雪有气无力地说："你这畜牲！你不要假惺惺了，你把我抓进来，不是要我的命么？"

莫学剑细声细语地说："我哪会要你的命啊！我爱还来不

及呢！听话！好好起来吃饭！"

"不吃！莫学剑！你别妄想我会跟你生孩子，你趁早死了这条心！你让我死了算了。"

"不要这样！我不会让你死的。我们还要过几十年幸福生活咧！"

莫学剑默默坐了一会，又说："你这是何苦呢？我们虽无夫妻之名，但有夫妻之实啊！你就认命吧！你不爱我，可是我很爱你，这就够了，我会好好待你的，给你过皇后般的生活。"

朴雪仍不理他。莫学剑接着说：

"你不理我不要紧，有一天你总会知道我的好心。我告诉过你，你逃不出我的手心。"说完莫学剑起身出门。在房门外，莫学剑将一件物事交给送饭的小姐。他悄悄对小姐说："把这个放在她喝的水里，保证她饿不死。"送饭小姐点了点头。

一天来，各派出所报告没有发现无名死尸，也没有人报告哪里发生过绑架事件。这说明朴雪并没有被暗杀，但并不能说她没有被绑架。是什么人绑架了她呢？公安人员四处打听，结果是没有发现任何蛛丝马迹，也没有任何人打电话来索取钱财。他们万万没想到，这是在医院发生的绑架事件，而且是以一种不准她做人流的绑架，所以所有医院的人并不认为这是一宗绑架案件，就没有报案。

真是无巧不成书，正当陈剑雄为找不到朴雪心急如焚的时候，他意外地得到了朴雪的消息。

那一天，陈剑雄在天华国际大酒店陪客人吃饭。在酒席间喝酒时，一般都喜欢侃大山，什么社会新闻、名人轶事、传奇笑话、明星绯闻等都是席间的谈话资料。

这天陈剑雄陪客人吃饭，有人说："有这样一个傻大姐，那天她在外面玩耍，突然她像有什么急事，赶紧往家里跑，有人问她，傻大姐你这么急着跑回家做什么？傻大姐挺认真地说，我妈说的，肥水不流外人田，把尿屙到家里，妈妈每次给我一毛钱。那人说如果我搭一泡尿去，你岂不是要得两毛钱？傻大姐一想是呀，这不是占便宜了吗？于是就让那人撒了一泡尿。傻大姐急忙跑回家对妈说：妈！你今天要给我两毛钱。妈问为什么？傻大姐说，今天有人撒了一泡尿回来了。她妈听了急得直跺脚，哎哟！我的宝崽咧！你上当了啊！"

说得大家哄堂大笑。

听完这个笑话，陈剑雄忽然被邻桌一个人的谈话吸引。谈话的是天然生物药品有限公司的彭总。只听他说："如今世道不同，无奇不有。有愿花二十万借肚生崽的，也有把人关起来不让人做人流的。还有金屋藏娇，外室生子等等。"听者知道必有好故事说，都停杯听他说新闻。

只听他接着说："前一阵子有条传闻不知你们听说没有？当时在金阳闹得沸沸扬扬，说什么是真正的郎财女貌，是天下的绝配。当时有许多人不信。认为这不可能，最多的钱都买不到她的心。现在事实证明，不可能变成了可能。现在已经快生孩子了。"

其中有位听者插言："你是说黎明会计师事务所的大美人朴雪和神州大酒店的大老板莫学剑的风流逸事吧？"

"可不是！你老兄还颇有见识。前段大家都说不可能，可如今朴雪的肚子都搞大了。朴雪未婚先孕，面子上过不去，坚决要把孩子打掉，可莫学剑到口的肥肉哪能吐出来呀？他不同意。两人意见不合，你们猜这个莫总怎么样？这种事真是只有莫总才做得出来。"

"一个不愿生，一个硬要生。这样的奇事人间少有。莫总怎么样呢？"

"我们这位莫总有性格，他不管你同不同意，先把你抓起来再说。如今他把朴雪抓到他的别墅里每日好饭好菜供着，不让朴雪上医院做人流。等到肚子大了，那时候不生你也得生。"

陈剑雄听到这儿大吃一惊，原来朴雪是被莫学剑绑架生孩子去了。莫学剑凭着几个臭钱，真是无法无天，什么坏事都做得出来。他再也没兴趣听他们摆龙门阵了，赶紧离席往公安局

跑去。

一辆警车在龙凤山庄停下，陈剑雄带着四个公安人员从车上走下来，直扑别墅的大厅。

快进大门，一位保安朝陈剑雄打招呼：

"嗨！陈哥！好久不见呀！"

陈剑雄回道："哦？是满弟！你什么时候做起保安来了？"

"别说了，手头不顺，亏了一大节。没办法，只好当保安混口饭吃。"

陈剑雄没想到在这儿遇故交。他突然脑子一亮，说不定能从他身上打听到什么。他冲公安局带队的刘队长说："刘队！你们先进去，他是我多年的朋友，好久不见，我和他聊聊。"

"好！你们聊吧！"说着，刘队带着几个警察进去了，这时，莫学剑笑容可掬地从里屋走出来迎接他们。莫学剑连声喊请坐请坐。警察们在沙发上坐下，莫学剑给每人送上一包兰色芙蓉王，然后笑着问道："刘队长近来可好？"

"好着咧！莫老板，我们明人不做暗事，你一定知道我们的来意了。"刘队长接过烟单刀直入问道。

"刘队长，你说得我好糊涂！什么明人不做暗事？我做了什么违法的事了？"莫学剑故意装傻。

"听说朴雪在你府上，你快叫她出来吧！"

"朴雪！哪个朴雪？"莫学剑仍然装傻。

"就是黎明会计师事务所的所长，你难道不知？"

"哦！听说过，听说那是个大美人！她怎么会到我家来？"

"莫总，响鼓不用重锤，你也是金阳市有名望的人，她若是在，你就把她放出来算了，我们也不再追究了。"

"她不在！你叫我放什么？我们非亲非故，她到我家来干啥？"

"你说不在，能不能让我们进去看看？"

"可以。你要搜查，先到人大去办个手续吧！"

刘队长一听，知道他拿出杀手锏来了。他是市人大代表，轻易动他不得。只得说："莫老板，我是提醒你，非法拘禁公民这是犯法行为，你不要犯了法还不知道。"

"谢谢你提醒我，如果能得到一个喜欢的人，坐两年牢又算什么？"莫学剑言不由衷地说。他是在暗示，这是爱情问题，刘队长你休管闲事。

刘队长一听这话，便知端倪。他嘿嘿笑了一声说："嘿嘿！想不到莫总也是个情种啊？"刘队在心里琢磨，这事该怎样处理呢？莫学剑一口咬定朴雪不在他这儿，真要搜查，还得颇费一番周折。但从莫学剑刚才的回话中，又明明承认朴雪在这儿，不过不为别的，是因为他喜欢她，愿意为她违法坐牢，并非什么刑事案件。既如此，我何不多一事不如少一事呢？管这闲事干什么？

想到此，他便说："既然如此，这纯属你们个人的私事，我们就不打扰了。不过莫总，不要做得过分啊！"

"是！刘队，到时候请你来喝杯喜酒啊！"

"行！只怕到时喜酒红蛋一块吃吧！"刘队长开了句玩笑。因为莫学剑是为情所困，即使朴雪在这儿，他也不想再管这闲事了。何况莫学剑是金阳响当当的人物，不那么好对付。

如今人们办事，都是"少吃咸鱼少口干"，多一事不如少一事。说着一行人便打道回府。

当刘队和莫学剑在客厅里打哈哈的时候，陈剑雄与满弟在偏房内聊得正起劲。

一番客套之后，陈剑雄单刀直入问道：

"满弟，你每天都在这儿值班？"

"嗯！我负责巡逻。"

"你武器都没有，巡个什么逻？"

"有！我告诉你，我们还有枪呢！只是一般情况下不拿出来。"

"哦！私藏枪支，那是要犯法的。"

"我们莫总是什么人？你还不知道吗？他才不怕咧！告诉

你，公安局的局长是他的哥们。"满弟悄悄地说。

陈剑雄这才相信，目前社会上流行一句话，凡是开酒店、办夜总会、洗脚城和赌场的都有人罩着，没有后台老板撑腰，你一天也混不下去。看来此话是一点不假。

"喂！满弟我问你，前两天你们这里抓进什么人没有？"

"有哇！这件事真有点好笑。莫总抓的不是别人，是个孕妇。他抓她不为别的，就是不让她流产。"

尽管陈剑雄已听到传言，说朴雪已经怀孕，但他压根儿就不相信，这怎么可能呢？凭朴雪的为人，她绝不可能做出这种事来。那些流言总归是流言。可是这话从满弟口中说出来，他就不得不信了。满弟是什么人？是他多年的生死朋友。难道朴雪真和莫学剑到了怀孕生子的分上了？可是为什么朴雪要做人流，而莫学剑又不让她流产呢？甚至非要把她抓起来呢？看来其中恐怕大有文章。

这时刘队几个人走出来。刘队喊道：

"陈剑雄你走不走？我们走了。"

陈剑雄应道："我走！我就走！"

在车上，刘队长对陈剑雄说："问世间情为何物，直叫人生死相许，你就别瞎操这份闲心了！"刘队不知陈剑雄与朴雪的关系，说得很直率。陈剑雄听着却有点莫名其妙，无言以对。

陈剑雄回到办公室，长久地回味着刘队长"问世间情为何物？直叫人生死相许，你就别瞎操这份心了？"这句话。这是什么意思呢？"直叫人生死相许"这句话他当然熟悉，这是金庸武侠小说中的一句名言，现在社会上非常流行，他岂能不知？可是刘队长用到这儿是什么意思呢？难道说莫学剑对朴雪是真正用情了？如果真是这样，刘队长你可大错特错了。谁不知道莫学剑是个玩弄女性的老手，被他玷污过的女人何止七个八个。他能对朴雪真正用情吗？他只是贪图朴雪的美色而已。可是为什么朴雪怀孕了呢？难道她与莫学剑真正好到了生儿育女的程度？朴雪真会爱上这个流氓头子吗？如果说他以前怀疑朴雪攀高枝、攀上了莫学剑这个大老板，那只是因为社会上的传言，使他不得不产生怀疑，并且这成为了他们之间的阻隔。但是那还只是自己的一种猜测、一种怀疑而已，难道怀疑变成了现实？有时候人就是这样，当事情还只是一种怀疑，一种揣测的时候，人还不是那么太经意，太认真。可是一旦变成了现实，就无法接受这种打击了。陈剑雄此时就是这样，痛不欲生。他简直无法控制自己，他想到了轻生。他万万想不到自己的一份深情，一份真爱，就这么付之东流了，可爱的朴雪就要弃他而去了。爱情折磨着他，他又病倒了。他只觉得四肢无力，食欲全无，躺在床上一动也不想动。他真想就这么躺着，永远不再起来。陈母见儿子这样，只有叹气，毫无办法。陈剑雄把自己关在房内整整躺了两天，他实在想不通，凭他对朴雪的了解，朴雪绝对不是这种人，她绝对不会爱莫学剑有钱。可是事实偏偏差强人意，不是他所想像的，这实在太不可思议了。在痛苦之余，突然，他脑海里灵光一闪：如果没有发生意外的话，为什么她不和我联系呢？为什么她会丢掉工作保胎生孩子呢？尤其是金阳子公司的审计工作已到了关键时刻，她会屁股一拍，丢下不管吗？这不是朴雪的性格。左思右想，他觉得很不对头。尤其他想如果他们真正相爱，为什么莫学剑要把朴雪非法拘禁呢？想了许久，他觉得这些问题实在难以解释。唯一的解释是朴雪不愿意生孩子，不想让莫学剑的阴谋得逞。可是莫学剑却要她非生不可，所以才把她拘禁起来。想到此，他的心豁然开朗。他想当务之急就是想办法把朴雪营救出来。为了事务所的工作，为了金阳子公司的审计，我一定要把朴雪救出来。万一救错了，她要怪就让她去怪吧！而且时间不能拖了，一来事务所离不开她，工作上耽误不起。二来时间长了，长则生变，什么事情都可能发生。现在想通过公安局去救人，依靠刘队长这个糊涂警察肯定是不行了，何况莫学剑是人大代表，搜查他的住宅，谈何容易？现在只有靠自身的力量，既不打草惊蛇，又保证朴雪的绝对安全，要神不知、鬼不觉地把朴雪偷出来。可是又怎么去偷呢？陈剑雄冥思苦想，煞费思量。整整思索了两天，可就是想不出一个好办法来。

　　这天，陈剑雄正在办公室给满弟打电话，了解朴雪的情况。满弟告诉他，朴雪已经绝食四天了，可精神还挺好的。听说是莫学剑在水中暗暗加了东西。所以朴雪才不至于死。陈剑雄一听，才知朴雪一直在绝食。他方才明白朴雪的确是被绑架，并无与莫学剑生儿育女之说。可是她为什么会怀孕呢？而且莫学剑认定是他的，不准她流产呢？这的确是一个不解之谜。

　　陈剑雄放下电话后，长久地思索这个问题。这时刘细妹推门走了进来。也许是陈剑雄思念过度，精神产生恍惚，窄一看，他以为是朴雪回来了。当他恍过神再看时，才知是刘细妹进来了。他仔细一看，刘细妹倒真有几分像朴雪。她那脸型、那身段都有几分像，就是没有朴雪那般高贵、那么俊气逼人、那般使人想看而又不敢多看的气质。相比之下，刘细妹显得平庸俗气，朴雪显得高雅、风姿绰约。

　　但此时陈剑雄却脑子一亮，突然一个营救朴雪的绝妙方案在他脑海中形成。

　　晚上，他和满弟通了个电话，了解到莫学剑不在山庄的时间。满弟告诉他，莫学剑一般白天不在家，不是去神州大酒店，便是上市里开会。陈剑雄听后更胸有成竹了。

第十五章

　　这一天，龙凤山庄门前来了五个人，清一色都是三十岁左右的年轻人。为首的便是陈剑雄，另外还有刘细妹、曾庆等人。他们来到龙凤山庄，门卫不让进。陈剑雄说是莫老板请我们来搞评估，并出示了一份委托合同。门卫拿着合同左看右看，有些不信。说莫总没有交待，他无权放人进去。这时那位搞巡逻的满弟过来证实："张师傅！莫总出门时曾交待我，说今天有搞评估的过来看房子，要我好些接待。"

　　满弟是自家人，门卫一听，不得不信。但他仍不放心，要给莫总打电话落实。满弟见状有些生气，对门卫说："张师傅，这点小事你还信不过我，还算什么兄弟？"

　　门卫为难地还想说什么："这……"

　　满弟接着说："莫总他日理万机，你这么一点小事都去麻烦他，你不是讨骂吗？"

　　门卫见他如此一说，也很为难。沉吟一会，才叫陈剑雄在会客簿上登了记，然后放五人进去。陈剑雄等人进去后，佯装各处看看，对整个别墅大体进行了测量，对房屋的整体结构进行了探测、照相。接着他们对别墅的每一间房间的面积进行了观察和测量。当他们来到关押朴雪的那间卧室时，见门口站着两个彪形大汉。陈剑雄见状，心想朴雪果然是关在这儿。他装着故意不知，问满弟："满弟！难道你们这里还有监狱？还关押犯人？"

　　"没有没有！这是我们大小姐的闺房，自她出国后便一直

空着。最近几天来了一位特殊的客人，老板为了她的安全，专
门派人守卫。"

"这是位什么尊贵的客人啊？如此重要？"

"不知道。我们这里不让你知道的，千万别打听。"

陈剑雄说："为了不遗漏财产，这间房子我们也得看看，
丈量一下面积。"

两个彪形大汉却挡在门口不让进去。其中一个说：

"进这间房得有莫总的手谕，否则谁也别想进去。"

陈剑雄听后两手一摊，无可奈何地说：

"这就没有办法了，这间房子我们只有不评了。"

这时满弟说："那怎么行？今后漏掉一笔资产谁负责？老
赵，莫总的脾气你不是不清楚，这时候他可以这么说，等到他
醒悟过来，他就会那样说了。我们做下人的是吃罪不起的。"

那位姓赵的彪形大汉一听满弟说得也有道理。在这儿做
事，不明不白地受一些冤枉气是常事，若是误了老板的事，轻
则是一顿臭骂，重则可能滚蛋。但老板明明交待，除了那位送
饭的小姐，谁也不许进。今天怎么能让这些人进去呢？他犹豫
再三，拿不定主意。陈剑雄见他犹豫不决，便说：

"既然这位先生不让进，我们就不进去了，反正这么多财
产，少评一间房子也不大紧。是这位先生不让评，今后莫总追
究起来，我们有个交待就行了。"说着便带人欲走。

一般的彪形大汉都是四肢发达、头脑简单，老赵听陈剑雄
这么说，这不明明是把责任往他头上推吗？他怎么承担得起？
见他们欲走，便有些急了，忙叫住道："慢走！这事好商量。
也不是我硬不让你们进去，莫总是下了死命令的，不让任何人
进去。你们既然是有公事，我也不好阻拦。这样吧！你们进去
量一下，人不要进这么多，就进两个人吧！弄完赶快出来。"

陈剑雄说：

"不行，要进就进三个，两个拉尺的，一个做记录的。"

"三个就三个吧！快进快出！"说着老赵敞开了一点门。

刘细妹带着曾庆，还有一个叫小高的女孩子迅速从门缝中

进去，老赵又迅速关了上门。

　　朴雪在屋内听到陈剑雄和老赵的谈话，心里好不高兴。她知道这是陈剑雄救她来了。她赶紧支撑着身子坐起来，抓起桌上未动的饭菜吃起来。一捧饭下去，她的身子立时就有了力气。她又拿起桌上的水喝了几口，身子更有劲了。当刘细妹她们进来时，刘细妹向朴雪使了一个眼色，把手上的记录本交到朴雪手上。朴雪是个绝顶聪明的人，立即会意，接过记录本假装做记录。刘细妹把记录本交给朴雪后，便与朴雪互换了衣服，像朴雪一样躺到床上。曾庆和小高装模作样量了一下面积，朴雪低着头在笔记本上记着什么，一边记一边迅速走出房门。老赵狐疑地看着朴雪，想拦住她，又怕搞错，举棋不定。陈剑雄看出了他的心思，说："你是怀疑她吗？细妹，你好好让他看看。"老赵一听，倒觉有点不好意思。老赵往屋里一看，见朴雪仍然躺在床上，便放心了。陈剑雄说："老赵叫我们快进快出，做完事赶快走吧！"

　　就在老赵犹豫间，朴雪很快与陈剑雄汇合一起，穿过大厅，离开了龙凤山庄。

　　陈剑雄一伙走后，老赵想起仍有些不对劲，便不放心地打开房门看了看，见朴雪仍躺在床上，他放心地关上了房门。

　　晚上，莫学剑驱车回来，下车后径直往朴雪的卧室走去。走到门口他问老赵："她今天吃饭了吗？"

　　"吃了！她把送去的饭菜都吃光了。"

　　"好！终于回心转意了。"莫学剑高兴地说。

　　他推开房门，见朴雪躺在床上，高兴地叫了声：

　　"朴所，你想通了！这很好！我会给你幸福的。世界上没有我得不到的东西。"莫学剑得意地说。

　　莫学剑动手欲抱朴雪。刘细妹霍地坐了起来，朝莫学剑脸上"啪！啪！"两个耳光。嘴里骂道：

　　"你这流氓！畜牲！你要干什么？"

　　莫学剑见欲抱的不是朴雪，是个陌生女子，不由大吃一惊，喝问道："你是谁？为什么到我龙凤山庄来坏我的好事？"

"我行不改名，坐不改姓。我是黎明会计师事务所的注册会计师刘细妹，你要把我怎样？"

"好！你真狠！你坏我的好事，我要叫你走着进来，爬着出去！"

"你敢！老实告诉你，现在警察已经包围了龙凤山庄，只要你六点钟之前不放我出去，他们就会进来，不信你试试看！"刘细妹这几句义正严词的威胁话，倒真叫莫学剑吃惊。警察是来过了，说明他们已盯上了这儿，刘细妹的话不会有假。这时刘细妹继续喝道："你私设牢房，私设公堂，这个罪你担当得起吗？"

刘细妹这可不是唬人的话，莫学剑从小就是个流氓，公安局不知是几进几出了。这些年当起了大老板，对法律他也懂得多了，他知道这件事明天传出去，立即就成为轰动金阳市的爆炸性新闻。他知道有人想动他，可就是找不到他的证据，抓不住他的把柄。今晚若是警察进来，看到他无缘无故刑讯一个弱女子，可不是让他们逮个正着。千万不可以阴沟里翻船，为了一个女人败坏自己艰辛创造起来的家业。不如不动声色掩饰过去算了。想到此，他立即怒喝道：

"你滚！你立即从我面前消失，否则我把你剁成肉酱！"

刘细妹听他一说，也大大咧咧地说：

"哼！这臭地方我一分钟也呆不下去了。少陪了！"

说着"噔噔噔"走出房门，扬长而去。

龙凤山庄门外，有人正在车上等刘细妹。见她从里面出来，立即叫她上车，然后发动汽车，一溜烟跑了。

陈剑雄开车将朴雪送回她的住所，这次朴雪没有拒绝陈剑雄上她的家。汽车在一排鸽子笼式的厂区宿舍楼前停下，陈剑雄扶着朴雪走下汽车。尽管在龙凤山庄已吃了一点东西，但终究饿了四天，朴雪身子还十分虚弱。朴雪租住在一楼，原先这户宿舍是金阳机电厂一位工人住的，如今这位工人搬进了新楼盘，就把这房子租给了朴雪。这还是欧阳明在世时做的好事，当时朴雪在当洗车工，欧阳明把她解救出来，没地方住。欧阳明是金阳机电厂的老职工，在厂里熟人多，通过关系找到了这户房子。当时是想临时住一下，不想这一临时就临时了六七年。朴雪也没有刻意去追求房子，她对这一室两厅一厨一卫的房子还算满意。她一个人住这么大房子在当今还算是一种奢侈，所以就没有去换房子。陈剑雄扶着朴雪进门，不知朴雪是支撑不住，还是想对陈剑雄表示亲热，她将身子靠在陈剑雄身上，靠得很紧。这是她第一次对男人表示这样的亲热。朴雪掏出钥匙开了门。走进家门，朴雪感到无比的亲切，离开这里虽然只有几天，却恍如隔世。她终于逃出了虎口，又回到了自己的家。她由衷地感谢陈剑雄救了她。她对陈剑雄说："陈剑雄！谢谢你救了我！没有你，我还不知能不能回到这个小屋呢？"

陈剑雄说："快别说了！换了谁都会设法救你的，何况我是你的助手。"

朴雪家中比较简朴，除了一些应用的家具外，并没有什么别出心裁的装饰。房子倒收拾得十分整齐干净，给人一种新鲜明快之感，体现出一种少女的亲纯。进门后，陈剑雄扶着朴雪在沙发上坐下，朴雪歉意地说：

"真对不起，第一次上我家，没什么东西可招待你！"

陈剑雄说："快别说这种话，要你什么招待！你想吃点什么？在家做还是上街去买？"

朴雪说：

"我现在最想吃的是米粉，你给我到小妹家去端碗米粉行不行？你还没吃中饭吧？荤菜冰箱里有，你顺便带点青菜来。"

陈剑雄答应一声便出了门。朴雪要给他钱，陈剑雄坚决不受。

陈剑雄走后，朴雪强撑着身子寻了块抹布抹洗屋内的家具。她是个很爱清洁的姑娘，离家这几天家具都没抹，落了不少灰尘。

一会，陈剑雄推门进来，一手端着一碗热喷喷的米粉，一手提着一包白菜。

朴雪接过米粉，说声："谢谢！"便狼吞虎咽吃起来。

陈剑雄看着她那吃相，十分同情。便问：

"要不要去医院住几天，恢复一下身体？"

朴雪边吃边回头说："不用！我是饿坏了，并没什么病。我身体结实，吃点东西就恢复了。"

"你真有性格，为什么要绝食啊？"

"我这次是受了奇耻大辱！"朴雪说着，声音颤抖，说着就要哭了，好像受了天大的委屈。

停了一会，她才又说："剑雄！有件事我早就想给你说，可是我无法开口。我对不起你啊！"平常朴雪都是叫陈剑雄，今天一声剑雄，把陈剑雄心都叫酥了，也把他们的距离一下子拉近了。陈剑雄只觉得心暖暖的，浑身软软的。他觉得朴雪的这一声呼唤，是一种心的相印，也是一种爱的传递。然而他又觉很奇怪，她有什么对不起我的呢？从说话的口气，他知道朴雪受了很大的委屈，而且事情很严重。于是呆呆地望着朴雪说："有什么委屈你就痛痛快快地说吧！"

"可我以为是你啊！我都是为了你，我是为了你才献出了身子！"

陈剑雄越听越糊涂了，他说：

"你说的我都听不懂，你慢慢说，到底怎么回事？"

"你还记得吗？那次我们到胭脂湖去玩。"

"记得。就是那个晚上后你对我的态度全变了。我好痛苦啊！那晚到底发生了什么事？"

"你知道吗？我们那次出游，完全是莫学剑这个流氓设下的圈套。"

"圈套？什么圈套？"陈剑雄吃惊地问。

于是朴雪把那天晚上在梦中如何对陈剑雄思念，结果被莫学剑乘虚而入。她误将莫学剑当作了陈剑雄，与之交合。清晨发现错了悔之不及，对莫学剑恨之入骨。她以为是陈剑雄合伙害她，所以对陈剑雄也痛恨不已，从此对他不理不睬。这次你设计把我救了出来，才知你对我是一片真心，我错怪了你。陈剑雄听了朴雪的叙述，才知郝志道安排他和朴雪出游，完全是莫学剑设下的圈套，才明白他们为什么要他和朴雪谈恋爱。原来自始至终是一场阴谋，并不只是为讨好贿赂朴雪，他被人要了还不明白，顿时不由咬牙切齿狠狠骂道：

"这流氓！这畜牲！真该千刀万割！"

"可是麻烦的是我怀孕了！我怀上了莫学剑这流氓的孩子。"朴雪焦虑痛苦地说。

"什么？你怀上了他的孩子？"

尽管这个事实陈剑雄早有预料，可从朴雪口中清清楚楚地说出来，不由仍然大吃一惊，惊讶得合不拢嘴。

"莫学剑这流氓早已对我垂涎三尺，非要得到我才甘心。我本想把孩子拿掉，不知他怎么得知消息，从医院把我绑架到龙凤山庄囚禁起来，逼我生下孩子，达到占有我的目的。"

"所以你才绝食反抗，你真是个了不起的姑娘。没什么问题，明天我们找家秘密一点的医院把孩子拿掉就是。"

朴雪见陈剑雄一点也不怪她，反而情真意切，情意殷殷，心里非常感激。她直盯着陈剑雄问：

"剑雄！你真好！你不会怪我吧？"

陈剑雄说：

"你是为了我才受的辱，我爱你还来不及哩！怎么会怪你？"

"你真好！"一向性格坚强的朴雪此时变得柔情似水、万般缠绵，表现出女性的温情。她米粉都不吃了，撒娇倒在陈剑雄怀里说："你不会瞧不起我吧？以后永远不准再提此事！"

"不会！我发誓以后永远不提此事。"

朴雪躺在陈剑雄怀里像小孩一样说："好！我们拉钩。"说着她仰着脸望着陈剑雄伸出小指头。陈剑雄也伸出小手指，两指相勾，朴雪说："拉钩上吊，一千年一万年不变心。"陈剑雄跟着朴雪一块念着。念完，一阵深深的爱意浸过陈剑雄全身。陈剑雄紧紧地抱住朴雪，恨不能两体融为一体。朴雪伸出双臂，紧紧搂住陈剑雄的脖子。陈剑雄将嘴唇凑向朴雪，朴雪

闭上了双眼，让陈剑雄深深吻她的嘴、吻她的鼻子、吻她的眼。两颗心在激烈地跳动，一股幸福的暖流从两人心中升起，漫过全身。他们忘记了痛苦、忘记了苦恼、忘记了忧患、甚至忘记了山川、忘记了江河，似乎世界都不复存在，两人心中只有你我。唯一没有忘记的，是他们永恒不变的爱恋。他们第一次深深地两情依依、长久亲吻，表现出一种最原始的本性。

朴雪上班后，小曾送过来一份通知，说："市注协通知明天开所长例会，不准请人代替。谢天谢地！你正好回来了！"

朴雪接过通知，溜了一眼："好！明天我去。"

小曾接着说："省Q委来了电话，说我们报送的锰业公司的资料还要你亲自去说明一下。"

朴雪一听，心里不由一震。立即想到那天去省Q委的情景。

锰业公司这事省Q委纠缠好久了。本来会计师事务所负责破产清算，只要清算报告出来了，债权人会议通过了，会计师事务所就算完成任务了。可是省Q委在核报所欠职工工资和补报医药费时，他们怀疑数字大到数千万不可思议，于是想到了会计师事务所：数字是他们出的，叫他们来说清楚，这比我们省Q委自己到厂里去核实省事多了。于是一个电话打到黎明会计师事务所，叫所长带锰业公司的资料来省Q委汇报。朴雪接到电话后，带着有关资料去了。开始朴雪就声明，我们是经营单位，是有偿服务。你们如果对数字有怀疑，可以委托一家会计师事务所来核实。我们对数字负法律责任，搞错了该赔的赔，该负刑事责任的负刑事责任。省Q委的一位女科长听她这么一说，立即很反感。哼！我堂堂省Q委还调不动你一个会计师事务所吗？首先从脸色上就没给朴雪好颜色看。她说：

"在你们的报告中把应付工资和补报医药费的数字搞起这么大，你叫我们怎么审呀？你这不是伙同企业来骗取国家的钱吗？国家的钱可不是那么好骗的！"

朴雪一听心里也有些火了，什么骗不骗的，说得多难听！她说："科长贵姓？哦！周科长你不知道下情。锰业公司是一个一万多人的企业，停产停了十多年。这十多年来未发职工工资，补发五千多万能算多吗？这十多年未报职工医药费，现在补报一千多万也是应该的呀。你们说要看发票，你不给人家钱，人家可能给你发票吗？所以只能预报，多退少补。至于你们在审核过程中对数字有怀疑，请你们去核实呀！核实数字应该是你们的工作范围吧！你们可不能把会计师事务所当作你们的下属单位，可以以上压下、以大压小。为了配合支持政府的工作，我们按你们的要求呈送了三批材料，如果你们还不满意的话，我们就没有办法了。"朴雪说得也很不客气。那位周科长这时沉不住气了，哪有下面的人这样对她说话的？她说："我不跟你争！这样吧！我们张处长就在隔壁办公室，你去跟他说！"

当朴雪进入张处长办公室的时候，张处长在办公桌后正襟危坐。见朴雪进来，他劈头就问：

"要你们送点材料你们还不乐意吗？"

朴雪见这阵势，知道来头有些不对。她好言说："不是我们不乐意，也不是我们不配合，我们已经报送三批材料了。你们提出的问题，在我们的材料中都可找到答案。"朴雪没有说你们自己去找。倒是这位张处长很敏感，他立即意识到是要他们自己去找。他桌子上一巴掌，喝道："你的意思是要我们去找喏？你那么几尺厚的材料我们上哪儿去找？要你们会计师事务所干啥？"

朴雪还想说什么，那位张处长桌子上又是一巴掌：

"你说你们搞得搞不得？你搞不得我们也有注册会计师（外行话），你三天之内搞不出来，我撤了你们会计师事务所。（又是以权作势的外行话）"

朴雪见他那粗暴的凶相，知道和他说不出理来，便回敬了一句："好吧！那我就等着你撤我们所吧！"朴雪想难道你公务员就是一等公民，我们注册会计师是二等公民？你们以为会计师事务所是好捏的泥巴砣，会听你的摆布？所以小曾说省Q委通知她再次汇报情况，她十分反感。她想我就不去，要撤所就让你去撤吧！最后她拿定主意，不去理它，坚持没有去省Q

委。可是事后她到底心里不踏实。俗话说："民不与官斗"，万一财政厅、省注协也来个糊涂官管糊涂事，那可就惨了。想到此，朴雪心头不却又蒙上一层沉重的阴影。

第二天，朴雪去市注册会计师协会开例会。朴雪提名陈剑雄为优秀所长助理。会后，朴雪向市注协贺秘书长汇报了去省Q委报送材料的情况。贺秘书长听后说：

"不要怕！他有什么权力撤掉一个会计师事务所？他以为会计师事务所是他家办的，爱撤就撤吗？我们是依照《中国注册会计师法》设立的合法机构，不是谁想撤就撤得了的。这说明这些当官的要权要惯了，一点也不懂法。"

听了贺秘书长的话，朴雪心中踏实了，也轻松多了。回到所里，他给省财政厅和省注册会计师协会写了一份报告，详细汇报了事情的始末。

过了不久，贺秘书长告诉朴雪，省Q委在那位张处长的力举下，向省财政厅，省注册会计师协会发了函，要求撤销黎明会计师事务所。他们的无理要求，遭到了康厅长和朱秘书长的严词拒绝。康厅长说："会计师事务所是经营单位，政府部门要他们做事，理所当然是有偿服务，你不能说不配合你们的工作就撤人家的所嘛！这是不合法的。如今我们的工作理念也要变了，把会计师事务所视同下属机构以上压下是不行的。"

省Q委有关人员无言可对，最后只得不了了之。贺秘书长对朴雪说："你不用担心，没事了。好好执业吧！"朴雪非常感谢省市财政和省市注协的领导，心中一块石头总算落地了。

从此，朴雪和陈剑雄如一对双飞的蝴蝶，经常双进双出、双宿双飞、形影不离，真是"一日不见如三秋兮"。两人感情日笃，如胶似漆、水乳交溶。如果不是那位美商罗伯特邀请陈剑雄去美国考察，他们早该筹备结婚了。

无情的海啸让朴雪痛不欲生，她想到他们一路恋爱的艰辛，朴雪心如刀绞。她伏在沙发上痛哭一阵之后，稍许整顿了一下自己的情绪。他不相信老天会这么无情、会夺走她历尽艰难寻到的幸福、陈剑雄会这么快就离她而去。朴雪是个性格刚强的姑娘，她要向命运挑战。虽然法院已宣布了陈剑雄失踪了。但是他不相信陈剑雄这么快就离她而去。生要见人，死要见尸，古时候孟姜女能千里寻夫哭倒长城，为什么我不能海上寻夫呢？在一阵痛哭之后，她决心到海上去寻找陈剑雄。

　　陈剑雄在孤岛上同时想到这些，也无限思念朴雪。朴雪的音容笑貌，清楚地呈现在他脑海。他无声地呼唤着："朴雪呀！朴雪！你在哪里？你在哪里啊？我好想你啊！你快来救我吧！"一会儿他又想起了朴雪的工作，不知金阳子公司的审计作完了没有？郝志道是否伏罪了？莫学剑是否还在纠缠她？想着想着，他慢慢地进入了梦乡。

　　一周之后，朴雪收到了保险公司的通知，要她到上海去领取陈剑雄的理赔款，赔款额度高达两百万。几乎同一时间，当地保险公司也通知朴雪，因为陈剑雄买了两份意外保险，也应赔偿他一百二十万。朴雪接到通知大哭起来。原来陈剑雄在保单上填写的受益人都是朴雪的名字。朴雪被陈剑雄这份真情深深感动，由此可见陈剑雄对她爱之深、爱之切，为她用心良苦。她止不住的泪水又往下滚落。陈剑雄别无亲人，只有一个老母，一个妹妹。妹妹陈明珠已经出嫁，老母伴陈剑雄一块生活。陈剑雄本来还有个兄弟，在98年特大洪水中被冲走了。"黄梅不落青梅落"，陈剑雄出事后，老母想起两个儿子都惨遭不幸，不觉悲从心来，哭得死去活来，痛不欲生。朴雪强忍悲痛，安慰老母说："我虽没有和剑雄结婚，但我生不能做他的人，我死后也要做他的鬼。您老放心！我就是您的女儿，我替剑雄尽孝尽忠，给您养老送终。"她跪到老母跟前连磕三个响头。老母连忙将她扶起来，止住泪说："娘知道，你是个孝顺的孩子，娘放心。可是我一想到剑雄胸口就痛，眼泪就止不住啊！"
　　朴雪领到理赔款后，给了妹妹陈明珠五拾万，其余给老母

生死相守

开了一个存折，全部存到老母名下。

有了资金，朴雪更坚定了去海上寻找陈剑雄的决心。

朴雪是个想干就干的人，她把想法跟老母说了，又跟妹妹明珠商量，明珠也同意出海。朴雪决心万里寻夫，来一次海上探险。可是金阳子公司的审计未完，朴雪一时离不开身，暂时还不能走。好在金阳子公司的审计已近尾声，朴雪计划在一周内完成。完成后她把工作暂时交给孟总，实现她的海上探险。

可是一个突发事件改变了她的计划。

这天早上，朴雪刚刚起床，还没有来得及刷牙洗脸，突然手机响了。朴雪打开手机，一个不太熟悉的声音传来，声音颤抖着，显然是在哭泣："我……是……孟国祥的……女儿，我父……昨晚……心肌梗塞……过世了，您能不能……上我家来……一下？"

朴雪一听，脑子"轰"地一声，全身都麻木了。她立即回答："好！我立即就来。"放下手机，简单地漱洗后，立即开车奔往孟总家。在路上，她给出纳打了个电话："张会计，孟总昨晚过世了，你马上取一万元钱送往孟家，手续我到所里补办。"

朴雪到孟家的时候，孟家已经哭成一团。孟总停尸在客厅的一块门板上，孟妈妈已哭得呼天抢地、死去活来。两个女儿在一旁扶着母亲，也是哭声哀哀、泪流满面。只有他儿子在电话联系灵柩等事宜。朴雪进门，孟总的儿子孟真忙招呼："朴所！请坐！"朴雪点了一下头，但并没坐下，她掏出手机联系办公室的小曾，叫她联系所里有关人员马上来孟家帮忙。

不一会，所里的人员陆续到了。很快灵堂搭起来，水晶棺材也运来了。大家七手八脚将孟总装殓入棺。朴雪又打电话到省市注册会计师协会报丧。孟总是九三学社社员，又是省市政协委员，朴雪又给九三学社市委和省市政协报了丧。

丧事举办得隆重而又热闹，中、西两班乐队吹吹打打热闹了两天两晚，鞭炮声几乎不绝。省市政协、省市注协、九三学社市委、黎明会计师事务所及兄弟所等单位都送了花圈，都派人前来吊唁。大家对这位劳苦功高，给社会作出了一定贡献的注册会计师做了很高的评价与应有的肯定，使人想到人生达到如此境界足矣。灵堂的挽联是市注协贺秘书长亲自撰写，上联是："二十年呕心沥血只为社会审计独立客观公正劳苦功高"；下联是："十春秋含辛茹苦唯有传承文化修身为国齐家丰碑硕果"。贺秘书长在追悼会上说："……我们注册会计师一要吃得苦，二要吃得亏，三要耐得劳，四要行得正，五要不爱财。孟国祥注师一生行得正、坐得稳，他是我们所有注册会计师的楷模……"

　　所有在场的注册会计师听了这番话都深受感动。想到孟总平时的为人，平时的作风，的确有许多感人的事迹，不少人禁不住感动得流下了眼泪。

　　孟总走后，朴雪失去了一支有力的臂膀。平时事事都有孟总相帮，如今孟总走了，她感到心里十分空虚，自然又想起了陈剑雄。此时若有陈剑雄在，那又会好一点。如今左右两个臂膀都走了，她心里有种孤独感，于是更加思念起陈剑雄来。她决心到海里寻他一趟，是死是活都要把他找回来。好在金阳子公司的审计报告已经发出，交给张总送到北京去了。会计师事务所暂时没有什么事情要做，正好给了她一个空隙，其他业务她想委托刘细妹签发便可以了。经过一番准备，她和陈明珠两人便启程去上海。

　　临走那天，陈母再三叮咛嘱咐，不管找未找到，都要早去早回。会计事务所的同事们也依依不舍，送她们送到机场。

　　自此，朴雪和陈明珠开始了海上航行。

生死相守

第十六章

　　在医生的精心治疗下，高明终于脱离了危险期，心脏恢复了正常。但身体还十分虚弱，需要一段时间的调理。

　　这天天气十分晴朗，瓦兰色的天空天很高，云很淡。金色的阳光如同美酒洒向人间。树叶在阳光的沐浴下，显得格外清新、亮丽。草地被修剪得十分整齐，如同一片绒毛。鲜花在花坛中怒放，争妍斗艳。小鸟在树枝上歌唱，像上帝派来抚慰人们心灵的天使。周围的一切，是那样美丽，那样温馨，那样和谐。高明在护士陪同下踱着步子来到医院花园晒太阳。在和熙的阳光照耀下，他的心情徒然变得十分开阔明朗。突然，高明发现寒梅坐在轮椅上，被护士推着从那头走来。他心情十分激动，便向寒梅走去。高明向寒梅打招呼：

　　"寒梅！你也出来晒太阳。"

　　寒梅看见高明，心情也非常激动。她忙应道：

　　"高老师！你也来了！"接着寒梅兴奋地说：

　　"谢天谢地！医生终於把你从死神手里抢回来了！"

　　"我到阎王老爷那里报到，阎王爷说，你的《生死相守》还没写完，我不能收你。"高明风趣地说。

　　"高老师！说到我们的《生死相守》，我正要向你请教。在你病重期间，我又写了四章，等你身体好一点拿给你看行吗？"

　　"不！你现在就拿给我看。我病好了，身体好好的，经受得起。"高明说着拍了拍胸脯。

"你呀！你说我是拚命三郎，我看你比拼命三郎还拚命。你可不要勉强。"寒梅显出很关切的样子。

高明向护士使了个眼色，眼神中充满了祈求：

"我真的好了，不信你问护士。"

"他真好了吗？"寒梅问护士。

护士吞吞吐吐说："高老师……他……"

高明马上接着说："你看护士都说我好了。"

寒梅看出高明在弄鬼。她说："你别骗我了！如果我连这点都观察不到，还当什么作家？"

高明见说，忙说："我真的没事了。你别看我刚才看了护士一眼，就疑神疑鬼。"

寒梅见高明看文稿的心切，她深知一个作家的创作欲望，此时不给他看是不行的。她只得说：

"看来不给你看是不行了，你拿去吧！只许看，不准写。有什么好构思告诉我，我来写。"

"行！我保证！"高明郑重其事地说。

寒梅把手提电脑交给高明。高明为了表现他心里不是那么急切，没有立即打开电脑。两人边晒太阳边聊天，显得十分愉快惬意。为了照顾高明的身体，寒梅没有跟他聊《生死相守》，而是天南海北聊其他东西。聊了好一会，他们俩各自回到病房。

回到病房，高明马上打开电脑，很快把寒梅写的四章看完了。他觉得寒梅写得很动人、很精彩。朴雪将面临一种不平凡的海上探险生涯，这很好，提供了很好的想象空间。他禁不住又构思起朴雪的海上探险生涯来。

朴雪花重金在上海船舶租赁公司租了一艘能去公海的轮船。出发前她在网上查到了这家租赁公司的资料，并进行了电话联系，预订了船只。所以到上海后，没有费什么周折就上了船，并且很快就拔锚起航。那次海啸的发生，震动了全世界，所以船员们也都知道当时发生的具体经纬度。轮船起锚后，就直奔当时发生海啸的地点而去。轮船离港时，朴雪站在甲板上，望

着渐渐离去的港口，浮想联翩，感慨万千。就在不久前，她站在码头上,陈剑雄站在船上,两人挥手依依惜别,想不到……想不到那就是他们的永诀。朴雪心头一阵酸楚，一捧眼泪涌了上来。她忙用双手捂住脸，让眼泪从指缝中静静滚落。

"姑娘节哀，我们会全力帮助你的！"一个声音在朴雪身后突然响起。朴雪转身，不由大吃一惊。原来是陈剑雄活生生地站在她面前。她惊疑地问："你……"她几乎就要扑过去了，可刹时间止住了。剑雄明明在海上失踪了，怎么会在这里出现？难道人世间真正有鬼？但马上又想到，世间相貌相同的人很多，也许是自己对剑雄思念太切，产生了幻觉。她擦干脸上的泪，擦了擦眼睛，让心情慢慢平静下来，嘴里轻轻说了声谢谢。

那人伸出手，朴雪礼貌地和他握了握手，那人自我介绍说：

"我是这艘船的船长，姓陈，以后你就叫我陈船长吧！有什么事可以和我联系。"

朴雪平静地说：

"行！我算找到领导了。以后少不了要麻烦你。"

陈船长点了点头：

"不是麻烦，是服务。你是雇主，你才是我们的上帝。"

"我们风雨同舟吧！"

停了一会，陈船长问："刚才你见我之时，好像有惊愕之色。为什么？难道我像个吃人的妖怪？"

"不是！"朴雪微微笑了一下：

"你很像我的一个故人，也就是我这次要去寻找的人。"

"你是说我像剑哥是吗？你说对了，我和陈剑雄是对双胞胎。"

朴雪更惊愕了："什么？你和陈剑雄是双胞胎？我怎么从没听剑雄说过？也没听陈妈和明珠提起过？"

"因为她们以为我不存在了。"

"为什么？"朴雪瞪着一双疑惑的眼睛。

"你还记得那场特大洪水吗？"

"记得。那时我还小，又在北方。但我从电视上看到了当时的画面，现在还历历在目。"

"当时我和剑哥刚满八岁。洪水来时，我们正在上课，剑哥机灵，马上爬上了学校旁边那棵大樟树，我和两个同学爬上了学校屋顶。当解放军的冲锋舟来救我们时，先救了爬在树上的剑哥。当再来救我们时，屋子突然轰地一声垮了。我和两个同学都掉进水中。那两个同学获救了，可是我被洪水冲走了。我抱着一根木头活了下来，一直漂到了洞庭湖，后来被一户渔民救起。救起后我就昏迷过去了。经过渔夫两口子的救治，我醒了过来，但我什么都不记得了。"

"你失忆了？"

"是的。由于惊吓过度，我失忆了。我一直记不起我的家人。直到前几天有人告诉我，报上有个人叫陈剑雄，与我只差一个字。因为我叫陈可雄，这是养母从我的作业本上看到的，我才知道我叫陈可雄。这时我的记忆的闸门突然打开了，记起来陈剑雄是我哥哥，他只比我大一个小时。"

"你怎么没有和他们联系呢？"

"一无地址、二无电话号码，怎么联系啊？我正准备找报社哩！不想你到我们公司租船，听到消息后，我就主动接下这个单。"

"看来我们真是有缘！你妹妹就在船舱里，快去见她。"

"妹妹？我那时可没有妹妹。"

"你失踪后生的呗！快去！"

两人来到客舱，陈明珠正在清理安置带上船的衣物。朴雪叫了声："明珠！你看谁来了？"

明珠闻言抬头一看，朴雪后面跟着一个个子高挑的帅哥。她以为自己看错了人，忙用衣袖擦了擦眼睛。当看清来人是谁时，她惊喜地喊道："剑哥！你怎么回来啦？"

"你仔细看看，他是谁？"朴雪笑而不露。

明珠再次细看陈可雄，觉得有什么不对头，疑惑地问："你是……"这时朴雪说："他是你二哥陈可雄！"

明珠惊讶地跳起来："你是二哥？呀！你怎么还活着，妈

可想死你了！哇……"说着不由自主地哇地一声哭了。

陈可雄走过来轻轻拍着明珠："好妹妹！别哭了！妈……可好？"陈可雄叫妹妹不要哭，可他自己说着说着也声音颤抖，不由自主地哭了。

"她……她就是想你们啊！"说着她扑到陈可雄怀里，兄妹俩抱头痛哭。　.

朴雪在一旁想起陈妈妈，想起陈剑雄，也禁不住泪雨滂沱。

三人哭了一会，朴雪猛然想起这样的好消息应该赶快告诉陈妈，于是她掏出手机拨通了陈妈的电话。在电话里她对陈妈说："妈！我告诉你一个好消息！"

陈妈一听惊喜地问："是剑雄找到了吗？"

朴雪说："不是，是跟这消息差不多的好消息。"

"你快说呀！什么好消息？你不要消遣老婆子了。"

"是找到陈可雄了！"

"什么？找到可雄了？"陈妈简直不相信自己的耳朵。

"是呀！是找到老二了！"

"谢天谢地！这到底是怎么回事？"

"详细情况回来我给您说。现在老二就在我身边，他要跟你通话。"

朴雪将手机递给陈可雄："妈的电话。"

陈可雄接过电话，激动地叫了声："妈！"接着便泣不成声了。

那头的陈妈听到陈可雄叫妈，早已抽泣开了。一边哭着，一边问道："可雄！真……真的……是你吗？"

"妈！你……你好吗？"

"嗯！我……我很好！……可雄！你……你可要回来啊！"

母子俩路隔千里，却犹在咫尺，两人在电话中哭诉开了。最后陈妈嘱咐陈可雄一定要找到陈剑雄,把你剑哥给我带回来。陈可雄表示一定竭尽全力协助朴雪找到剑哥，兄弟俩回来给妈磕头。

轮船在海上航行了一天一夜，什么也没有看见，海上除了波涛还是波涛。偶尔有几只海鸥在船尾盘旋觅食，像几个白色的幽灵紧随船尾。它们是大海的精灵，人类的朋友。在那孤寂的大海上，人类从它们身上得到了慰藉。

清晨，火红的太阳从海面上跃了出来，在海面上落下五颜六色的波光。朴雪来到甲板上，望着那浩瀚的大海，无边无际，一望无垠，心中不觉涌上一阵阵忧虑。像这样大海茫茫，无边无际，到哪里去找啊？这一天一夜连个漂浮物都没有看到，海啸造成的那些残留物，只怕都被大海吞没了，何在乎一个人？这时她隐隐感到自己的决定是不是过于大胆、过于轻率了？过去她没有见过大海，她不知道大海是如此浩瀚，如此神秘，仿佛藏着无穷无尽的未知和奥妙，也藏着变化莫测的凶险和危机。她预料，这一趟只怕要无功而返了。但是她是个执着倔强的姑娘，既然决定了，就要走下去。现在是箭在弦，不得不发了。这时陈明珠也起来了，她轻轻地走到朴雪身后，一起看大海的喧嚣，一起看大海的波澜壮阔。

突然，明珠指着前面说："你看前面好像有个东西！"

"我也看见了，好像是个人。快叫二哥把船靠过去。"

明珠转身朝驾驶舱喊道："二哥！前面有人！"

陈可雄在驾驶舱应道："我看见了。"说着，轮船向哪漂浮物开过去。靠近一看，果然是一个人，还精疲力尽地浮在水面上待救。

朴雪心中一阵激动，难道这是剑雄？老天相助，叫我这么快就找到了他。可是她马上又否定了，如果是剑雄，在海上绝不可能活到现在。

船上放下舢板，三个水手下去把那人捞上船来。朴雪赶紧过去一看，果然不是剑雄。她有些丧气地离开了。捞上船后，那人处于半昏迷状态，躺在甲板上一言不发。水手们给他喂了一点水，他才有了一点力气。有人拿来一瓶营养饮料给他喝了，他有了力气便坐了起来，拱手向大家作辑："谢谢各位老大！

谢谢各位老大！救命之恩没齿难忘。"说话很带一股江湖气息。

朴雪见救起的不是陈剑雄，心中隐隐有点失望。待听他说出这句话来，他感到十分耳熟。细细思之，原来他说话带一种金阳口音，心中十分奇怪，难道他是金阳人？心中这么想，但并没有说出来。众水手七嘴八舌在问他为什么落海，他低头不语。陈可雄走过来喝道："去去！人家刚刚从鬼门关过来，哪有精神回答这些问题？水手长！把他先安排到水手舱休息。"众人这才散去。水手长把他拉起来，领他到水手舱休息去了。

那人走后，朴雪怀着疑团问明珠：

"明珠，你看这人像不像金阳人？"

"我也在纳闷，这人的口音好熟。你一说，我倒觉得他真有点像金阳人。"

"但不知他是什么来历？为何落海？如果他是金阳人，又熟悉海上情况的话，对我们寻找剑雄一定很有帮助。"

两人正议论着，陈可雄走过来了。他问：

"你们在说什么呢？是在议论那个被救的人吧？"

"是的，我们觉得很奇怪，他为什么是金阳口音，难道他是金阳人？"朴雪提出自己的疑问。

阵可雄说："刚才我问过他了，他说他是个渔民，不幸船遇风暴，落水后漂流至此。"

"如果他是个渔民，那肯定不会是金阳人了。"朴雪说。

"我看他没有说真话，从各方面看他都不像个渔民。我看他倒有点像海盗。"陈可雄说。

"海盗？"朴雪惊讶地说："这是怎么回事？"

"现在还不能肯定，你不要惊慌。不过我们要注意他的行动。但愿他不是海盗放出来的钓饵。"

陈可雄这么一说，朴雪心情更加紧张了。如果真是遇上了海盗，那后果不堪设想。

为了弄清那人的身份，朴雪准备和他好好谈谈。

这是一个骄阳高照的上午，太阳暖暖地照耀着海面，海面上呈着兰紫色。水波之下，好像出现了一团火球。天上海中两个太阳，把那浩瀚无际的大海烧成了一片火红。海轮又航行了一天，发现了一个海岛。为了打听当时海啸发生的情况，轮船驶向小岛，不一会便停在小岛边。因为没有港口，船无法靠岸，只好停在离岛还有一海里的海面上。轮船上放下舢板，陈可雄、朴雪和明珠及几个水手乘舢板划到了小岛上。

这是个只有两海里见方的孤岛，离那个大一点的岛屿有二十多海里，离大陆更远。岛上只住了一户人家，朴雪他们上岛时，只见一个老渔夫在晒鱼网。这个老渔夫满脸胡髭，脸色凝重，呈紫铜色，毫无生气。一头乱糟糟的头发很容易使人联想到那乌云欲倾的阴沉。是苍冥的暮色，是阴沉的黄昏。显然这是一个饱经风霜洗礼的面孔。他见朴雪他们上岸朝他走来，也不打招呼，仍然在自顾自地晒网。

朴雪走上前叫了声："大伯！您好！"

老头朝朴雪望了一眼，微微点了下头，又去忙他的活去了，根本不答理朴雪。

朴雪见状，知道这是个怪老头，一时无法沟通。她张眼四望，四周静悄悄，只有被摧毁的房屋的残基和被水冲刷浸泡过的痕迹。除老头之外，似乎别无他人。

朴雪与陈可雄交换了一下眼色，两人来到一边商量。

朴雪说："看来这老头遭受了重大打击，心中深藏着悲痛。"

"此地正是海啸发生地，可能他的家人都遇难了。"

"当务之急是解决他生活上的困难，我们先送他一些生活物资怎么样？"

"行！我叫水手们到船上取一些大米和蔬菜来。"

说完，陈可雄布置水手到船上取东西，朴雪和明珠继续在岛上观察。他们看到岛上别无他物，只有老头赖以生存的一些海励子、贝壳、海星等。看到这些，朴雪不由又想到陈剑雄，他若还活着，一定也过着这种凄凉悲惨的生活，心中不由又涌上一股辛酸的泪水。

不一会，水手们取来了两袋大米，还有鲜肉、萝卜、白菜等。

朴雪叫水手们将大米等物送到老渔夫跟前，对老渔夫说：

"大伯！小小一点礼物，不成敬意，送给您聊以度日吧！"

老渔夫一见大米，眼睛突然一亮。这可是他日思夜想的东西，他已经十多天未见过粮食了。他搓着双手，觉得很不好意思，像孩子似地笑着，不知说什么好："这……这……"

朴雪见老渔夫的神态，知道有门了。她问老渔夫：

"大伯！你为什么孤身一人住在岛上啊！"

老渔夫见问，眼里滚出几颗泪水，他哽咽着说："我家世代在这岛上打鱼，这一场海啸，把我都全家给毁了！"接着老渔夫告诉朴雪，原来他有一个很好的家庭，有老伴，两个儿子。一个儿子娶了老婆，还有一个刚满两岁的小孙子。海啸发生那天，他正在山上晒鱼干，突然天上乌云滚滚、雷声阵阵，白天顿时变成了黑夜。大地不停地震动，房子很快倒了。他知道出事了。他居住这里几十年，从未发生过这种事。他正想跑下山去招呼老伴和孙子，突然，一道黑黑的水墙向他滚过来。在海上滚爬了几十年的他，什么风浪没见过？可从没见过这种水墙。这阵势，恐怖极了。他非常害怕，慌忙躲进那个石盖屋。立时，一个铺天盖地的巨浪从天而落，淹没了整个岛屿。幸而他躲进了石洞，所在地势较高，没有被卷走。那一道接着一道的水墙轮番洗劫着岛屿，好像非要把他卷走不可。他龟缩在洞里不敢挪动半步。待到海啸过去，他走出洞来一看，世界全变了。他的老婆孙子不见了、他的房子、鱼网和船也都无影无踪了。总之岛上被海水冲洗得干干净净。更奇怪的是，这小岛原来是和大岛连在一块，是个半岛，如今却远离了大岛，变成了一个孤零零的孤岛。灾难过后，他坚信他的两个儿子会回来找他，所以他在岛上一直坚守着。

朴雪听完老渔民的悲诉，心中感叹不已。她想陈剑雄在这样的劫难中，肯定也难逃一死。她心中又蒙上了沉重的阴影。她问老渔民："大伯！你见过还活着的人没有？"

"没有。只见过死尸。那些天成片成片的死尸浮在海上。"

"后来呢？后来那些死尸哪里去了？"朴雪急切地问。

"都被大海吞吃了。"

朴雪一听，方知找尸首都十分费力了。但是她像这位老渔夫一样，坚信着她的剑雄仍然活着，就像这位亲历海啸的老渔夫一样仍然活着。

后来，他们在老渔夫的带领下，去看了一下那救命的石盖屋。原来这是天然的一块大石头盖在上面，下面有石头撑着，形成一个石洞，就像一间房子，所以叫它石盖屋。这真是造物主的鬼斧神工，天然造化。若没有这间石盖屋，这位老渔夫早已葬身鱼腹了。此时这石盖屋已成了老渔夫的临时卧室。只见洞内杂乱无章地铺着许多海草，大概老渔夫就是在这儿过夜。

临别时，老渔夫也没说什么感谢的话，只对他们说：

"这鬼天气今夜又是一场暴风雨，大岛那儿有个避风港。你们赶快到那儿去避风。"

朴雪他们回到船上，果然天气预报在播报今晚有暴风骤雨。陈船长立即命令起锚，向避风港前进。

轮船还未开到避风港，海上就起风了。开始是一丝丝凉风，吹在身上十分清爽惬意。不一会风就大了，不到一刻，凉风变成了狂风，吹得轮船剧烈地摇晃。陈可雄叫朴雪和明珠赶紧躲进舱里。但朴雪和明珠早已一阵阵恶心，吐了个一塌糊涂：她们赶紧相互扶着来到船舱，躺到床上，任凭轮船摇晃。但仍不行，每一次摇晃都使她们心中一阵恶心，好像要把她们的心都掏出来一样，非常痛苦。她们把胃里的东西呕了个一干二净。后来没东西吐了。把胃液和着血都吐出来，真比生了一场大病还难受。

外面，狂风呼叫、暴雨如注，天地间一团漆黑，分不清哪是海？哪是天？船上的探照灯射出的强光仿佛已被黑暗吞没，显得是那样微弱无力。照射在海面上，只能反射出一小片波光。你从这一小片波光中看到了海，此时的海，像一锅沸腾的水。轮船像一片树叶一样在海上飘零，任凭狂风暴雨施虐，随时都有颠覆的危险。陈可雄站在驾驶舱内，沉着地指挥着大副和舵手，但他心里却在翻滚、焦急万分。因为船上有他的妹妹和嫂子，

万一有什么不测，他怎么向老娘交待啊？刚失去了一个儿子，又要失去一个女儿和媳妇，不知她会何等伤心。

好在轮船不一会就驶进了避风港，风渐渐地小了。轮船驶进一个比较背风的地方抛了锚，轮船停止了颠簸。朴雪、明珠方觉好过一点，但如同大病初愈，仍然十分难受。这时陈可雄从甲板上走进来问："怎么样？两位小姐好过些了吗？"

朴雪有气无力地说：

"哎哟！好像死了一遭，这生活你们是怎么过的？"

"这对我们来说是小菜一碟了，还有更厉害的哩！"陈可雄微笑着说："明天是否停航休息一下？"

"行！明天上大岛去看看，看有没有奇迹发生？"

第二天起来，风和日丽，昨夜那可怕的暴风雨已荡然无存。东方一轮淡淡的灰色的太阳，懒洋洋地挂在天空，好像它也被昨夜的暴风雨打击得筋疲力尽，失去了它往日的光辉，无精打采。整个海港泊满了船只，只见烟筒林立，汽笛声声。太阳光从东方斜射过来，在海上留下一幢幢暗色的倒影。轮船启动找了个船坞靠了岸。

上到岛上，只见曾经店铺林立、市井繁华的一个小街市，如今却是满目疮痍、千疮百孔、十室九空，到处一片荒凉。所见之处触目惊心，不是垮塌的房屋，便是打烂的渔船和流散的货物。街上只见少数船员行走，不见店铺开张营业，也很少看见当地渔民。朴雪想许或有人劫后余生，能打听到当时的情形。但是找了几个人，但个个脸色阴沉，不想谈起当时的情形。朴雪没法，只在岛上走了一遭，便准备返回船上。当她走到码头时，一个乞丐伸着一双肮脏的手拦住朴雪乞讨：

"小姐行行好！可怜可怜我这落难之人吧！"

朴雪猛听到落难二字，心中不由一惊。她低头一看，见是一个船员模样的人跪在地上，双手捧着一只破碗向她求告。顿时她又想起了陈剑雄。他若还活着，一定也是这副模样，不由心生恻隐，连忙拉住他的手，把他拉了起来。突然，她看见他穿了一件徐州号的船员制服，顿时不觉想起陈剑雄不是乘坐的徐州号吗？那天她送陈剑雄到码头，看见他就是登上了徐州号。她忙问："你是徐州号上的船员？"

那船员闻言，兴奋地回答："是呀！你坐过我们徐州号？"

"没有。我一个朋友是坐你们徐州号出海的。"

"现在有下落了没有？"

"没有！我现在正在找他。"

"我看八成是没消息了。那天海轮倾覆时，大多数人都登上了救生艇，后来救生艇全翻了。落水的旅客船员浮了一大片。开始还有拚命挣扎的声音，后来便渐渐消声匿迹了，全被大海吞没了。"

"你是怎么上岸的呢？"

"我算幸运，落水后抓住了一个大汽包，在海上漂了两天两晚才漂到了这个岛上。无衣无食，又回不了大陆，我只好靠乞讨为生。但全岛都是难民，哪个有多余的施舍给我？好不容易才讨到一口饭。我已经一天一晚没吃东西。小姐行行好，赏口吃的吧！"

朴雪摸身上，可惜没带一点吃的。她问明珠，明珠身上也没有，倒是陈可雄说："我这里有盒饼干，你拿去充饥吧！你不是想回大陆吗？上船去，我捎你回去。"

船员一听，高兴极了。他接过饼干，一边狼吞虎咽地吃起来，一边连连点头，嘴里含糊不清地连声说："谢谢！谢谢！"

朴雪问："你贵姓？如何称呼？"

船员回道："免贵姓马，是船上的二副。"

"失敬！原来是马二副。我想向您打听一个人，不知道你们船上有没有个叫陈剑雄的？"朴雪抱着毫无希望的希望问。

"不知道。船上的人太多了。再说我们只管驾船，客服部的事我们不管。"马二副摇了摇头。接着他像想起了什么，接着说："倒是有一个人给我印象很深，人家都在仓惶逃命，他却在到处寻找食物和水。我叫他赶快上救生艇，他却不上救生艇，而是抱着几个连在一起的救生圈跳海了。"

朴雪一听，心中一动。平常陈剑雄心机很深，在这要命的

关键时刻，只有他才能做出这种不同寻常的事来。她急切地问：

"此人是中高个，三十左右的年纪，长得很帅，是不是？"

"当时很乱，我记不清了。"

"啊！"朴雪不由失望地啊了一声。刚刚出现的一点点曙光顿时熄灭了，不由愣住了。

"马二副！请上船吧！"陈可雄对马二副说。

马二副如同死囚犯获释，受宠若惊地兴高采烈跟在陈可雄身后上船。

上到船上，朴雪见那获救的"渔民"坐在一只舢板上钓鱼，不由心中一动。心想这正是和他沟通的时候，便下到舢板上坐在"渔民"身边，嘴里亲切问道："有鱼钓吗？"

"渔民"见朴雪坐到身边，心里不觉一惊，神色有些慌张，忙答道："有鱼！有鱼！"说着有鱼咬钩，"渔民"起杆，一条大鱼钓了上来。

朴雪欢叫着，帮忙取鱼。两人关系一下子变得融和了许多。

取完鱼，两人重新坐下。朴雪问道："你是哪里人？"

"本……本地渔民。""渔民"说得有些吞吐。

"不！你是金阳人。"朴雪突然说。

"渔民"惊得几乎跳了起来，好一会没说话。后来才说："你……你认出来了？"

"渔民"这话有两层意思，一层意思是你认出我是金阳人，二层意思是你认出我是哪个了？"渔民"的意思是后一种意思，你认出我是何许人矣。其实朴雪是第一层意思。是你一说话我就认出你是金阳人了。

过了一会，"渔民"才承认："没错，我是金阳人。"

"那你一定知道黎明会计师事务所啰？"

"渔民"又大吃一惊，他以为朴雪知道那件事是他干得了。吓得扑地跪在舢板上朝朴雪直磕头："朴小姐饶命，那不是我要干的，都是莫学剑那杂种要我干的。"

事出突然，朴雪吃惊不小。她不知"渔民"为什么会作出如此举动。但她一向办事沉着稳重，他为何扑地跪下呢？他既然这么做定是事出有因。刚才听他提到莫学剑，又称自己为朴小姐，这么说他肯定认识我了。他为什么会认识我呢？这其中一定有重大隐情，她双手把"渔民"扶了起来：

"不必这样！有事慢慢说。你怎么会认识我呢？"

"渔民"站了起来，说：

"你是金阳的大美人，哪个不认识你啊？"

朴雪这才想到一百个人认识和尚，和尚并不认识一百个人的道理。所以她并不认识"渔民"，而"渔民"认识她。这倒一点也不奇怪。但是他说到"那不是我要干的，都是莫学剑那杂种要我干的。"这又是什么意思呢？难道与阳所长的死有关？看样子是"渔民"弄错了，他以为我认出他来了，并且知道他干的某件坏事。如果我现在直接问他："什么事不是你干的？"那就显出我并不知道他干过什么坏事，那么他就不会把实情说出来，而用其他话把实情掩饰过去。霎时间她脑海里闪出一个念头，我不如就鬼打鬼，假装我早就认出他是何许人矣。

于是她说道：

"其实我早认出你来了，莫学剑干的那些勾当，在金阳尽人皆知，公安早已介入调查。你老实把详细情况告诉我，我跟公安局说你是投案自首。如果你有所隐瞒，我就叫陈船长让你从哪里来到哪里去。"

"渔民"听说，吓得面如土色，忙说："我说我说！你不问我也会给你说。莫学剑这狗日的可把我害苦了。"

于是他把莫学剑所干的那些罪恶勾当全说了出来。

"渔民"的真实名字叫司马高，是莫学剑当流氓时的团伙。莫学剑拦路阿美的那些事都有他的份。后来莫学剑发迹后，他充当了莫学剑的得力打手。那次欧阳明拒绝给他们验资，在电话里警告欧阳明"小心老子做了你"的就是他。后来矛盾白热化之后，莫学剑决心干掉欧阳明而制造了一场车祸。开货车的那位司机就是这位司马高。结果欧阳明没撞着，把朴雪撞成了重伤。其实朴雪并没认出开车撞她的就是这位司马高，而司马高做贼心虚，以为朴雪认出了他，所以才露了馅。朴雪诈他，

让他说出了全部实情。在车祸之后，当时风声很紧，公安局成立了刑侦小组对此进行调查。为避风声，莫学剑给了他一笔钱，叫他到朋友那儿暂避一时，答应一年半载后接他回去。可是一过两年，莫学剑那儿毫无消息，早把他忘到了九霄云外去了。没有给他任何消息，也没派人来和他联络，更谈不上接他回去，所以司马高对莫学剑恨之入骨。而莫学剑介绍的那位朋友原来是个海盗头子，没办法，司马高沉落为一名海盗。

"你既然当了海盗，为什么又落水待救呢？是不是海盗派你到我们船上来做卧底？"朴雪厉声质问。

"不不！如果我是来当卧底，天打五雷轰。我为什么落水？这是我的一场灾祸啊！"

司马高信誓旦旦，流着泪说出一场惊心动魄的争斗来。

在这海域，活跃着两支海盗。一支海盗首领叫独眼龙，拥有四五十条海盗船，海盗上千。另一支是司马高所在的海盗，首领叫孙得旺，只有三十多艘海盗船，海盗不过八百。显然从势力上讲，孙得旺海盗不如独眼龙海盗，但孙得旺海盗英勇善战，人人都不怕死，战斗力比独眼龙海盗强得多。

两支海盗为争夺海域，时常发生冲突。这一天，两支海盗为追逐一艘商船又相遇了。按照海盗的传统，两船相遇，必须一声不响地将船系在一起，在船头搭上跳板，然后依次上场单挑。每个走上跳板的人都面临这样的命运：或者将对方统统杀光，或者自己被对方砍死，由后面的同伴替自己复仇。如果害怕，可以转身跳进海里。没有人会追杀逃兵。但放弃格杀资格的人与死者无异，从此家人都会忽视他的存在。司马高前面的海盗杀死对方五个，但自已最后也被对方杀死。轮到司马高上场了，他看到这样血淋淋的场面，害怕极了。他胆战心惊，走上跳板，可是因为手发抖发软，刀都举不起来了。他转身跳进了大海。司马高当了逃兵，当时没有一人出手救他，也不许他上船，任他在海上漂流、自生自灭。当时他的一个好友扔给他一只救生圈，他才没有被海水吞没。陈可雄把他救上船，这等于是他的再生父母，他感激涕零。

经过这场生死劫难之后，他脱掉了海盗的匪性，恢复了人的本性。他把全部罪恶勾当和盘抖出。一是由于他恢复了人的本性，想投案自首，重新做人；二是他害怕陈可雄真的把他重新扔下海去，那他就只有死路一条；三是他对莫学剑恨之入骨，想借机报复。有这三个原因，所以他同意揭发莫学剑的犯罪事实。

朴雪看他确有悔过之意，便对他说："只要你投案自首、戴罪立功，彻底揭露莫学剑的犯罪事实，一定会从轻发落。"

司马高听后唯唯诺诺，表示一定重新做人。正在这时，陈可雄从驾驶舱出来，他递给朴雪一封电报。电报是金阳子公司打来的，电报说有重要情况，叫她速速返回。

朴雪看过电报对陈可雄说："立即启锚，返回大陆。"

轮船掉转方向，向大陆驶去。在船头，明珠摆上了香烛贡果，朴雪点燃了钱纸，朝南方作了三个揖。朴雪口中念道："剑雄！你走好！是为妻无能，不能带你回去。来年……我……再来……看你！我会……终生……不……不嫁！呜……"朴雪禁不住失声痛哭。

接着明珠跪到甲板上磕了三个头，口中念道："剑哥！我和妈在家等你。你若地下有知，常回家看……看！呜……"

明珠说完也伏地痛哭。陈可雄看见她俩情意深深，也禁不住暗暗落泪。水手中有心肠软的，也纷纷落泪。

祭奠完毕，朴雪站在船头，让海风尽情地吹拂。她心潮澎湃，思绪万千。心想虽然没找到陈剑雄，但收获还是很大，她手上有了司马高这颗重磅炸弹，你莫学剑再狡诈也难逃法网，阳所长有望申冤了。但她没想到一场更严重、更复杂尖锐的斗争在等着她。

第十七章

　　朴雪刚回到金阳，一个关系到她名誉问题的谣言铺天盖地而来。大家都在议论，她未婚先孕，奸夫是谁？当地的晚报还登出《审计报告的背后》的文章，影射她和工作组的张总有染。居委会计生办一个劲地上门，说有人举报她未婚先孕，要她去做人工流产。朴雪说那是谣言，不能信。可计生办的就是不信，一而再、再而三地动员，弄得她很没面子。

　　虽然如今生活作风也不再是那么严重问题，但朴雪思想很传统，一时间，她简直无地自容，不敢出门。

　　尽管压力很大，但朴雪没有忘记身上的责任。她把司马高带回来后，没有让他露面，也不准他和任何人接触，秘密地把他送到公安局收进拘留所。

　　尽管朴雪把这事做得很机密，但纸总包不住火，何况莫学剑到处有人。就在当天晚上还来不及审问，司马高就被同牢房的犯人打断了两只手，并用药弄成了哑巴。

　　第二天，朴雪会见了工作组的张总。两人见面，都非常兴奋。虽然一个去北京，一个出海，分开还不到十天，但却像过了一年。见面朴雪就问：

　　"北京态度怎样？对我们的报告有什么意见？"

　　张总回说："没什么意见，方董事长对你们的工作十分满意，这些肆意侵吞国家财产的硕鼠，真是令人发指。手段之卑劣，令人发指。董事会决定撤销郝志道总经理职务，开除出公司。组织材料，移交司法机关。所以急于要你回来，就是希望你尽快打出正式报告，把有关证据整理移交。"

"好！我今天就布置，马上动手。"朴雪兴奋地说。

朴雪正在组织所里有关人员打印报告、整理证据，可从公安局方面传来了极坏的消息：公安局还来不及对司马高进行审问，司马高就被牢房里的囚徒打断了两只手，而且失音变成了哑巴。

朴雪听到这个消息，大吃一惊。心想莫学剑这家伙真歹毒！这么快就下了毒手。这等于朴雪手中的这颗重磅炸弹被莫学剑卸了，朴雪满心的希望顿时化成了泡影。不禁十分沮丧。

一个星期后，所有证据基本齐全。朴雪将材料交给张总，由工作组出面，移交检察院。等待司法机关的行动，让坏人难逃法网，当然朴雪的目的还是要揭开莫学剑这个黑社会团伙的秘密。据司马高的交待，郝志道只是莫学剑放出的一粒棋子，只要把这粒棋子挖出来，莫学剑就会暴露出来。

与此同时，莫学剑却没有少来纠缠。在朴雪回到金阳的第二天，莫学剑的电话就打上了门。

朴雪见是他的电话，立即关了机。可是只要朴雪的手机一开，莫学剑的电话就来了。朴雪的号码是对社会公开的，她不能关机。关了机，就等于断了自己的业务。她也不能换掉电话号码。换了电话号码，就等于自断财路，所以朴雪毫无办法。最后她不得不下决心找他谈一谈，让他死了这条心。

这天，朴雪约莫学剑在金岛咖啡见面。莫学剑高兴极了，约她到龙凤山庄见面，朴雪坚持不肯，莫学剑只得服从。朴雪怕他使坏，特意带了刘细妹、小曾一块前往。三人来到金岛，莫学剑还没有到，她们选了一个位子坐下，静静地等待莫学剑。在众目睽睽之下，相信他不敢动粗。大约过了半个多小时，莫学剑独自一个人来了。他见三人在等他，便皮笑肉不笑地打了个招呼，在朴雪的对面位子上坐下。

莫学剑见来了三个女人，知道朴雪并不是回心转意谈风花雪月的事。于是他开门见山说：

"哟！今天是刮什么风？朴所约见我，有什么事？说吧！"

朴雪望着莫学剑，本来是气不打一处来，但她为了解决问题，便强忍着心里的怒火说：

"莫总，我们都是有身份的人。我想响鼓不用重锤，我今天找你有什么事？你自己心里应该清楚。"

"我是很清楚。你怀了我的孩子，你生活上有困难，我当然有责任帮助你。你说每月要多少生活费？尽管说，我决不会吝惜。"

朴雪心里想，孩子己经拿掉了，你奈我何？我决不能认这个账。她桌子上一巴掌，怒喝道：

"你别胡说！谁怀了你的孩子？你别信口雌黄！"

莫学剑见她发怒，丝毫没有惧意，估计她可能拿掉了孩子，便责问道："你把我的孩子拿掉了？"

一时他如丧考妣，捶胸顿足：

"哎！你……你怎么能这样？"

"你别胡说八道！我今天约你来，是想告诉你，你别痴心妄想！那是不可能的事！"

"哎哟！你怎么能这样？我可怜的孩子！"莫学剑没有理朴雪的喳，仍然捶胸顿足、沉浸在丧子之痛中。

朴雪见他这副德性，真是哭笑不得。知道现在和他说什么都不起作用，便丢下一句话，起身欲走。她说：

"我警告你！你再给我打骚扰电话，我将跟你法庭上见。"说完，她带着刘细妹和小曾扬长而去。

莫学剑呆呆地望着三个女人扬长而去，心里十分恼怒。咬牙切齿地恨恨说："这娼妇！老子叫你不得好死！"

自谈话后，一连几天莫学剑再没有骚扰朴雪，朴雪心境平和了许多，开始正常工作。她焦心的是有关欧阳明的平反调查却毫无进展，从各个方面的调查都对欧阳明十分不利。工作组找朴雪谈话，对她说："你提供的那些情况证据不足，从各方面反映的情况都对欧阳明不利，所以我们现在很难作出决定。"

朴雪不服："司马高亲口对我说，那份报告是他偷走的，难道这不能为证吗？"

"可是他现在不能说话，也不能写字，我们取不到证据啊！"于副秘书长为难地说。

"我手里的这份报告总不是假吧？"

"如果时间久远，倒可分辩出来。相隔不到一年，郭安娜硬说你是事后重新补造的，我们也很难驳倒她。"

"如此说来，阳所长只有冤沉海底了？"朴雪丧气地说。

"事实总会真相大白的，可是现在还不到时候，也许在某个时候会有转机的。"于副秘书长安慰朴雪。

"你们的意思是暂告一段落吗？"朴雪十分敏感，马上猜到了于副秘书长说话的意思。

"今天找你谈话就是这个意思。我们暂时回去，你取得重要证据后，随时和我们联系。"于副秘书长说得十分委婉。

到此时，朴雪还有什么可说的呢？她心里又丧气又难过，轻轻地说："你们什么时候走？我送你们去机场。"

"谢谢你！财政局那边已安排了车子。"

"我明天送你们上飞机。"朴雪坚持说。

好些日子朴雪的心情很不平静。明明是一场冤案却不能平反，世上哪有这种不公平的事？郭安娜一伙手中有权，把持着注册会计师行业的大权，毫无办法，只有拿石头打天。

这天她开车上班，车到所门口，她看见有两部警车停在门口。她心里一惊，心想不知是 W 还是 X 来打秋风了。她下车上楼到办公室，只见办公室里坐着几个警察。见她进来，一个为首的警察朝她点了点头，说："你是朴雪吗？我们是 A 局的。"

说着他出示证件给朴雪看。

朴雪接过证件瞟了一眼，随后退还给他。朴雪看这阵势，不像是前来打秋风的，心想今天不知是哪个注师要碰鬼了？那个为首的警察拿出一份验资报告，问朴雪：

"你看这份报告是你们所出的吗？"

朴雪接过报告仔细看了一下，不错，清清楚楚是黎明会计师事务所的红头文伴，公章和注师签字都是真的。朴雪想起来

了，这就是前天发出去的报告。验资一个亿，收费四万，是个大业务，所以印象很深。

她随即答道："不错！是我们的报告。"

"这是你的签字吗？"

"是的，所有报告要有我的签字才能发出去。"

"这么说你应该为这份报告负全部法律责任啰？"

"从理论上应该这么说，但签字注师应负主要责任。"

"不！你是法人代表，有关法律上的事我们只找你。"

"当然是找我。你说吧？有什么事？"

这是一个大项目，审查时朴雪格外小心。从程序和证据的收集上都不成问题，所以朴雪有恃无恐。

为首的警察说："有人举报这是一份虚假报告，按《刑法》和工商注册条例，你们负有刑事责任。"

朴雪一听，心里有点紧张，既然有人举报，这肯定不是空隙来风。一个亿的验资，如果真是虚假的话，这乱子可捅大了。但是她不露声色，据理力争道："我们是执行中注协颁发的独立审计准则，我们的工作程序是按照独立审计准则规定的程序进行的，收集的证据是齐全的。不信你们查我们的工作底稿。小钟，你把这份报告的底稿拿来给领导看！"

管档案的小钟答应一声，不一会，这份验资报告的工作底稿放在为首的警察面前。警察接过报告一页一页地翻看。当她翻到银行进账单时，他指着进账单对朴雪说："你看这进账单是假的。"他翻到银行函证表时，又对朴雪说："这函证也是假的。"

"什么？这全是假的！"朴雪不由惊得目瞪口呆。银行里出来的东西竟会是假的？真是不可思议。

"你可以申诉，但你必须到我们局里去一趟，把情况说清楚。"

谁都知道，到局里去意味着什么。朴雪这下可着急了。但又毫无办法。她对警察说："你让我把工作交待一下。"

为首的警察点了点头："行！快一点。"

她把小钟叫过来，叫她通知刘细妹赶快回所。接着他跟危局长挂了个电话，他问危局长：

"危局，我们所来了几位警察，说我们的一份验资报告是虚假报告，他们要带人走，您知不知道这件事？"

危局长一听，想了一下说："对不起！我还没听说这事。"

朴雪一听危局长也不知此事，心里更没了底。她想这风浪又是如何刮起来的呢？不一会，刘细妹风风火火地赶来了，见这阵势，也大吃一惊。

朴雪把工作简单地交待一下，对警察说："走吧！"

朴雪走在前面，几个警察走在后面走出了黎明会计师事务所，钻进了一辆警车。

就这样，朴雪被警察带走了。

朴雪被带进A局之后，只进行了简单的询问登记，就被关进了拘留所。她刚走进拘留所，就有两个女人朝她扑了过来，把她按倒在地，然后一顿拳打脚踢。她很刚烈，想做奋力反抗，但那两个女人力气大得很，她被按在地上，动都不能动。

她早听说过在牢房里老犯人整新犯人的事，她没把这当成什么不公平的事，只用两只手紧紧护住脑袋。这一顿打直打得她遍体鳞伤，头发都被揪掉好几把。

刘细妹和小钟带着一些水果、食品来看朴雪。见朴雪鼻青脸肿、披头散发，大不似以前那位可可佳人，两人心想为了所里的事，为何要遭此大难啊？两人不禁大哭一场。朴雪对刘细妹说："这地方我一天也呆不下去了，不管花多少钱，你得把我弄出去。我没有罪，银行个别人造假，那是他们的责任，我们按照准则完成了我们的工作。我们不是司法机关，无法识别进账单的真伪。你去市注协找贺秘书长，请他主持公道，替我们申述。另外，你到A局去找危局长，请他帮我们活动，要多少钱都给。所里不够，你去找陈妈妈，就说我暂时向她借，以后一定还她。"

不久，陈妈妈和明珠也来探视，朴雪也把借钱的事给她说

了。陈妈妈老泪纵横，哭着说："孩子……这钱……本来就是你的。你要就拿去吧！只要……能把你救出来，花多少妈也不心痛。呜……"

按照朴雪的安排，刘细妹开始四处活动。刘细妹首先向贺秘书长作了汇报，贺秘书长听后，毅然说：

"一定要把她救出来。这是什么搞法嘛？抓我们的注册会计师，连注协都不知会一声。是不是虚假报告，这要我们注协组织专家来鉴定。你A局怎么随便就定人家是虚假报告呢？你放心！由我们注协出面跟他们交涉。"

刘细妹听后，连声谢谢。她怕贺秘书长做不到，按照朴雪的安排，去A局找了危局长。危局长听完汇报后，也觉有些不妥。可惜他这时已不管经警了，而是分管刑警。但是他还是答应去协调。

在贺秘书长和危局长的过问下，朴雪关了四天交了八万块钱交保释放了。这四天中朴雪简直如打入了十八层地狱，生不如死。她每天吃着猪食不如的饭菜，每天要被同房犯人毒打一顿。四天下来，她变得衣衫褴褛、蓬头垢脑、形容枯槁，简直是脱了一层皮。一个如花似玉的姑娘，变成了像社会上流浪街头的老乞婆。

当刘细妹扶着她出来时，她已经站不住了。出来后在家扎扎实实休息了一个星期才复原。后来，当莫学剑王朝垮台后，才知道原来这一切都是莫学剑搞的鬼。他花重金买通了银行的一名职员，假造了这两份资料，实际所谓新设公司都是假的，害得朴雪锒铛入狱。自然朴雪在牢房里挨打的细节，也都是他买通了牢房里的犯人使的鬼。

写到这儿，高明的才思枯竭，写不下去了。他想跟寒梅商量，便提着手提电脑来找寒梅。当他进入寒梅病室时，不由惊呆了，好几个医生站在寒梅的病床跟前给寒梅作检查。高明担心地悄悄问护士："她怎么啦？"

护士说："她突然昏倒了。"

高明更担心了。他悄悄地走进病房，来到寒梅身边。

突然，寒梅醒了过来，开口轻轻问道："是高老师吗？"

高明忙说："是我。你怎么啦？"

寒梅有气无力地说：

"刚才我正在想陈剑雄在那孤岛上住了下来，以后应该有什么作为呢？他怎么和馨兰相会呢？想着想着，就晕过去了。"

高明说：

"你不要想了，这是你用脑过度才引起的昏厥。"

医生看到寒梅醒过来了，并无大事，便都走了。

高明留了下来，安慰寒梅说：

"你没事，休息几天就会好的。"

寒梅问："你有什么事吗？"

高明本想告诉她，是来和她商量后面的情节。可是看她这般模样，哪敢开口，话到嘴边就咽回去了，忙改口说：

"没什么！我过来看看你。"

寒梅敏感到高明在骗她，他一定有事。她说：

"你不要骗我，你一定有事。是《生死相守》的事吧？你把电脑给我看看，写到哪里了？"

高明本不想给她看，但他看到她那执着的眼睛，他不想违背寒梅意愿，把手提给了寒梅。

寒梅接过手提，当天晚上就把高明写的两章看完。他觉得高明写的正合她的心意，禁不住她又接着往下写了起来。

陈剑雄在岛上住了下来，有了那些从死尸身上剥下的衣服，还有海岛上那些海龟鸟蛋、鱼虾螃蟹及自己种的野稻野菜，一时还算衣食无忧。好不容易两年过去了，他心中始终想念着朴雪，挂念着馨兰。他想大海茫茫，找无处找、寻无处寻，她大概从地球上消失了、寻不到了。这一日他闲得无聊，突然想起在海滩上捡到的那个神秘的箱子，为什么无法打开？里面到底装了什么东西？他寻到那只箱子。那箱子日晒雨淋，变得陈旧了许多。他拿起箱子左看看，右瞧瞧，摆弄了半天还是无法打开。

突然他想到了火，他想世间万事万物，只有火最厉害，在它面前，什么都将化为灰烬。想到这一层，便想用火来烧。他想这么漂亮的一个箱子烧了实在可惜，但没办法。于是他架起一堆火，把箱子放到火上烧。烧了一会，那箱子仍然毫发无损。突然，只听"啪！"地一声，那箱子的锁竟自动开了。陈剑雄赶紧扑灭火，将箱子取了下来。冷却后他打开箱子一看，不由惊呆了。原来箱子里放了一支短枪、好多发子弹，还有一把明晃晃的弯刀、一把砍船缆用的斧头。陈剑雄高兴极了，这是他最想得到的东西。有了工具，他可以在岛上大有作为了。他把枪和刀拿出来，心想通常这是海盗们喜欢使用的武器，看来这是海盗的箱子。后来他又发现箱子里还有一个夹层。他好奇地把夹层打开，里面竟有一张图，还有一封信。信的字迹写得十分潦草。他拿起来看，上面写着：

老二：

　　我得了绝症，活不久了。有件事告诉你，在一个无名小岛上藏有一笔财宝，你按图去找，把它取出来分给兄弟们。我死后给老子搞热闹点。

老大

陈剑雄见信上字迹潦草、文字粗俗，估计这是一个没有多少文化的海盗头子。大概是患了癌症，在大陆治病，已经快不行了，要把这秘密传给老二。结果送信的海盗遇上了海啸，葬身海底，箱子落到了陈剑雄手上。陈剑雄看信后并不怎么激动，因为宝藏不知能不能找到还是个问号。即使找到对他来说没有任何意义，他现在需要的是粮食、水和船。如果这时谁能救他回大陆，那才是最激动人心的好事。他把信放回箱子，拿起那张图仔细看。他发现图上所描述的地方与自己所处的地方很相似。他想藏宝的地方难道就在附近？他想这张图很有用，他可以根据这张图了解周围环境。再说万一能找到宝藏，有遭一日若能回大陆，那可是笔不小的财富。突然，他心发奇想，现在我有了刀和斧头，何不造一条船？像鲁宾逊一样造一条独木舟。万一造独木舟不行，就造一条筏子也行。如此一想，他便立即行动起来，在岛上四处寻找。他找了一个上午，还没有找到一棵理想的可以造独木舟的树。中午吃了一点东西，下午继续找。找到离他草棚很远的地方，他终于看中了一棵树，虽然不太理想，但勉强可以造舟。他用蚂蚁啃骨头的精神，花了整整一个星期的时间，终于把大树砍了下来。又花了近一个月，把树枝清理干净，把树砍成了一个独木舟的锥形。接着他每天劳做不已，花了将近一年时间，终于砍出了一只独木舟。斧子和弯刀已被他砍得不成样子。接着他做了一支浆、一根撑篙。可是一个最大的问题把他难住了，怎么才能把这个庞然大物推下海呢？他试着推了推，独木舟纹丝不动，这绝不是他一个人人力所为。船推不下水，一切都是枉然，前功尽弃。他想到过曹操泼水筑城、司马光砸缸救友、古人堆土造塔等例子，他想现在唯一的办法是开河引水，用水把独木舟浮起来。可是开河引水谈何容易？凭他一个人的力量行吗？他打退堂鼓了，自己逞一时之勇，考虑不全，以至功败垂成。最初几天，他几乎放弃了架船出海的计划，躺在茅草棚里叹气。

这天上午，陈剑雄正躺在他用救生圈搭建的床上发愁。突然，他听到一声沉闷的雷声。凭他经验，一场暴风雨又要来临。他一古脑儿从床上爬起来，准备加固草棚。这时，他看见天空已变得灰蒙蒙的，雷声滚滚。突然他看见海面上出现一根白色的水柱，立海接天。就在接天的那个云层中，沉重的乌云中，隐约看见有一个龙头，龙头张着一个巨大的嘴吸着海水。海水旋转着，把周围的水疯狂地卷上天。陈剑雄顿时想到"龙吊水"三个字。小时候他听父辈们说过，有时候河里会出现"龙吊水"，能把一河的水都吸干，威力无比。它遇到什么吸什么，可以摧毁一切。因此人们非常敬畏龙。长大后才知那不是什么龙吊水，那是龙卷风。今天他亲眼看到这一奇景，惊讶不已。过了一会他发现，这龙卷风在向他放独木舟的地方移动。他开始害怕起来，一怕龙卷风移到这儿来，把他卷到天上去；二怕龙卷风把

独木舟卷走，据说龙卷风曾把一艘轮船卷上天。如果龙卷风把独木舟卷走，那一年的功夫就白费了。

过了好一会儿，幸好那龙卷风没有移到这儿，而是向海那边移过去了，并且慢慢消失。待到龙卷风完全平息，陈剑雄跑到放独木舟的地方一看，只见龙卷风所过之处一片狼藉，大树被连根拔起，岛上完全改变了模样。最令陈剑雄惊讶的是，他费尽心血体力造的独木舟竟无影无踪，甚至连造独木舟的场地都找不到踪迹。他惊呆了，也气馁了。他想真是时乖命蹇，老天连这点活路都不给留下，好不容易造成的独木舟也被风吹走。他丧气极了，在草棚里整整躺了一天。

经过整整一天的思索，陈剑雄再次下决心出海。这次他不想造独木舟了，而是造一个木排。木排虽然速度不快，但解决了下水问题，不像独木舟那样笨重得无法推下海。决心下定后，他想最要紧的是扎木排的缆绳。他在岛上四处寻找，把那木藤砍下来织成缆绳，然后钉下一根木桩，利用木桩把木藤绞合成一根根大缆绳。估计准备差不多了，他就开始伐木头。木头伐得差不多了，他就开始扎木排。经过三个多月的功夫，他终于扎成一个结实的木排。从伐木头开始，他前前后后又花了半年的时间。木排扎成那天，他好不高兴，自个儿在岛上庆贺一番。

这是一个海风和熙的日子，太阳像慈母般照着大海，撒下温暖的光辉。天上的白云顿时变成了玫瑰色，一会儿又变成了紫色。岛上的山峰清晰地显露出来，好像山上的一草一木都数得出来。远处隐约可见的岛屿像一个个海龟浮在海面。多少天来，陈剑雄一直梦想着到那些岛上看看，可是没有船，梦想终究只是梦想。如今不同了，他有木筏了，有木筏梦想就可能变成现实。从这天起，陈剑雄就开始了他的神圣的航行。他将系着木筏的缆绳解开，将木筏推离海岸，然后兴奋地一跃，跳上木筏。一下子他离开了居住两年多的小岛，划着他的木筏，向最近的一个小岛驶去。就这样，他花了将近两个月时间，由近及远地访遍了附近那些海岛。可是令他十分失望，这些岛屿都是一些无人岛，他企望发现同类的希望落空了。但是从这些小岛上他发现了许多自己不知道的物种。他怕中毒，不敢亲尝，只拣那些熟知的烤着充饥。他想这些岛上有这么多可吃的东西，饿是饿不死的。他想起达尔文随着航海队畅游世界各地，其中尤其访遍了许多岛屿，这才创立了他的生物进化论。以后我若能回到大陆，我本身就是一个海洋词典了。他幻想着，渡过了寂寞的一天又一天。一路没有什么动人的事情可记，恕笔者——略过。

　　这一天，他将木筏划出了百里以外的海面，突然他发现前面有个黑点，他想难道那是个落水的人？费了老大劲他划近那个黑点。结果他惊奇地发现，那不是人，而是他辛苦制造的独木舟。他好不高兴，原来龙卷风把它吹到这儿来了。他爬上独木舟。独木舟上的桨叶被风刮跑了，他只好利用木筏上的篙划起来。独木舟比木筏灵活多了，速度也快多了。他把木筏拖到一个海岛，找个避风的地方把它拴了，然后驾着独木舟去访问这些小岛，一来想寻找宝藏，二来他心灵深处还存在一种侥幸，那就是馨兰，他希望她还在某个小岛上活着。他要历尽艰辛去找她。

　　陈剑雄自此开始了海上航行，这一航行不打紧，却又引出了改变他人生命运的奇迹。

第十八章

　　三年过去了，这三年馨兰过着实实在在的非人生活。她到海边的山崖上掏过鸟窝、下到海里捕过鱼虾、捉过螃蟹、拾过贝壳、宰过海龟；她爬上果树摘过果子、摸过鸟蛋……只要岛上能吃的东西她都吃过，只要岛上能去的地方她都去过。白天她与动物为伍，晚上与山羊同睡。下雨了，她找一处山崖避雨，太阳曝晒，她找一棵大树遮荫。好在这儿是赤道附近，没有冬天，不至于被冻死。她蓬头垢脑，身披羊皮，坦胸露乳，健步如飞，经常像鬼魅一样在岛上奔跑。一个文静、甜美、活泼的姑娘完全改变了模样，变得粗犷、野蛮、放纵不羁。她已经变成了一个十足的野人。但每当一静下来，她就思念陈剑雄，她期待着陈剑雄有一天会来岛上救她。她还梦想着与陈剑雄喜结连理，在这海上孤岛生儿育女、繁衍生息。每当这时候，她就写诗，她把对陈剑雄的恩爱、对他的思念、深深凝聚在她那些哀怨、美丽、动人的诗句中。在小岛的石壁上，处处留下了她的那些动人的诗句，阅之令人潸然泪下。

　　再说陈剑雄在海上寻宝、这一日他正在海上行舟，忽然一阵怪风吹来，把他的独木舟吹得转了一个圆圈。他吃了一惊，心想又遇上龙卷风了？若是遇上龙卷风，他的小命就完了。可是过了一会，他并没有被龙卷风卷上天空，风反而息了。他这才放下一条心。过了一会，又起风了，西边天上乌云堆积，很快就推移过来，把整个天空都盖了个严严实实，白天一下变成了黑夜。

独木舟此时已完全失去控制，陈剑雄只得任凭风浪把独木舟推着走。而最糟糕的是这时天下起了大雨，瓢泼大雨倾盆而下，雨水直往独木舟的船舱里灌。陈剑雄想往外舀水，可惜没有瓢，只能用桨往外泼水。桨小力微，根本起不了什么作用。不一会，船舱被雨水灌满，陈剑雄和独木舟一起泡在水中。陈剑雄从头到脚浑身湿透，同时还不得不时时抹去脸上的雨水。否则不要一刻雨水便会灌进鼻子和嘴巴，使人透不过气来。陈剑雄心中突然产生一种即将窒息的恐惧感。完了！难道海啸没有夺去我的生命，我要丧身在这暴雨中了。不知过了多久，雨渐渐停了，天空的乌云也慢慢散去，又恢复了那海阔天高的景象。可是陈剑雄却傻眼了，这是到了哪儿啊？刚才一阵风不知把独木舟吹到哪个九州外国了？在大海上迷失方向，这是最可怕的事情，陈剑雄又一次陷入了绝境。没有办法，他只得想法搞干净船舱里的水，信步划着独木舟在海上游弋。突然，他听到"哒哒哒……"一阵激烈的枪声。陈剑雄吃了一惊，在这海上哪来的枪声呢？是哪个国家的部队在进行战斗？他有些害怕，又有些担心。他怕被这些人不明不白地掳去，失去人身自由。但是他又想，掳去就掳去吧！总比一个人孤独地在这小岛上强。于是他掉正船头朝枪声的方向划去。行了两海里许，眼前的景象使他惊呆了：只见前面海面上有数十只快艇，快艇分成两拨，正在互相拚命厮杀。只听得喊杀声震天、刀枪并举，枪声、刀斧撞击声交织在一起，发出一阵阵死亡的吼叫。陈剑雄不敢近前，将独木舟远远停在海面上观看。初时他不明白怎么回事？后来一想才明白，这是海盗们争夺海域在海上互相厮拚。看了一会，他知道此地不可久呆，若被海盗们发现，无论被哪一方抓住，他都小命不保，自己还是尽快逃命寻找要紧。他赶紧将独木舟划开，远远地避开这些海盗。他在海上逗留了许久，一直不知该往哪儿走？后来他在海上看见东方天际边有一条黑线起伏不定，似乎是一个岛屿。于是他认定这个方向划去。他想只要找到岛屿，就可辨认方向。因为这些日子，附近的岛屿他

找遍了，他想这个岛一定不会离那些岛屿太远。他划了大半天，黄昏时分他到达了那个小岛。此时他又饥又渴，舟上带的水和食物在那场暴雨中都流失了，现在只有忍饥挨饿了。他拴好独木舟，跳到岛上想寻找吃的，可是天已昏暗，黑糊糊什么也看不见。他长长地叹了一口气，丧气地坐到地上。又饥又渴，今晚怎么过啊？他想还是回到独木舟上去挨过这一夜。于是他站起身来，准备跨上独木舟。突然他发现前面港湾中停了一个木筏，他想这是不是我的那个木筏呢？如果是那个木筏，这方向就好找了。因为他记得拴木筏的小岛与他居住的小岛的方向。他快步向港湾跑去。接近一看，果然便是他上次拴在这儿的木筏。这才恍然明白，这儿离自己居住的小岛并不远，只有一海之隔。他晚上航行怕迷路，索性忍着饥渴，在木筏上过一夜，明早再回小岛不迟。于是他跨上木筏，头枕木头在木筏上过了一夜。

这一夜真是十分难过，肚子里空空如也，正在闹饥荒不说，脑子里却在胡思乱想，长久难以入睡。一时间他想起朴雪，一时间又想起了馨兰。这两个女人都深爱着他，算是走桃花运了。可是老天爷跟他开玩笑，命运把她们给了他，他却一个也得不到。后来他又想起他的小岛，虽然小岛是那么荒芜萧索、冷酷无情，可是它是那么可爱，他现在想回去都不可得。想着想着许久他才迷迷糊糊睡过去。

第二天天不亮陈剑雄就启程了，行了四五海里，天才微明，这时陈剑雄发现前面有一个小岛。他很奇怪，我在这儿来过好几趟了，为什么就没有发现它呢？今天虽然肚子很饿，但我一定要登上去看看。于是他把独木舟划到小岛边，找了个石头把独木舟拴好。他登上小岛，发现这是个非常美丽的小岛。这儿有山有水，有鹿有羊，有草地有果树，真是一个世外桃源。他想若是搬到这儿来住，倒是一件美事。但不知这岛上有没有人居住？他在岛上四处寻找起来。突然，他发现一处石壁上竟然有诗。这么一个荒岛，怎么会有诗呢？这是何人所写？有诗就会有人，这说明岛上有人居住。这么长时间没有看到过人，没

有和人说过话。想到马上就要见到人，他的心不由得狂跳起来，
期待与同类相见。于是他认真地看起这些诗来。

> 曾见伊人天涯，
> 不知何处为家。
> 冬去春来数载，
> 总想邀他赏花。

陈剑雄看完这首诗，不由大吃一惊。这字迹，这文笔，都
非常像是馨兰的诗，难道馨兰住在这个岛上？他更加欣喜，继
续寻着诗往下看去。

> 鼠年识君欢难求，
> 爱也难消恨也难消。
> 岁月无情花自凋，
> 万种相思流水抛。
> 漫说忧惘，
> 肠断离愁，
> 独自彷徨几春秋。

> 有心与君一路行，
> 无奈天涯梦断魂。
> 人生总是难如愿，
> 缘来缘去一场空。

> 霜叶纷纷天际扬，
> 餐风饮露好凄凉。
> 多情总恋枝干润，
> 一缕香魂入梦乡。
> 一江烟雾一江愁，
> 一点一滴诉离惆。

昨宵满月今不见，
北风吹老柳梢头。

寒尽春移近，
孤人忆郎君。
郎君天外客，
杳杳不知音。
可叹相思苦，
更盼月团圆。
迢迢银河渡，
谁来共婵娟。

　　　　（注）

　　陈剑雄看着这些诗，越来越觉得馨兰就在岛上，这些诗不是表现了她的怨恨和思念之情吗？他不由在岛上四处搜寻起来。

　　再说那天馨兰正在树上摘野果，突然看见海上有一个黑点朝小岛驶来。她高兴极了。有船来了，我有救了。她本待向海边跑去，迎接那人的到来。可是她转念一想，来者是什么人呢？万一是歹徒怎么办？我一个孤身女子，叫天天不应、叫地地不灵，只能听任他们的摆布。想到这里，她赶紧找了个树丛躲起来，只留下一双眼睛注视着那黑点的动向。那黑点渐渐近了，她发现原来是艘独木舟。舟上只有一人，在吃力地划着桨。只来了一个人，她稍许放宽了心。

　　独木舟驶近了，陈剑雄将舟靠在岸边。他跳下舟，找了个地方将舟拴住，然后跳上岛四处张望。可是时隔三年，在这种艰苦条件下，两人的变化都很大，此时的陈剑雄是一个蓬头垢脑，长须长发之人，看样子至少在五十岁以上。一时间她没有认出陈剑雄来。她不敢立即钻出树丛，两眼仍然注视着他的一举一动。所以陈剑雄赞美小岛和看诗的行动她都看在眼里。

　　陈剑雄在岛上看到许多有人居住的迹象。例如他在小塘边看到了遗弃的羊骨等，明显看到有人在这儿打过水洗过东西。

在一块平地上，他看到了一块有人睡过的草地，地上还铺着厚厚的草。旁边有许多吃剩的果子核，还有几只新鲜的野果子。这儿肯定有人居住，但是不是馨兰呢？他还下不了结论。在不远处的一个树丛上，他突然发现了一件破碎得不成样子的衣服，不觉眼睛一亮。他走近去一看，发现这正是馨兰失踪时穿的衣服。他的心剧烈地跳动起来。是她！她还活着！他不由大声呼喊起来："馨兰！你在哪儿？馨兰！你快出来！"

馨兰躲在树丛中听到陈剑雄的喊声，也是激动异常。是剑雄！是他！他终于找我来了！她迅速从树丛中钻了出来，一路呼喊着："剑雄！"她狂奔着朝陈剑雄跑去。陈剑雄突然看到一个身披羊皮，篷头垢脑，坦胸露乳的野人向他箭一样地扑来，不由大吃一惊，由于条件反射，他赶紧采取防备的姿势，准备自卫。待到那野人扑到他身上痛哭不已的时候，他才认出她就是阔别已久的馨兰。两个天涯沦落人就在馨兰平时睡觉的地方紧紧地抱在一起，痛哭不已。两人心中都无比激动。这种劫后重逢较之人世间任何一种重逢都叫人难以忘怀，都叫人心狂跳不止。因为这是生的再次碰撞，这是死的再次余生，这是生死相守的梦圆，两人都禁不住泪如泉涌。馨兰伏在陈剑雄的肩头上不住地抽泣，她用两只小手捶打着陈剑雄，哭着喊着：

"你怎么才来？你怎么才来啊？呜……"

不知过了多久，陈剑雄才放开馨兰，扶着她的双肩关切地问："你过得好吗？"

馨兰伏在陈剑雄胸脯上还在一个劲地哭泣，她没有回答陈剑雄的问话。陈剑雄一看她这身装束，便知她过的是什么日子，何须多问呢？他赶紧脱下身上一件衣服披到馨兰身上。馨兰也不顾羞涩，转过身脱下披在身上的羊皮将衣服穿上。

陈剑雄安慰馨兰说：

"别哭了！我不是来了么，以后我们再不分开了。"

馨兰抽泣着说："我……时刻……都在想你，我……知道……你……一定……会来……救我。"

陈剑雄说：

"我也在想你啊！别哭了！你看我不是好好来了么！"

馨兰慢慢止住了哭泣，开始向陈剑雄介绍自己的遭遇和岛上的情况，接着陈剑雄问馨兰：

"有吃的没有？我一天一晚没吃东西了！"

馨兰"扑哧"一声笑了："哎哟！你看我，只顾唠叨，忘了招待尊贵的客人。"说着馨兰从草丛中拿出一只烤熟的羊腿递给陈剑雄："喏！这是最高等级的待遇了。"

陈剑雄饥不择食，接过羊腿便咬，吃得一嘴的油。馨兰看他那狼吞虎咽的样子，满意地笑了。

吃完羊腿，馨兰向陈剑雄介绍她的山羊伙伴，那些山羊对陈剑雄一点也不害怕，围在陈剑雄身边用头蹭着他的脚。陈剑雄友善地抚摸着它们的头表示友好。

陈剑雄说："这儿真是个好地方，我搬到这儿来，我们就在这儿安家吧！"

因为天色不早，陈剑雄无法返回他居住的小岛，这天晚上，他就和馨兰在山野之间过夜。

晚上，馨兰爬到陈剑雄身边轻声软语说：

"陈哥！这种时候了，你还不能接受我吗？"

陈剑雄翻了个身，用手抱着馨兰说：

"不！我不是圣人，我也不是柳下惠坐怀不乱，我是个正常的强壮男子。你是个美人，我怎能不动心啊？可是我心中始终有个她，我忘不了她，我不能背叛她。"

"现在我们置身在这飘渺的孤岛上，返回大陆，这只是我们的幻想。你心中的那个她你还能相见吗？在这天涯海角，还谈什么背叛不背叛呢？这三年间，你能保证她不爱上别人吗？也许此时她正在别人怀里撒娇呢！老天爷安排，我们只能在此终老天年，你能再找到我，这就说明我们有缘。"

陈剑雄听她说得很有道理，同是天涯沦落人，相逢何必曾相识呢？老天安排我又碰上她，我们真是有缘。在这渺无人迹的荒岛上，我又有何求？朴雪呀朴雪！你今在何方？你是否还记得我这个冥冥浪子呢？你是否真如馨兰所说，已经落入别人的怀抱呢？是否屈于莫学剑的淫威，与他言归于好呢？这时候的陈剑雄真是处于两难境地。一边是音讯渺茫的朴雪，一边是散发着诱人气息的馨兰的胴体。一时间他终难取舍。

馨兰激情如潮、热情似火、吹气如兰。"嗡嗡······陈哥来嘛！"馨兰在陈剑雄怀里撒着娇。她那高耸的乳峰、柔韧的肌肤、光滑的肢体近在咫尺，触手可及，浑身散发着无法抗拒的诱惑。陈剑雄一时性起，翻身骑到馨兰身上。

尽管陈剑雄心中有个疙瘩，但终究是年青气旺、血气方刚，这又是两人的初夜，干柴遇烈火，两人都达到了高潮，如火如炽、如胶似漆，恨不得互相把对方吞了下去、合二为一。馨兰全身心地投入，她得到了尽情的满足，轻轻地说了声：

"陈哥！你真行！"

两人云雨已毕，慢慢进入梦乡。就在那孤岛之上、山野之间、羊群之旁，两人完成了他们的洞房花烛夜。

黎明，小岛上刚刚露出晨曦，山峦树木还隐在暗影之中。馨兰醒来，意犹未尽。她嗲声嗲气对陈剑雄说：

"陈哥！能再来一次么？"

陈剑雄睡意朦胧中听到馨兰的哀求，忍不住又翻身压到馨兰身上。

第二天，陈剑雄用独木舟载着馨兰，回到了馨兰阔别已久的小岛。她看到了陈剑雄住的小屋、看到了他的贮藏室，还看到了他的菜畦稻田，深有感慨地说："陈哥，还是你有办法！把生活打理得这么井井有条，不像我一样过着野人生活。"

陈剑雄从贮藏室里找出几件馨兰合身的衣服给她换上，又对馨兰说："来！我跟你把头发理一下，别像个野人。"

馨兰依言在陈剑雄面前坐下，陈剑雄用一块木片作成了梳子，没有剪，就用那把弯刀。经过陈剑雄的一番梳理，馨兰居然容光焕发。虽然还带着几分野性，但恢复了往日的七分光彩，判若两人。她对陈剑雄说：

"陈哥！还是你想得周到。留下了这些衣服，否则我们都

要赤身裸体了。你这头发胡子太长，太不像话，我也帮你理一理。"

馨兰依样画葫芦。用那把粗糙的木梳和那把弯刀，好不容易把陈剑雄的头发胡子弄短了，陈剑雄又恢复了他那帅哥形象。一个帅男，一个靓女，两人不由相对而笑了。馨兰动情地扑向陈剑雄，陈剑雄伸开双臂，两人紧紧地拥抱在一起。劫后余生，两人都有说不出的感慨，心中充满了甜情蜜意。就在陈剑雄的那茅草屋里，那用海棉救生衣铺成的床垫上，他们又一次翻云覆雨。

陈剑雄和馨兰商议，还是馨兰所住的小岛适合居住，陈剑雄搬到那儿去住。他把岛上的菜畦，稻田等都留着，作为一个生产基地，到时候过来收获便是。商量已定，他们把贮藏室里的东西和一应生活用品搬上独木舟，然后划着独木舟回到了馨兰所住的小岛。

他们砍树作舍，割茅盖屋，花了两个月时间，终于建起了一座不太像样的茅草屋。自此他们在岛上过着"日出而作，日落而息"的无拘无束、自由自在的田园生活。如果不是一个突发事件打破了他们的平静，也许他们真要在这儿生儿育女，终老天年了。

这是一个阴霾的上午，天上布满了阴沉沉的乌云，好像一口倒扣着的锅盖在海面上。没有一丝儿风，没有一丝儿太阳，大海死气沉沉，没有一点儿生气。陈剑雄像往日一样驾着独木舟去拜访附近各个岛屿，继续寻找他的宝物。他想既然找到了馨兰，完成了任务的一半，他定能找到宝藏，实现他的梦想。他已经养成了一种习惯，没事的时候，总喜欢一个人划着独木舟在那些小岛之间游弋。这是为了什么？是在岛上寻找同类？还是为了那批宝藏？也许两种动机都有。人都有一种爱财的劣根性。为了财，可以不要爱情、不要亲情。为了财，可以争得头破血流、你死我活。真所谓"人为财死，鸟为食亡"。尽管这批财宝对他没有任何价值，但他还是竭尽全力去寻找。他在那海图上分析出，藏宝的地方就在这些岛屿之中。可是他找遍了这些岛屿，却始终没有找到那藏宝之所。他虽然认为在这荒岛上纵有千千万万的财宝也是毫无用处，但他骨子里还是认为这批财宝有用。有朝一日重回大陆，这可是一笔巨大的财富，他可能一跃成为千万富翁。所以他还是不厌其烦地看那张字条、不厌其烦地看那幅海图、也不厌其烦地到海岛上去寻找。这天他又外去寻宝，馨兰一个人留在茅屋里用那把钝刀将一件旧衣服改一件小衣服。她已经怀孕三个月了，再过七个月，将有一个新生命来到人间，她必须早做准备。她不能让孩子像她一样，赤身露体过着野人生活。她把那从死尸身上剥下来的衣服改一改，以备急用。她回想起这几年的海上生涯，仍然心惊肉跳，心中一阵阵发慌。她预感到有什么祸事发生，她担心陈剑雄在海上出事，便时不时出门向海上瞭望。

突然，她听到"突突突"的马达声，接着看见两艘快艇向小岛驶来。她又惊又喜，喜的是终于有人来了，从此他们可以脱离苦海见青天了；惊的是像上次看见陈剑雄时心情一样，不知来的是什么人？如果是歹徒，或者是海盗？那才不得了。听说海盗奸淫掳抢、无恶不作。自己一个弱女子，孤身一人，岂不任其蹂躏？她去寻那支枪，突然想起枪被陈剑雄带走了。她找了那把弯刀藏在身上，但仍然害怕极了，万一真是海盗来了，那该怎么办？她又像上次一样，躲进屋后的树丛中。

两艘快艇很快靠了岸。从艇上走下八个人来，其中有两个被反剪着手，后面跟着几个持枪的家伙。从形象上看，似乎是到岛上行刑来了。馨兰看着这些人，猜想这一定是海盗，她更加害怕了，敛着声不敢出粗气。这时，一个海盗突然看到半山腰有座茅草屋。他大为高兴，对着其他海盗说："喂！那里有座小屋，我去看看有没有娘们，帮大伙去找找乐子。"

众海盗齐声道好："好！老大，祝你好运！"

说着老大带了一个海盗爬上山腰，走进茅屋。只见茅屋里整齐干净，虽然十分简陋，但都井井有条。老大四处一看，见房内空无一人，并无他所希望的女人。但他转念一想，这屋子

打扫得这样整齐干净，定是女人所为，说不定这女人就藏在附近。他对另一个海盗说："去后面看看！"两人来到后面四处寻找。馨兰就藏在他们身边的树丛中，这时吓得索索发抖。

那海盗见树枝抖动，忙喊："老大！在这儿！"两人走到树丛边，像老鹰抓小鸡似地把馨兰抓出来。老大对馨兰说：

"不要怕！爷们只跟你乐一乐，不会为难你。识时务的自己把衣服脱掉！"

馨兰怕得要死，浑身抖得更加厉害。她蹲在地上不敢动弹。这些海盗们都是性中饿虎，看到女人如同猫见老鼠，哪捺得住性子？老大见馨兰不动弹，便像饿狼扑小羊一样扑了过去，把馨兰抱到床上，三下五除二就把馨兰的衣服脱了个精光。那把刀同时掉到地上。馨兰挣扎着跪到地上哀求道：

"行行好！我怀了孩子，你们放过我吧！求你们放过我吧！"

此时老大看到这么漂亮的娘们赤身露体跪在面前，已是欲火烧身，哪听馨兰的哀求。他把馨兰放倒后，压到她身上。馨兰还是拚力反抗，无奈那海盗牛高马大，力大无穷，馨兰的反抗只是徒劳。一番泄欲之后，老大从馨兰身上爬起来。另一个海盗已经等得心急火燎。待老大下来，他就扑了上去。这时馨兰已精疲力竭，浑身软瘫没有了一点儿力气反抗，只得任凭海盗施虐。待到第二个海盗行事完毕，她胯下开始出血。那老大身强力壮，休息一会，性又来了。那位海盗下来，他又扑了上去，嘴里对那海盗说："快去！把弟兄们都叫来乐一乐！"

馨兰听到他说还要叫海盗们来轮奸，她想今天是活不成了，她想为陈剑雄生个孩子的想法要落空了，她无脸再见陈剑雄了。与其继续受辱，不如一死了之。她趁海盗放开她的空隙，拼尽全力跑去拿起那把刀朝自己肚子上刺去。当即血如泉涌，昏倒在地。海盗见她倒在地上，很觉扫兴，正准备穿衣离去。突然，"嘭！"地一声枪响，一粒子弹从一个海盗脑门穿过，海盗顿时倒在馨兰身上，溅了馨兰一身血污。另一个海盗见状拔腿就跑。接着又一声枪响，另一个欲跑的海盗也应声而倒。紧接着陈剑雄提枪跑了进来。见馨兰倒在血泊之中，他连忙掀开海盗的尸体，抱起馨兰。馨兰此时已是奄奄一息，下身流了一大滩血。馨兰声若游丝："陈哥！……我……不行了！……本想给你……生个儿子，……这些个畜牲！不……不顾我的哀求……他们……"

馨兰声音越来越慢，越来越细，一句话没说完就无声息了。馨兰被海盗轮奸导致流产，自己又刺了一刀，鲜血往外直冒。在这种无医无药的情况下，天王老子也无能力救她了。

"馨兰！"陈剑雄抱着馨兰声嘶力竭地大声喊着，泪水像泉水似地涌了出来。他大声喊道："馨兰！我对不起你！我对不起你啊！"他呼喊着，久久地紧紧抱着馨兰不放手。馨兰的身子在他怀里越来越冷。

原来陈剑雄早上离岛的时候，馨兰曾对他说：

"剑雄，我眼皮子跳得厉害，心里一阵阵发慌，好像有什么祸事发生，今天你不出海行吗？"

当时陈剑雄以为她是担心自己的安危，便怪她有点小题大做，没有放在心上。满不在乎对她说："你不要太多心了，我不会有事的。"他没有听从馨兰的劝告，坚持出了海。走出后，陈剑雄还是担心馨兰的安危，半途上又折了回来，万万没有想到他还是迟来了一步，馨兰遭了毒手。他若是听从了馨兰的劝阻不出海，也许馨兰就不会死了。想到此处，他十分后悔，越哭越伤心，止不住的泪水像断了线的珠子不断往下滚落。

再说山下的海盗正是独眼龙一伙，他们在与孙得旺海盗交手中，活捉了两个孙得旺海盗。他们害怕孙得旺海盗前来报复，便选了这个小岛作为刑场准备杀俘。刚到小岛，带队的小头目发现了山上的茅草屋去寻乐子。其余海盗便在山下等待他们的头下来执行。等了一会，见他们还没下来，便有些不耐烦了。其中一个说："老大吩咐我们把他们赶快做了，免得孙得旺知道了来救人，他可是个杀人不眨眼的魔王。这两个人怎么一点也不着急呢？"

另一个说：

"孙得旺一伙被我们杀得差不多了，怕他个球？"

"这两个人只怕被那女人迷住了，抽不出身来了。"

众海盗正在议论，突然山上传来"嘭！嘭！"两声枪响。

山下海盗听见枪声，都大吃一惊。一个海盗叫道：

"快跑！孙得旺来了！"

其他海盗本想冲上山去，听他一喊，都非常害怕，转身朝快艇跑去。

陈剑雄紧紧抱着馨兰不知过了多久，突然想起上岛时看见山下还有海盗。他这才放下馨兰，提着枪，心中愤恨难平地出门。刚到门口，见那受伤的海盗还在地上挣扎，他恨恨地补了一枪。

陈剑雄出门看见海盗们正在逃跑，不觉一时怒起，朝着逃跑的海盗"嘭！嘭！"又是两枪。两个海盗应声而倒。陈剑雄在学校时曾是业余射击队的队员，受过专门训练，所以他的命中率没有百分之九十，也有百分之七八十。几个海盗应声而倒。其余海盗以为是孙得旺追来了，更加害怕，丢下那两个俘虏，慌忙逃上一艘快艇开着快艇跑了。

那两个被绑着的俘虏劫后余生，对陈剑雄感激不尽。他们开始以为是自己的同伴来了，待到看清只有陈剑雄一人，而且素不相识，便迅速跑了过来，扑地跪在陈剑雄面前磕头如捣蒜。这时陈剑雄认得其中有一个叫谭建业，便是在黎明会计师事务所与朴雪谈判的那位，他在黎明会计师事务所见过。他怎么会沦落到这儿来当海盗了呢？并且为什么会被海盗俘虏呢？他赶紧扶起两个海盗，帮他们解开了身上的绳子。

经过询问，原来莫学剑认为谭建业知道得太多了，从开始收购金阳子公司到进行验资、到制造车祸撞伤朴雪、到后来偷走那份呈送市政府的报告以至陷害欧阳明致死等一系列事件，谭建业都是参与者。如果他反戈一击，那么金阳市将揭出一桩惊天大案，莫学剑及他的保护伞就暴露无遗了，等待他的将是锒铛入狱，他的莫家王朝将彻底覆灭。这对莫学剑来说，可是个要命的人物。他在设法铲除了司马高之后，他也不想将谭建业留在金阳。他故伎重演，以避风为由介绍谭建业到了孙得旺手下。谭建业根本不明就里，只认为孙得旺像莫学剑一样只是个黑帮老大，自己走错了一步，已无退路可走。于是听信莫学剑的安排，在几个黑社会人员的陪同下，下海来到了海上。到这里后才知道孙得旺原来是一个海盗头子。他想回去，但已完全失去自由。再说在那大海之上，哪里是出路？于是一个注册会计师被迫当了一名海盗。在孙得旺与独眼龙的交战中，他不幸当了俘房，被押到这个岛上来执行枪决。是陈剑雄救了他的命，他对陈剑雄感激涕零，表示回去一定要揭发莫学剑侵吞国有财产的阴谋，帮助朴雪为欧阳明所长平反，彻底揭开金阳市的盖子。陈剑雄听了非常高兴，他知道朴雪正在为这桩案子苦恼，只要把谭建业带回大陆，一切便迎刃而解了。更令他高兴的是海盗们在慌忙逃跑中，留下了一艘快艇，另一名海盗是海盗船上的大副。有了船，又有了驾船的大副，回大陆可有希望了。可是令他伤心的是馨兰的死，想不到她在黎明之前身先死。想到此，不觉黯然神伤。他和谭建业一块在山上挖了一个坑，然后用所剩的衣服将馨兰裹好，准备安葬。因为岛上除了还有几件衣服外，连块席子都没有。用衣服裹尸，这已经是对馨兰的最好的礼遇了。陈剑雄抱着馨兰，将她放入坑中，然后默默念道："馨兰！我只能把你留在岛上了。我没能把你带回去，这是我今生最大的遗憾，你就在这儿安息吧！"说完，他突然觉得脚下踩着了什么东西。赶紧掀开馨兰的尸体，用手一挖，原来下面是一块木板。陈剑雄不由脑子一亮，心想难道宝藏就藏在这儿？他迅速把馨兰抱出坑，吃力地挖那块木板。挖了一会，果然现出了一口硕大的箱子。顿时，他的心激烈跳动起来，忙叫谭建业过来，一齐动手，费了很大的劲才把箱子提了出来。那个海盗一直在船上搬弄着什么，见他们挖出了箱子，也跑上来看热闹。

　　陈剑雄没费多少劲就打开了箱子。打开箱子一看，不由惊呆了，原来宝藏真的就藏在这儿，打开箱子里面全是黄金珠宝，一层一层，码得整齐有序。金灿灿、明闪闪，全是宝物，真叫

人爱不释手。另一个海盗见那一箱子宝物，不由引起他满腹心思。原来他就是那张字条上所指的老二。他本要在海上接应那个送箱子的海盗，不想那个海盗遇上海啸，人箱都不知去向。海啸发生后，老大估计箱子难得送到，又派人送信给他，他才知道此事，也才知道宝藏就藏在这些岛屿的某一个小岛上，他正是为了寻找宝藏才参加了孙得旺海盗的队伍。不想在一次交手中被独眼龙海盗活捉，押到这个小岛上来执行枪决。真是皇天垢土的照应，他不但被陈剑雄救了，还发现了他久寻未得的宝物。一时间他又喜又愁。喜的是这箱宝物终于露面，愁的是这箱宝物已落入他人之手。如果眼睁睁看着他人把宝物取走，他实在不甘心，这恐怕是他一生中最大的遗憾了。他能这么孬种吗？这时他不由心中暗生歹意。他想只有抢，只要把箱子抢到手这宝物就是他的了。海盗当然有海盗的逻辑。现在摆在他面前的现实很简单，只要他提着箱子跑上快艇，把船开走，把两位丢在岛上，他就莫奈我何了。想到这里，他就瞅着空子，趁机下手。

再说陈剑雄把箱子合上，仍就把锁锁好。接着他把馨兰重新抱入坑中。就在他进入坑中摆放馨兰遗体的时候，海盗老二扛着箱子往山下狂奔。谭建业见状大喊："喂！你把箱子扛哪儿去？"陈剑雄听到喊声，急忙跳出坑。这时海盗老二已经快接近快艇了。很明显，海盗老二不但要抢宝物，还要抢船。说时迟，那时快，陈剑雄没有细究，从怀中掏出枪朝海盗老二就是一枪。这时海盗老二已跨上快艇，还未站稳，脑袋就中了一枪。老二中枪后，连人带宝一齐跌入海中。陈剑雄和谭建业跑到海边，这时海盗老二和宝物都已跌入海中消失得无影无踪。陈剑雄朝海中望去，只见海水深不可测，根本无法打捞。陈剑雄顿足叫苦不迭，到手的宝物顿时化为乌有，叫人好不心痛。陈剑雄嗟吁一番，只得自认晦气。他回到山上，将馨兰重新埋好。把岛上的东西都搬来堆在馨兰坟前，放一把火，烧了个一干二净，算是全留给了馨兰。

谭建业已无任何后路可走，自然同意和陈剑雄一块回大陆投案自首，立功受奖，求一个宽大处理。陈剑雄处理完岛上事情后，便和谭建业两人上船，一起启锚回大陆。

没有大副，没有舵手和轮机手，样样都得自己动手。好在陈剑雄生性聪明，谭建业又在船上生活了这么久，对轮机也多少知道一点。经过他们一番摆弄，船终于发动起来。于是陈剑雄当舵手，谭建业当轮机手和水手，竟把快艇开起来了。这一块海域陈剑雄已经摸熟，没有海图也可以走。他想只要往航线上走，能遇上经过的大轮船就有救了。好在船上海盗们留下了足够的水和食物，他们在海上航行了三天三夜，终于遇上了中国远洋航行的风庆号。风庆号见他们是落难的同胞，便把他们接上了船。上船后，陈剑雄用船上的无线电话，立即拨通了朴雪的电话。

那一天朴雪正在和客户谈一笔审计业务，突然听到电话铃响。她以为又是哪个注册会计师来请示工作，便对客户说了声："对不起！我接个电话。"她慢慢拿起话筒，突然听到是陈剑雄的声音，激动的心几乎要从喉咙里蹦出来，她大声喊道：

"剑雄？是你吗？你还活着？你在哪里啊？呜……"

她禁不住眼泪双流，放声大哭起来，完全不顾眼前还有客户、还有下属。陈剑雄在电话里听到朴雪的哭声，也禁不住哭了起来。两人都说不出话。好一会朴雪才说：

"你……你在哪里？你快说！快急死人了！"

陈剑雄回说："我还在海上，三天后到上海。"

朴雪激动地说："好！我到上海来接你！"

陈剑雄与朴雪通过电话后，三天之后便到了上海。

陈剑雄站在船头，海风吹拂着他的长须长发，虽然他已经过了馨兰的一番修整，但仍然像一个从山上下来的野人。他重新回到了他熟悉而又陌生的喧嚣的人世，真是感慨万千、惆怅无限！这一次劫后余生，迎接他的将是一种幸福辉煌的人生。他将与朴雪一道，解决许多悬而未决的问题，他和朴

雪将成为亲密的战友和幸福的伴侣。想到这些，他不禁心潮澎湃，激动不已。可惜这次归来不是他和馨兰两人，他把她留在了那无人的荒岛上。想到此，他禁不住又为馨兰难过起来。

突然，船上叫他接电话。他快速跑到电话旁，电话里立即传出朴雪和蔼亲切的声音。朴雪告诉他，她已买好了去上海的机票，马上就要登机。想到不久就要和朴雪见面，他的心不禁又激动起来。他想回到大陆后，一定又是一场激烈复杂的斗争。大陆模糊的海岸线就在前面，风庆号正乘风破浪，快速前进。几只海鸥在船舷边飞翔，仿佛是在为这位大难不死的勇士送行。在大海与天空的交际处，又有一片乌云在生成，并以很快的速度向天空推进，预示着一场暴风雨又要来临。须臾，海上起了微风。紧接着风渐渐加大，掀起了汹涌的波涛。陈剑雄对海上的波浪见得多了，不再像刚来时那样心惊肉跳。

想到未来尖锐复杂的斗争，他突然想起高尔基的那句名言："让暴风雨来得更猛烈些吧！"

高明看完文稿一阵沉思，接着他责备寒梅说：

"你看又写了这么多，一点也不注意身体。"

"杜鹃啼血，我将为这部小说倾注我全部心血，直到我死。"寒梅坚定地说。

"又说傻话了！什么死不死的？我们还要过很长的幸福日子哩。虽然我们已失去了很多青春年华，但我们要白头偕老。我决不会像陈剑雄那样把馨兰留在那孤岛上，我们要同生共死。"

"陈剑雄那也是出于无奈啊！同生共死，只怕我没那个福分。文稿看完了，谈谈你的看法吧？"

"很不错！看样子你写到这里结尾了。"

"真不愧是高手，一下就看出了我的想法。我想小说应该到这里结束了。再写下去就是画蛇添足了。"

"陈剑雄回到大陆后应该有所作为吧！例如他们和莫学剑的斗争、金阳子公司的审计、还有欧阳明的平反，这些都还刚开头呢！"

"是的。按常规还可以写上十万二十万字，但我不想写了。留点空间让读者去想吧？中国的小说都喜欢有个圆满的结局。例如可以写成金阳子公司经过审计，挖出了一大群侵吞国有资产的硕鼠。莫学剑难逃法网，得到了应有的下场。欧阳明得以昭雪，恢复名誉。这样一来就完全落入老套路了。在现实生活中，是不是真有这样完美呢？当今那种盘根错节、错综复杂的社会关系，金阳市的问题真正能解决得了吗？单凭谭建业的反戈一击就能摧毁莫学剑十多年经营起来的莫家王朝吗？深藏在政府内部的保护伞和利益既得者们能轻易暴露出来吗？你知道除了正义、公道和真理，社会上还有一种最有力的东西。"

"你是说金钱？"

"对！是金钱。不是说钱能通神吗？如今社会上有句名言，'不怕你做不到，只怕你想不到。'没有做不到的事，这是什么力量在起作用？这就是金钱。所以我只能嘎然而止，让读者们去判断吧！"

"行！高论！我完全同意你的意见。结尾部分我再给你完善一下。"

"不！全篇都请你来订正和润色。我已经精疲力尽了。"

"啊！这担子可不轻。好！我接受。"

注：
本章所有诗文由余霞创作提供。

第十九章

　　高明经过三个月的辛勤耕耘，完成了对《生死相守》的最后修订，小说《生死相守》已臻成稿。寒梅拿着厚厚的一叠文稿，不觉流下了辛酸的泪水。一年的辛劳终于没有白费，已经结出了丰硕成果，这对她是一种莫大的慰藉和奖赏。她的一切心血、一切忘我、一切艰辛都化成一个个汉字，仿佛这是十多万只蝴蝶在翩翩起舞。这使她感到无比骄傲和满足，她有一种莫大的成就感。小说在高明的修订下更加完美精妙，这更使她感到极大的欣慰。她期望小说面世后产生轰动性效应，如果能像《鲁宾逊漂流记》一样成为世界名著，那当然是对她的最高奖赏。抚着书稿，她对高明说："下一步就靠你这位大作家的影响了，看有哪一家出版社会青睐她。"

　　"我尽力而为吧！像这样的作品，要思想有思想、要人物有人物、要情节有情节、要艺术手法有艺术手法。放心！各个出版社都会欢迎的。"

　　寒梅言不由衷地说："但愿如此！"

　　在寒梅对文稿确认后，高明用邮箱发给了出版社的李总。一个星期后，李总便来电话，约高明到京面谈。高明如约去李总的办公室。出版社已不在原来的地方，搬到了一个小胡同口。高明这个老北京费了很大的劲才找到。高明进门，明显感到办公室已物事全非：没有了大沙发、没有了漂亮的茶几，除了书还是书。书柜里，桌子上到处都堆满了书。高明敲了下门，李总在里面喊道："请进！"高明推门进去，李总连忙起身相迎，说了声："请坐！"。听声音精神有些萎靡。

高明在一张椅子上坐下，李总问："高老师，近来可好？"

高明回道："好着哩！只是寒梅身体不太好。"

"可要注意，她受那么大的损伤，恐怕身体身心都受到影响，不注意落下终生疾病就麻烦了。"

"为了创作她可是个'拚命三郎'，说她也不听。她把文学当成是她的生命。"说到这儿高明稍作停顿，然后小心地问：

"那稿子您看过了吧？怎么样？"

"稿子看过了，写得很动人、很有思想、很有情节、的确能打动人。"

高明听他一片赞声，便以为很有希望。他急切地问：

"您安排什么时候出版呢？"

李总见问，顿时面露难色，他叹了口气说："唉！当前的图书市场你不是不知道。难啦！实话跟你说吧！稿子虽好，但出版社确有难处。现在市场低弥，出一本就亏一本，我社已亏损四千多万。像这种文学作品我们真不敢出。当前倒是什么《把吃出来的病吃回去》、《求医不如求己》、《赤脚医生手册》之类的书畅销得很。"停了一会，李总接着说：

"要不你到大一点的出版社看看，他们财大气粗，对社会效益考虑得多，对经济效益考虑得少一点。"

高明回家，与寒梅一合计，决定还是找其他出版社碰碰运气，此时寒梅已不再指望高明的影响力了。高明把文稿打印出来，他首先选择了一家国家级的出版社寄出去。可是文稿寄出后，一两个月没有消息。在焦急的等待中，高明向寒梅提出了一个新问题，因为他们以前曾经商定，只要完成《生死相守》就结婚。这天，高明买回了结婚戒指，学着西方人的搞法，单腿跪在寒梅面前对她说："亲爱的天使！今天我正式向你求婚，请你答应做我的妻子，我将是你终生的奴仆。"说着将结婚戒指高高举过头顶，献给寒梅。寒梅初时一惊，接着她望着高明那滑稽像笑了，说："快起来吧！你这是搞什么鬼把戏？学了洋鬼子那一套，五六十岁的人了，还像年轻人一样浪漫，好不

生死相守

好笑！"

"这么说你是同意了，这可是我们以前的约定。"

听到这话，寒梅深深地叹了口气。她伤感地说：

"唉！谁说不是我们的约定。可是你看我这样子能结婚吗？我有资格结婚吗？虽然我为此等了三十多年，但是命运不给我这个机会啊！"说着她不由流下泪来。

高明坚定地说：

"你怎么没有资格？你生理上心理上都是一个健康的人，怎么不可能结婚呢？机会掌握在你自己手上啊！好好过，我们还可幸福地过上三十年。"

"我哪不想啊？可我这身子，我不能给你幸福，只会给你拖累。"

"哪能啊？只要有你在身边就是我的幸福！我们能创作出更多更好的作品来"。

"创作上我们永远是忠实良好的合作者，但生活上你应该去寻找你的幸福。"

"不！寒梅！我只认你。"

高明发自肺腑，很动感情。他几乎想扑上去抱住寒梅。

寒梅见他发自真情，也很感动。眼泪不由自主地又流了下来。只可恨地震夺去了她的双腿，否则现在和高明比翼双飞，那该多么美好啊！那是我一生的梦想！可是像我这个身子，还不知能活多久。一旦生离死别，那将给他带来更大的痛苦。而更重要的是，为了照顾她的生活，将严重影响和干扰他的创作生涯，这是她最不愿意的。但是见他如此诚心，又不好意思拒绝他，便说：

"《生死相守》没有出版，我心情很不好，结婚也没有好心情，待《生死相守》出版后我们再谈好么？"

高明见说，尽管心里不愿、很不是滋味，但觉得她说的也有道理，在当前这种情况下结婚自己的心情也不会爽。便点头同意："好！我再等。"

可是事与愿违，文稿寄出后，三个月内如泥牛入海无消息。

凭高明的直觉，这是没有希望了。这么厚厚的文稿，还不知编辑部的那些小青年有无耐心看。某刊物上发过这样一则消息：有位青年作者在投稿时，有意将几页稿纸轻轻粘连在一块，结果在稿子退回时，他发现轻轻粘在一块的那些页面仍然粘在一块。这说明有些不负责任的编辑对来稿看都不看就给人家退回去了。殊不知人家花了多少心血，寄予多大的希望啊！难怪许多有影响的作品，开始并不是那些大刊大出版社发现的，而是一些偶然机会发现的。高明到第四个月，他见还没有消息，固执地又把文稿打印一份，寄给了另一家出版社。这家出版社做得比较认真，把文稿退回来了，还附上了一句话：

"贵稿确能打动人，但本社出版计划已定，很难出版。深表歉意。"高明看到这话，知道这是冠冕堂皇地敷衍，他只得不厌其烦地把稿子又寄出去，让稿子在出版社之间旅行。但多数出版社的意思是："稿子可出，但目前图书市场低弥，我社考虑经济效益，无法出版，谢谢您赐稿。"

　　随着文稿被一次次退回，寒梅的精神越来越坏。到后来她支撑不住了病倒了。高明见她这副模样心急如焚，不停地安慰：什么埋在沙子里的金子总有一天会放出光彩、什么世界名著《福尔摩斯探案》、《约翰．克利斯朵夫》最初也曾受到过冷遇、在国内影响很大的《血色黄昏》、《亮剑》也都在出版社旅行过、世界伟大的艺术家梵高在生前一直不为人们所理解等等，好话说了千千万，可是始终改变不了寒梅的心情。

　　更为糟糕的是寒梅的伤口被感染了，出现大片溃疡，搞得不好有可能又出现败血症。沉重的心理包袱压抑着寒梅，使她比地震时压在废墟下还要过甚。文学是她的理想，文学是她终生的追求，文学胜过她的生命。文学死了，这意味着她的生命也就完了。一个人如果失去了精神支柱，那他的躯体就只剩下一个空壳了，这样的空壳就变得毫无意义了。

　　为了照顾寒梅，高明放弃了一切创作，有几次全国性的笔会都无法去参加。寒梅看到这种情况非常伤心。她想都是这该

生死相守

死的病把他耽误了。他是全国著名的大作家，他应该更有作为啊！她悔恨不已。再加上伤口的溃疡使她痛苦不堪，她萌发了轻生的念头。她无力地躺在床上，饭不思、茶不饮，已经失去了生活的力量。

高明急得无奈，只好把她送进了医院。经医生检查诊断后马上住院治疗。医生告诉高明，寒梅的伤口感染与她的精神很有关系。由于精神上包袱很重，影响到她的免疫能力下降，所以才受感染。现在除了药物治疗外，关键还要减少她的精神压力，增强她的免疫功能。由此心理医生多次对她进行开导，可是经多次开导都没有多少作用。寒梅总认为文学死了，她活着没有任何意义了，心理医生的话她听不进去。

过了几天，寒梅主动向高明提了一条建议："高老师！你要我的病好，只要你帮我做一件事，我的病就好了。"

高明见能治好她的病，哪有不依，忙问：

"快说！什么事？"

"我们不是上过峨嵋山看过佛光吗？你带我再去看一看，也许金顶上的佛光能洗净我的心灵。心灵干净了，杂念少了，情绪自然就会好了。"

高明觉得寒梅说得有理。寒梅主要是忧愁萦积于心，以至使她愁闷难解。若是让她换个新鲜环境，把愁闷释放出来，精神好了，免疫能力增强了，也许她的病真的能好。

可是转念一想，寒梅下肢全截，全靠坐轮椅行动，上峨嵋山的金顶，这几乎是不可能的事。他心下十分犹豫，没有立即答应寒梅的要求。

寒梅看透了高明的心思，便说："你不要怕我上不了峨嵋山，过去我曾看见过老外坐轮椅搞旅游哩！"

高明经过一番思索后下决心说："好！容我联系联系。"

高明与院方联系，有的医生坚决反对，这么严重的病怎么能上峨眉山？不要说上山，只怕到半路就走了。

高明把院方意见告诉寒梅，寒梅坚持要去，她说如果死在路上，不要医院负责。心理医生同意寒梅的说法，寒梅出去散散心，也许对治疗会有好处。医院经研究最后决定满足寒梅心愿，派一个医生沿途护理。

高明又与机场联系，把实际情况跟机场的领导说了，没想到机场领导也是一个文学爱好者，他十分同情寒梅的遭遇，同意寒梅搭乘飞机，并将指派专门的空姐进行护理。高明想剩下的问题是到成都后，怎么从成都到峨嵋山？到峨眉山之后又怎么上金顶？高明打电话跟四川省作家协会联系，把情况跟他们说了。省作协听说是寒梅回四川，非常热情，满口答应鼎力相助。省作协同意派一部专车送寒梅上金顶。

联系妥当，高明这才放心，他对寒梅说：

"都联系好了，满足你的愿望。但愿你能早日康复。"

寒梅苦笑了一下，她笑得十分诡异古怪。洞察力十分强的高明自然看出来了，但他猜不透寒梅为什么是这种奇怪的笑容。他没放在心上。

这天早上两人一早起来，草草吃了一点东西。寒梅似乎开了胃口，她喝了一杯牛奶，吃了一小块面包。高明吃完饭后就帮寒梅收拾行装，寒梅说：

"不要搞得那么复杂，带几件换洗衣服就行了。"

高明没听寒梅的话，他大包小包弄了一大堆。两人出门，高明叫了部出租车，将寒梅抱进汽车，将轮椅折叠后放入后尾箱。汽车直驶机场。北京机场离市区较远，汽车在高速公路上跑了近一个小时才到机场。

到机场后寒梅改坐轮椅，高明推着轮椅经绿色通道到了登机口。登机口早有空姐在等候，大家护送着寒梅登上了飞机。

飞机到成都机场，那里已有省作协的人在等候。大家一起把寒梅接到了省作协。省作协的同志大多都是老相识了，大家在一起开了个不规范的小小欢迎会。

欢迎会上，大家力赞寒梅为了创作的舍己精神和创作成果。可是寒梅并不开心。她知道大家说的都是台面上的话，哄她开心，其实她的心已经死了。

第二天，省作协专门派了一部宽敞的商务车送寒梅去峨嵋山金顶。一路倒是无话，因为到得较晚，不能上山，便在山下一家宾馆住下。

考虑明天要登山，众人都早早地睡了。睡到半夜时分，高明突然被一阵呜呜咽咽的哭声惊醒，这是谁在哭泣？高明神志顿时清醒，潜心细听。听声音哭声来自隔壁房间。隔壁房间是寒梅在住，难道是寒梅在哭泣？她为什么哭泣呢？他霍地坐了起来，随便拿一件衣服穿了，然后趿着鞋，急忙起身来到寒梅房门前。伏在门上一听，那哭声的确是从房内发出。他轻轻敲了下门，轻轻叫道："寒梅！寒梅！"哭声顿时止住，里面毫无声息。高明轻轻问："寒梅！你睡了吗？"

房内仍然毫无声息。高明又轻轻问了一遍，里面照样没有声息。高明认定寒梅已经睡了，刚才是自己的幻觉，于是悄悄回到房内睡了。

第二天天刚蒙蒙亮，大家乘车出发。车在峨嵋山崇山峻岭中盘旋行驶，一个急转弯连接着一个急转弯，道路十分凶险。高明死死护着寒梅，生怕她稍有闪失。车到雷洞坪，自驾车再也不能前行，需下车改乘景区的观光车上山。高明考虑前面还要坐索道，还要步行一两公里，这对寒梅来说，真比登天还难。人说峨嵋山是登天堂的阶梯，只怕稍有不慎，真要登天堂了。路边有揽生意的轿夫，高明不管要多少钱，雇了两台轿子，将两人和轮椅一起抬上睹光台，这样省却了许多麻烦。睹光台就是峨嵋山有名的舍身崖。

舍身崖是一个悬空600多米的断崖，雄险奇伟。站在崖上，下面群峰叠翠，云遮雾绕，甚为壮观。最有名的是，站在这儿，可以看见"佛光"、"佛灯"。高明、寒梅到达舍身崖时，乘索道而上的四川作协的陪同人员早在崖上等侯。见他们到来，忙帮着高明将寒梅抱下轿子，坐上轮椅。

这时已近中午，阳光强烈，天高云淡，玉宇澄清，天空湛蓝湛蓝，蓝得像铺上了一块蓝色的绒布，令人十分赏心悦目。

四川作协的陪同人员说，这种天气，很可能看到"佛光"。

听说能看到"佛光"，大家都来了精神，忘记了饥渴，一齐拥到舍身崖等着看"佛光"。听当地人说，站在孤立的制高点容易看到"佛光"，高明便推着寒梅来到崖边一个制高点上。两人极目远眺，只见山岩叠嶂，群峰尽在脚下。这些山峰像海浪一样，一望无际，令人心旷神怡，神清气爽，果然能洗涤心中的一切烦恼。

高明正在凝神远眺，突然听到有人惊呼："佛光！看！好漂亮的佛光！"高明听到喊声，忙转身朝前方望去。这时太阳从东边射过来，照着他的背影，在西边的山崖间，出现了一个灿烂的光环，从外到里，按赤、橙、黄、绿、青、蓝、紫的次序排列，直径大约有两米左右，美丽极了。更奇的是，在光环的外围，还形成了一个直径大约三四十米的同心大半圆，把里面的佛光衬得更加明显美丽。在佛光里，高明看到了自己的影像，他一抬手，一投足，佛光里的影像也跟着抬手投足。这真是世界奇观，难得一见。高明欣喜异常，转身想叫寒梅同看。不想他刚一转身，不觉惊得呆了。原来寒梅正用手转动着轮椅，轮椅正朝着崖边滚去，眼看就要掉进万丈深渊。高明大急，急忙跑过去想抓住轮椅。可是迟了一步，说时迟，那时快，寒梅的轮椅已经滚到崖边，掉下了山崖。只听寒梅在半空中喊道：

"高老师！我们来生再作夫妻！"这声音在空谷中久久地回荡，显得是那样的凄楚！那样的哀怨！闻之令人伤心落泪。

高明跑过去要跟寒梅一块跳下去，四川作协的同志早已闻声赶了过来，死死拽住高明。高明声嘶力竭地大声哭喊：

"寒梅！寒梅！你为什么这么傻！你为什么这么傻啊！"

高明用头撞着山崖，捶胸顿足，痛悔不已。他的哭喊声在空谷中久久不息，形成强大的回音，显得更为凄厉。

高明撕心裂肺，他最有涵养，这时也控制不住自己的感情，他放声大哭。一边哭一边诉道："我为什么？我为什么没有提防她这一着啊！我……我真该死！"

省作协的同志拉着高明劝慰道：

"事已至此，再哭也无益，自已节哀，保重身体。当前还是赶快找寻她的尸体。"

高明听从省作协同志劝告，忍住眼泪，赶快为寒梅操办后事。

寒梅死后，高明情绪非常颓废，整天默默无语、无所事事，对一切都已不感兴趣。他把寒梅的骨灰埋在公墓里，在墓碑上刻着："爱妻寒梅之墓"。在寒梅的旁边，他刻上了自己的名字。他交待儿子说，我死后就葬在这里，和寒梅合墓。

这天，阴云密布，西风飒飒，公墓里墓碑林立，青松肃穆。高明带了一束鲜花和几样三牲贡品来到寒梅墓前朝寒梅鞠了三个躬。然后坐在寒梅墓前，从提包中拿出了出版社退回的《生死相守》文稿。他拿着文稿，轻轻地抚摸着、抚摸着，仿佛是在抚摸着寒梅的躯体，久久不忍释手。过了好久，他才把文稿一页一页地撕了下来，堆在一块，又朝寒梅深深地鞠了三个躬，然后轻轻地对寒梅说：

"梅！我是无能为力了，绝不是你的作品不好，是我们生不逢时。现在不需要文学，只需要金钱，文学已经死了！"

说完，他用打火机点燃稿纸。渐渐地稿纸吐出火苗，火苗慢慢扩大，最后吞没了整个文稿。不到一刻功夫，文稿便化作了灰烬。微风吹来，只见一片片灰烬被风吹起，像一只只蝴蝶在空中翩翩飞舞，仿佛在向人们诉说着什么 ……

二〇一〇年十一月二十八日定稿